基本粒子

LES PARTICULES ÉLÉMENTAIRES
Michel Houellebecq

[法] 米歇尔·维勒贝克 著

罗国林 译

上海译文出版社

序章

这本书首先是一个人的历史。这个人的大半生是 20 世纪下半叶在西欧度过的。他通常形单影只，但偶尔也与人交往。他生活在苦难而动乱的年代。他出生的国家在经济上慢慢地、不可抗拒地沦落为中等贫困国家。他这一代人经常面临着贫困，在寂寞和痛苦中打发生活。爱情、亲情和人类友爱等情感在很大程度上消失了；在相互关系方面，他的同代人往往显得冷漠，甚至残忍。

米歇尔·杰任斯基辞世之时，被一致视为一流的生物学家，当时人们正认真考虑授予他诺贝尔奖。他真正的影响是在不久以后才显露出来的。

在杰任斯基生活的时代，人们通常认为哲学毫无实际价值，甚至无的放矢。而实际上，在特定时期社会成员通常采取的世界观，决定着社会的经济、政治和风俗。

形而上的变化，即大多数人所采取的世界观彻底而全面的变化，在人类历史上不多见，可以举出来的例子有基督教的出现。

一种形而上的变化一经发生，就会不可阻挡地发展演变，直到产生最后的结局。它甚至会毫不经意地扫荡政治和经济制度，扫荡审美观和社会等级制度。任何人的力量，任何其他力量都不能阻断其进程，除非发生一种全新的形而上的变化。

不能说形而上的变化专门袭击虚弱的、业已衰落的社会。基督教出现时，罗马帝国正处于鼎盛时期，它组织严密，支配着已知的世界，它在技术上和军事上的优势无可匹敌。就是说它没有任何衰落的可能性。当现代科学出现时，中世纪的基督教构成了一种理解人类和宇宙的完整体系，为治理各国人民提供了基础，产生了种种知识和作品，决定战争与和平，组织财富的生产和分配。然而所有这一切都无法阻止它土崩瓦解。

这第三次形而上的变化，从许多方面看是最彻底的变化，它可能开辟世界历史的新时代。米歇尔·杰任斯基不是这次变化首要的缔造者，也不是主要的缔造者，但鉴于他一生中某些完全特殊的情况，应该说他是这次变化最自觉、最清醒的缔造者之一。

我们今天生活在一个崭新的时代，
错综复杂的情况包裹着我们的肉体，
把我们的肉体浸在
一种快乐的光晕里。
往昔人类通过音乐预感到的东西，
我们每天在实在的现实中将之变成现实。
在他们看来属于不可企及和绝对范畴的东西，
我们视为非常简单明了的东西。
然而我们并不轻视往昔的人，
我们知道我们哪些东西应归功于他们的梦想，
我们知道没有构成他们的历史、交织
的痛苦和欢乐，我们会一事无成，
我们知道当他们经受着仇恨和恐惧，
在黑暗中跌撞时，
当他们逐渐写成他们的历史时，
他们心里怀着我们的形象；
我们知道如果他们心里没有这种希望，
他们可能无法，甚至不可能生存，
没有梦想他们甚至也无法生存。
现在我们生活在光明之中，
现在我们非常接近生活在光明之中，
现在光明把我们的肉体浸润在

把我们的肉体包裹在
一种欢乐的光晕之中,
现在我们立身于河流的近旁,
在一个个无穷无尽的下午

现在我们身体周围的光明变得可以触摸,
现在我们到达了目的地
我们已把别离的世界留在身后
别离的精神世界,
为了将之浸润在
一种新规律静止而多彩的欢乐中
今天
破天荒头一回
我们可以回顾旧时代的结局。

第一部 失去的王国

1

　　1998年7月1日适逢星期三。杰任斯基在星期二晚上就准备了告别聚会的食品，这是合乎逻辑的，尽管有点不正常。胚胎冷冻盘之间还有个电冰箱，用来装香槟酒。冰箱被香槟酒压得有点变形。平时它用于保存常用的化学制品。

　　四瓶香槟十五个人喝，有点勉强，反正一切都有点勉强，连他们聚会的理由也浮于表面。不适当的一句话，斜眼的一瞥，都可能使聚会的人散伙，各人奔向自己的汽车。他们聚会的地点，是地下室一个有空调的房间。这房间铺着白瓷地砖，装饰着画有德国湖泊的招贴画。谁也没有提出要拍照。一位年初才来的年轻研究员，满脸胡子，一副蠢相，没待几分钟就离去了，借口是要去修汽车。客人们越来越明显地感到不自在。假期在即，有些人要回老家，有些人要作绿色旅游。交谈的话语懒懒地在空气中回荡。大家很快分了手。

　　到十九点三十分，一切都结束了。杰任斯基在一位女同事陪伴下穿过停车场。这位女同事有着黝黑的长发，白皙的皮肤，丰满的胸脯，年龄比杰任斯基稍大一点，很可能接替他担任研究单位的头儿。她出版的所有作品都是记述果蝇 DAF3 基因的。她是单身女子。

杰任斯基站在自己的丰田汽车前面，微笑着向女研究员伸出手（几秒钟以来，他就在酝酿做这个动作，同时露出微笑，思想上做好准备）。两只手握在一起，轻摇两下。稍后他想，这次握手缺乏热情；考虑到具体情况，他们本来可以像部长们或者联袂演出的歌唱家一样相互拥抱的。

道别之后，他坐在车内待了五分钟。这五分钟他觉得很长。那个女人为什么没有启动车子呢？莫非她在一边手淫一边听勃拉姆斯的音乐？抑或相反，她在考虑自己的职业道路和新的职责？如果是后一种情况，她感到高兴吗？女遗传学家终于开着高尔夫牌汽车离开了停车场。又剩下杰任斯基孤单一人。这天阳光灿烂，十分和煦。在这初夏的几星期间，一切都仿佛沉浸在光辉和宁静中，凝滞不动。杰任斯基意识到这一点。白昼开始变短了。

过去他是在优越的环境中工作，他启动车子时这样想。对于这样一个问题："你认为生活在帕莱佐是享受一种优越环境吗？"百分之六十三的居民回答："是的。"这是可以理解的。这里楼房不高，且其间铺有草坪，有好几个大型超市，购物方便。涉及帕莱佐,"生活质量"这个概念似乎只是略显得夸张。

去往巴黎方向的南方高速公路上不见车行。他觉得自己仿佛处在大学时代所看的一部新西兰影片之中:一切生命都消失了,地球上只剩下最后一个人;空气中有某种东西,令人想到干旱中世界末日的来临。

杰任斯基在弗雷米库街生活了十来年,在那里住惯了。那是一个很安静的街区。1993 年,他感到需要一个伴儿,一个当他傍晚归来时能在家里等待他的伴儿。他选择了一只白色的金丝雀,一只怯生生的小鸟。那鸟儿多在早上唱歌,看上去并不愉快。不过,一只金丝雀谈得上愉快不愉快吗?愉快是一种强烈而深层的激动,是整个心灵感受到的一种丰富而激越的情感。接近于兴奋、陶醉和狂喜。有一次,他把小鸟从笼子里放出来。吓坏的小鸟在长沙发上拉了一泡屎,跳到铁栏杆上寻找回笼子的门。一个月后他又试验一次。这回可怜的小鸟从窗台上掉了下去,只是勉强挣扎才没有一直跌落,终于停在对面那座楼五层下面的一个阳台上。米歇尔一直等着那家的女主人归来,强烈希望她家没有养猫。他弄清了那家的女主人是杂志《芳龄二十》的女编辑,单身,回家很晚,家里没养猫。

天黑了。米歇尔找回了小鸟。它蜷缩在水泥墙角,又冷又怕,瑟瑟发抖。他后来又见过那位女编辑好几回,一般是在倒垃圾的时候。她每次都点点头,大概是表示点头之交。他也点点头。总之,这件事使他与一位邻居建立了关系。这挺好。

从他的窗户望出去，可以看到十来栋楼，约三百套住宅。他傍晚归来时，金丝雀一般就开始叽叽喳喳鸣叫，持续五到十分钟光景。他为它换食物、垫沙和加水。可是这天傍晚他进家门后，却没听见任何声音。他赶到笼子边一看，小鸟死了。它小小的白色躯体已经变冷，卧在细沙边上。

晚餐他吃了一块不二价超市自主食品品牌的香叶芹调味狼鲈，加上一瓶蹩脚的巴尔德佩尼亚斯葡萄酒。犹豫一阵之后，他把小鸟的尸体放进塑料袋，同时放进一个啤酒瓶作为压重物，一起扔进垃圾孔。不这样还能怎么办呢？去做一次弥撒吗？

他从来不知道那个垃圾孔通到什么地方。孔口窄窄的（但足以放进一只金丝雀的尸体）。然而他想象有些巨大的垃圾箱，里面装满咖啡滤纸、蘸酱的饺子和切下的性器官；一条条与金丝雀一样粗大的虫子，用它们的嘴啃啮金丝雀的尸体，扯下它的腿，拖出它的肚肠，掏出它的眼球。半夜里他吓得在床上坐起来。才一点半钟。他吞服了三片爽心宁。他头一个自由的晚上就这样结束了。

2

1900年12月14日，在为柏林科学院撰写的一篇题为《标准光谱能量分配率理论》的学术报告中，马克斯·普朗克第一次提出了能量量子这个概念。这一概念在后来物理学的发展中起了决定性作用。1900年至1920年间，主要在爱因斯坦和玻尔的推动下，人们构造了一些相对来讲比较巧妙的模型，并试图将这种新概念并入从前的理论框架；只是从20年代初开始，旧框架显得不可救药而寿终正寝了。

尼尔斯·玻尔被视为量子力学真正的创始人。这不仅是因为他个人的发现，更主要是因为他在自己周围营造的那种充满创造力、智力和激情、思想自由和友好情谊的气氛。1919年由玻尔建立的哥本哈根物理学院，汇集了欧洲物理学界所拥有的年轻研究者。海森堡[1]、泡利、玻恩在这里深造。玻尔比他

---

[1] 沃纳·海森堡（1901—1976），德国物理学家、哲学家和社会活动家，为创立量子力学做出了贡献，提出著名的"测不准原理"。

们年龄稍大一点,他常常不惜花上数小时,探讨他们设想的细节,把哲学的洞察力、和蔼可亲的态度和一丝不苟的作风出色地结合在一起。他讲究精确,甚至有些过分,对试验的陈述绝不容许近似的概念。任何新想法他都不会先验地认为是发疯,任何传统的概念他都不会认为不能触犯。他喜欢邀请学生和他一起去蒂斯维德的乡间别墅。他也在那里接待其他学科的科学家以及政治家和艺术家;交谈经常自然地从物理学转到哲学,从历史转到艺术,从宗教转到日常生活。从希腊思想活跃的古代直至今时今日,从来没有出现过可与之相比的情形。正是在这种异乎寻常的氛围中,拟定了哥本哈根阐释的基本内容,在很大程度上宣告从前的空间、因果关系和时间等范畴无效了。

杰任斯基根本不可能在他周围重新营造这种气氛。他所领导的研究单位的内部气氛,不折不扣是办公室气氛。分子生物学研究者远非情感丰富的公众所乐于想象的使用显微镜的诗人兰波形象,他们通常是一些诚实的、没有天赋的技术专家,阅读《新观察家》杂志,幻想去格陵兰岛度假。在分子生物学上进行分析研究,不需要任何创造和发明。实际上这差不多完全是一种按部就班的活动,只要求具有适当的、二流的智力。那些攻读博士学位的人进行论文答辩时,大学二年级的人为其操作仪表还绰绰有余。法国国家科学研究中心生物所所长德斯普莱辛喜欢说:"要想获得遗传密码的概念,发现蛋白质的合成法，那的确需要费一点事。况且，你想必注意到了，首先探索这个问题的是物理学家伽莫夫。至于破译脱氧核糖核酸密码，呔，就只需破译，破译，做了一个分子，做另一个分子，把资料输入电脑，电脑计算亚序列；大家发个传真：他们做基因B27，我们做基因C33。变变花样而已。仪表上不时会显示出微不足道的进展。一般情况下，这就足以让人家授予你诺贝尔奖了。简直是修修弄弄，开玩笑一样！"

7月1日下午酷热，将近傍晚时分天气变坏，最终会暴发一场暴风雨，驱散打赤膊的人。德斯普莱辛的办公室面朝阿纳托尔·法朗士河堤街。在塞纳河另一边，杜伊勒里宫那段河堤上，一些同性恋者在阳光下徜徉，两个一对或三五成群地交谈着，共用几条毛巾擦汗。他们几乎都穿三角裤衩。涂了防晒油的肌肤在阳光下闪闪发亮，臀部鼓凸而发光。有些人一边闲聊，一边隔着尼龙裤衩抚摸自己的生殖器，或者伸进一个手指……德斯普莱辛在玻璃幕墙边安了一架望远镜，据传他本人也是同性恋者。事实上，几年来他更多地是社交界一个酒鬼。在像今天这样的一个下午，他有两次想手淫。他把眼睛贴在望远镜上，盯住一个年轻人不放。那个年轻人让三角裤衩滑落在地上，那东西昂起头，暴露在空气中。他自己的又垂下来，软趴趴，皱巴巴，干乎乎；他不作坚持。

杰任斯基是四点整到的。德斯普莱辛要他来见面。他对杰任斯基的情况感到好奇。他当然知道，一位研究员会利用休假年去挪威、日本，总之去四十来岁的人成批自杀的那类可怕的国家的某个团队工作；另一些研究员则寻找风险资金建立公司，把这个或那个分子商业化。这种情况在金钱贪欲达到空前程度的"密特朗年代"经常发生，而且某些人在很短时间里创造了可观的财富，不知廉耻地拿他们在无私的研究年代所获取的知识去营利。可是，杰任斯基的离职没有计划、没有目的、没有任何解释，这就不可理解。他四十岁上成了主任研究员，有十五位科学家在他手下工作。纯粹从理论上讲，他只隶属于德斯普莱辛。他那班人取得了优秀的成就，被认为是欧洲最出色的团队。究竟出了什么问题呢？德斯普莱辛尽量用热情的口气问道："你有什么打算吗？"沉默了半分钟，杰任斯基简单地答道："想一想吧。"出师不利。德斯普莱辛装出诙谐的口气，又问道："个人方面呢？"他盯住对方那张严肃、尖削、目光忧郁的脸，突然感到羞愧。个人方面什么呢？十五年前，是他自己去奥塞大学找的杰任斯基。他的选择被证明是很不错的：这是一位一丝不苟，办事严谨，富有创造性的研究者。积累了数量可观的研究成果。法国国家科学研究中心能在欧洲分子生物研究领域保持好的名次，很大程度上是多亏了杰任斯基。合同已经充分履行。

"当然，"德斯普莱辛最后说，"我们会保留你进入信息系统的权利。你的密码始终有效，你可以进入服务器查看存储的数据，也可以登录中心的网络。这一切不限定期限。你如有其他需要，尽管对我讲。"

杰任斯基走后，德斯普莱辛又走到玻璃幕墙边。他微微有点出汗。对面的河堤上，一个典型的北非褐发青年正在脱裤衩。仍然存在一些真正的基础生物学问题。生物学家思考和处理问题，仿佛分子是分离的物质要素，彼此仅仅由电磁斥力和引力间接联系。德斯普莱辛相信，他们之中没有任何人听说过爱波罗伴谬[1]，没有任何人听说过阿斯佩实验[2]，甚至没有任何人费心去了解本世纪初以来物理学方面所取得的进步；他们关于原子的概念几乎还是与德谟克利特[3]一样。他们收集累赘而重复的资料，惟一的目的，就是看看什么东西可以立刻在工业中应用，从来没有意识到他们方法概念的根基遭到了破坏。在法国国家科学研究中心，可能只有杰任斯基和他本人由于受过物理学的启蒙教育，了解这些情况。一旦真正触及生命的原子根基，目前的生物学基础就会土崩瓦解。德斯普莱辛在思考这些问题时，夜幕已降临塞纳河上。他无法想象杰任斯基

---

[1] 爱因斯坦、波多尔斯基和纳森·罗森在1935年发表的一篇论文中，以伴谬的形式针对量子力学的哥本哈根诠释提出的早期重要批评。
[2] 该实验是量子力学基础史上的一个转折点，证实了纠缠是独特的量子特征。
[3] 德谟克利特（约公元前460—约公元前370），在宇宙原子论发展方面占重要地位的希腊哲学家。

会如何考虑,甚至觉得自己没法与他进行讨论。他已属花甲之年,感到自己的智力已彻底枯竭。那些同性恋者已经散去。河堤上现已阒无一人。他无法忆起他最后一次勃起;他等待着暴风雨来临。

3

暴风雨在将近二十一点钟来临了。杰任斯基一边小口呷着廉价的阿玛尼亚克烧酒,一边谛听着雨声。他刚满四十岁。莫非他是四十岁危机的受害者?随着生活条件改善,现在四十岁的人还年富力强,身体状态良好。表明又上了一个年龄台阶的种种最初迹象,无论是身体的外表,还是各种器官对力气活儿的反应,通常只有到四十五岁甚至五十岁才会出现。而且,这众所周知的"四十岁危机"往往伴随着性方面的现象:突然疯狂地追求妙龄少女的肉体。就杰任斯基的情况而言,这方面的考虑是多余的,他的阳具是用来撒尿的,仅此而已。

第二天,他将近七点钟起床,从书架上拿了科学家沃纳·海森堡的自传《部分和整体》,步行向战神广场走去。晨光清丽而凉爽。他从十七岁起就拥有这本书。他在维克多·库赞道的悬铃木下坐下来,重读第一章中海森堡描述他在求学年代最初接触原子理论的那一节：

记得那大概发生在1920年春天。第一次大战的结束在我国青年中播下了骚动和惶惑。老一代人因为失败而深感失望，失去了掌控力；青年人以大大小小团体的形式集合起来，寻求新的道路，或者至少找到能为他们指明方向的新指南，因为旧指南已经被砸碎。正是在这种背景下，一个阳光明媚的春日，我与十来个或二十来个同学漫步于路上。如果没记错，这次漫步是向斯塔恩贝格湖西岸的山丘走去。每当一排碧绿得闪光的山毛榉间出现一个缺口，湖面便出现在我们的左下方，似乎一直延伸到远处的群山之中。相当奇怪的是，在这次漫步的过程中，我头一次与同学们就原子物理的世界展开了一场讨论，而这次讨论对于我后来的研究生涯有着重要意义。

将近十一点钟了，热得越来越厉害。米歇尔回到家里，脱光衣服往床上一躺。接下来的三个星期，他的活动大大减少。你可以想象这样的情形：鱼不时将头露出水面呼吸空气，在几秒钟之间，瞥见了一个完全不同的、天堂般的空中世界。当然，随后它又回到了那大鱼吃小鱼的水藻世界之中。但就在那几秒钟之间，它兴许直觉感受到了一个不同的世界、一个完美的世界，即我们这个世界。

7月15日晚上,他打电话给布吕诺。在冷爵士乐[1]背景声衬托下,他同母异父兄弟的声音传达出微妙深意。布吕诺嘛,肯定是四十岁危机的受害者。他穿皮雨衣,蓄胡子。为了表现他懂得生活,说话像二流警察片里的人物。他抽小雪茄,锻炼扩张胸肌。但在与自己有关的事情上,米歇尔根本不相信四十岁危机这种解释。一个受四十岁危机影响的人,恰恰要求生活,要求生活得多一点,要求什么都延长一点。而他的情况,实际上是对生活完全厌倦了,干脆看不出任何继续生活下去的理由。

当天晚上,他找到一张照片,一张在上夏尼小学时拍的照片。他抽泣起来。孩子坐在课桌前,手里捧着翻开的课本,凝视着欣赏着,脸上浮着微笑,充满快乐和勇气。事情真不可思议,这孩子就是他。孩子正在做作业,认真而自信地温习功课。他正步入世界,发现世界,面对世界而毫无胆怯之感,正准备在人类社会占有他的位置。这一切,从孩子的目光中可以读出来。他穿一件窄领罩衫。

好几天米歇尔一直把这张照片靠床头灯放在伸手可及的地方。岁月神秘又平淡,一切正常有序。他这样想着,目光暗淡了,快乐和自信消失殆尽。他躺在布台克丝牌床垫上,力图接

---

[1]冷爵士乐强调整体音乐结构,表现忧郁及压抑的感情。

受无常，但无济于事。孩子额头有一个小小的圆形凹陷，那是出水痘留下的疤痕。这个疤痕没有被岁月抹去。真理何在？中午的炎热扑进房间。

4

马丁·塞卡迪1882年出生在科西嘉内地一个村庄中一个目不识丁的农民家庭。他似乎命中注定要像不知多少代祖先一样，在有限的范围内过农牧生活。这是一种早就从我们的地区消失的生活，对之进行透彻的分析只能引起有限的兴趣。某些激进的生态学家有时表现出一种不可思议的怀旧情绪，而我呢为了完整起见，仅在这里对这种生活作一个综合性的简短描述：人们接近自然，享有新鲜空气，种几块地（数目完全是由严格的继承制度确定的），不时猎到一头野猪；尤其值得一提的，是对自己的妻子左亲一下右亲一下，而妻子则生儿生女，并把他们抚养大，让他们在同样的生态环境下占有自己的位置；当然还有生病，就这些啦。

马丁·塞卡迪奇特的命运，对于整个第三共和国时期，世俗学校在法国社会融合以及促进技术进步方面所起的作用，实际上具有充分的象征意义。他的小学老师很快就明白，他教授的是一个不同寻常的学生，这个学生具有抽象思维的天赋和明显的创造才能，而这种天赋和才能在其出生的环境中很难得到发挥。他充分意识到，自己的职责不仅仅限于给每个未来公民提供扎实的基础知识，还要发现共和国各个领域需要的优秀人才。他终于让马丁的父母相信，他们的儿子要想有前途，必须走出科西嘉去奋斗。1894年小伙子获得了一笔奖学金，作为寄宿生进了马赛梯也尔中学就读（马塞尔·帕尼奥尔[1]在童年的回忆录里对这所学校作了很好的描写。这本回忆录以现实主义的手法，通过一个出身低微的青年的成长历程，生动刻画了一个时代的理想，因而成为马丁·塞卡迪最喜欢的一本书）。他没有辜负过去的小学老师的殷切期望，于1902年考上了巴黎综合工科学校。

1911年分派的工作决定了他以后的生活道路。那个工作就是要在整个阿尔及利亚领土上建立可用水引水网。在二十五年多时间里，他全心全意地计算水渠的弧度和管道的直径。1923年他娶了热娜薇耶芙·朱利为妻。她是一位女职员，其远祖为朗格多克人，她家在阿尔及利亚定居已有两代人了。1928年他们生了一个女儿雅妮娜。

对一个人一生的叙述可长可短。无论是形而上抑或悲剧性的取舍，归根到底最后只是按传统刻在墓碑上的生卒日期，寥

---

[1] 马塞尔·帕尼奥尔（1895—1974），法国作家，代表作是《父亲的荣耀》《母亲的城堡》。

寥几个字，言简意赅。就马丁·塞卡迪而言，似乎着眼于历史和社会维度是恰当的，无需过多地强调个人特性，而应强调他作为先驱分子参与了社会演变。先驱性的个人一方面被他们时代的历史演变所裹挟，另一方面也是自己选择投身于这种历史演变之中，他们一般都过着简朴而幸福的生活。一个人一生的叙述一两页纸也就够了。雅妮娜·塞卡迪则属于令人泄气的那一类先驱。这类先驱一方面非常适应他们时代大多数人的生活方式，另一方面又醉心于"高屋建瓴"地超越这种生活方式，鼓吹新的行为举止，或推广尚且甚少有人效法的行为举止。所以对他们的描述一般要长一些，尤其因为他们的经历更曲折，也更难界定。然而他们仅仅起到历史促进剂的作用——一般是促进历史解体的作用；根本不能为事变指出新的方向——这样的作用通常是属于革命者和先知先觉者的。

马丁和热娜薇耶芙·塞卡迪的女儿，早就表现出了超群的、至少与其父相当的智力，同时表现出了非常独立的性格。她十三岁就失去了童贞（在她所处的时代和环境这是罕见的）。战争年代（在阿尔及利亚不如说是和平年代），她把时间全都用于出去参加大型舞会，先是在君士坦丁，后来在阿尔及尔。而这一切并不妨碍她每个学期取得优异的学习成绩。她通过了中学毕业会考并取得优异成绩，以及可谓坚实的性生活经验，于1945年离开父母，去巴黎开始医学学业。

战后的头几年是艰苦而动荡的，工业生产指数处于最低点，食品配额直到1948年才取消。然而，在少数富裕人群之中，已经出现淫乐消费的最初迹象。这种淫乐消费源起于美国，在随后的几十年间波及所有人。雅妮娜·塞卡迪是巴黎医学院学生，因而可以说是亲历了"存在主义"年代，甚至在禁忌舞厅与让-保罗·萨特跳过摇摆舞。她对这位哲学家的著作没有多少印象，相反对其人近乎残疾的丑陋外貌印象极深。这个插曲没有后续。她本人姿色出众，独具地中海风情，和许多人有过艳情，后来才遇到正结束医学外科学业的塞尔日·克雷芒。

"你想知道我父亲长得怎样？"多年后布吕诺常这样对人说，"抓来一只猴子，给它配上一部移动电话，你对这位好好先生的尊容就有个概念了。"当时，塞尔日·克雷芒显然根本没有移动电话，不过他身上毛发倒是相当茂盛。总之，他那副尊容绝对谈不上漂亮，但其人流露出十足的阳刚之气，毫不费事就能把那个住院实习女医生勾引到手。另外他有种种计划。去美国的一趟旅行使他确信，医学美容向一位雄心勃勃的执业医生提供了广阔前景。魅力市场的逐渐拓展，传统夫唱妇随关系的破裂，西欧经济起飞的可能性，事实上，上述一切都使医美领域具备了良好的发展势头。塞尔日·克雷芒值得称道之处，即他是欧洲头一个洞察这一点的人，在法国更肯定是头一个。问题是他缺乏资金。马丁·塞卡迪对未来女婿这种事业精神颇抱好感，便同意借给他钱。第一家诊所于1953年在讷伊开业。当时十分畅销的女性杂志争相在新闻版报道了它确实令人吃惊的成功。于是，1955年在戛纳高地又开了一家新诊所。

这两口子正如后来人们所称呼的那样，成了"现代的一对"。雅妮娜多半出于疏忽才怀了孕。不过她决定保住孩子，觉得做母亲是女人应该经历的一种体验。再说，妊娠堪称一段愉快时期。1956年布吕诺出生。哺育婴儿不胜其烦的操劳，很快使夫妇俩感到与他们的个人自由不相容。所以1958年两人一致同意把布吕诺送到阿尔及尔的外婆家。这时雅妮娜又怀孕了，但这次，孩子的父亲是马克·杰任斯基。

被难以忍受的贫困逼到饥馑边缘的吕西安·杰任斯基，怀着到法国找工作的希望，1919年离开了他二十年前出生的地方卡托维兹煤矿，到铁路上当了工人，先是筑路工，后是道路维修工。他娶了玛丽·勒鲁，一名出生于勃艮第的女临时工，也在铁路上干活儿。吕西安在1944年盟军轰炸中一命归西之前，让她生了四个孩子。

第三个孩子马克，在父亲去世时才十四岁。这是一个聪明、认真、有点忧郁的孩子，多亏了一位邻居的帮助，1946年进入百代电影公司当了电工学徒。他立刻表现出了适于干这份工作的才能。只经过简单的学习，摄影指导还没到岗，他就调试好了全套的背景灯光设备。亨利·阿勒很器重他，想让他当助手，而他在1951年决定进入刚刚开始运营的法国广播电视台。

1957年遇到雅妮娜时，马克正在为电视台搞一部有关圣特罗佩文艺界的报道片。他的调查主要是围绕布里吉特·巴铎[1]这个人物（1956年出品的《上帝创造女人》造就了巴铎神话），也涉及某些艺术和文学阶层，尤其是后来被称为"萨冈帮"的那些人。这个天地令雅妮娜着迷，不过她没法进入，尽管她有钱。她似乎真正爱上了马克，相信他具有成为电影艺术家的才能。情况大概也确实如此。他在摄制报道片的条件下工作，用的是轻便灯光设备，通过移动道具，拍摄出种种既真实又平静、完全绝望、惶惑不安的场面，令人想起爱德华·霍珀[2]的作品。他用冷漠的目光打量身边那些名流，兢兢业业地拍摄巴铎和萨冈，仿佛她们是枪乌贼或鳌虾似的。他不与任何人交谈，不对任何人示好。他的确令人着迷。

雅妮娜1958年与丈夫离婚，那是在把布吕诺送到她父母家后不久。这是一次好合好散的离异。双方都有错。塞尔日为人慷慨，把戛纳诊所自己那部分份额也让给了她。单单这间诊所就可以确保她有一份满意的收入。她与马克在圣马克西蒙一栋别墅里住下来。马克丝毫没有改变他独来独往的习惯。她催促他搞电影这一行，他表示同意，但没有任何行动，只是等待着下一部电视报道片的主题出现在脑海中。每当她张罗晚宴，他

---

[1] 布里吉特·巴铎（1934— ），法国女电影演员，主演过《上帝创造女人》《那夜天空坍塌》《玛利亚万岁》和《私生活》等片。
[2] 爱德华·霍珀（1882—1967），美国画家。

往往更喜欢提前一点时间一个人在厨房里就餐，吃完就去海边散步，恰好在客人们告辞时回来，借口是要完成一部片子的剪辑。1958年他的儿子出生，显然使他不知所措。常常好几分钟呆呆地望着孩子，而孩子非常像他：同样一张轮廓瘦削、颧颊突出的脸，同样一双绿色的大眼睛。不久，雅妮娜就开始蒙骗他了。他可能感到痛苦，但这很难说，事实上他话越来越少了。他常常用石子、树枝和贝壳砌成一个个小祭坛，然后打上强烈的灯光拍摄下来。

他那部关于圣特罗佩的片子在业界获得了很大成功，但他谢绝《电影手册》杂志的采访。1959年春天，他就《伙伴们好!》音乐节目和Yéyé流行乐现象的产生，拍了一部简短尖刻的纪录片，这使他的身价进一步水涨船高。故事片他肯定不感兴趣，两次拒绝与戈达尔一块工作。同一时期，雅妮娜开始与一些途经蓝色海岸的美国人交往。而在美国加利福尼亚，某种全新的事情正在发生。在大瑟尔附近的伊莎兰[1]，出现了一些社团，其基础是性自由和使用引起幻觉的毒品，而这二者都被认为是为了开放心灵空间。雅妮娜成了弗朗切斯科·迪莫拉的情妇。此人是一个原籍意大利的美国人，结识了金斯堡[2]

---

[1] 创立于1960年代，位于加利福尼亚州，是一个非营利性的修行中心和共识社区。
[2] 金斯堡（1926—1997），美国诗人，其《嚎叫》是"垮掉的一代"运动的重要作品。

和阿道司·赫胥黎，是伊莎兰某个社团的创立者之一。

1960年1月份，马克去中国拍摄关于该国正在建设新型共产主义的报道片，6月23日下午回到圣马克西蒙。别墅里似乎没有人。然而一个十五六岁的少女一丝不挂地盘腿坐在客厅的地板上。听到马克问话，她回答了一句"去海边了"，又陷入了麻木不仁的状态。在雅妮娜的卧室里，一个显然喝醉了酒的胡子拉碴的大汉横躺在床上打呼噜。马克侧耳细听隐约听到哼哼唧唧和嘶哑的喘气声。

楼上的卧室里弥漫着臭不可闻的气味。从玻璃幕墙射进的强烈阳光，把黑白相间的瓷砖地板照得明晃晃的。马克见到自己的儿子在地板上爬行，不时滑到一摊屎尿之中，两眼泪汪汪的，不停地哼着，见到人进来就想躲避。马克把他抱起来，小家伙吓坏了，在他怀里瑟瑟发抖。

马克出了门，在附近一家铺子里为孩子买了一张小座椅。他给雅妮娜写了一张简短的便条，上车把孩子固定在座椅上，驱车向北驶去。到了瓦朗斯，驶上去中央高原的公路。天渐渐黑下来，每次转弯之前，他都要看一眼在后面昏睡的孩子，心里涌起一种不可名状的感觉。

从这天起，米歇尔便由退休在家乡约讷生活的祖母抚养。不久他母亲去了加利福尼亚，生活在迪莫拉社团之中。米歇尔直到十五岁没有再见到她。他与父亲见面的次数也不多。1964年，他父亲出发去拍一部关于西藏的报道片。在给母亲的一封信中，他提到自己身体挺好，他对西藏佛教表示出强烈的兴趣。尔后他就杳无音信了，一直没找到他的尸体，但一年后官方宣布他失踪了。

5

这是1968年春天，米歇尔十岁了。自两岁起，他就孤苦伶仃地与祖母一块生活。祖孙俩生活在约讷省的夏尼，毗邻卢瓦雷省。他每天早早起床，给祖母做早餐，为此专门准备了一张卡片，上面写明泡茶的时间，该预备的面包片数量和其他事项。

在吃中饭前，他往往一直待在自己房间里，读儒勒·凡尔纳，读《大鼻子狗》或《五人俱乐部》。但通常他是沉浸在他那套《大千宇宙》之中。那套书里讲述各种材料的强度、云的形状和蜜蜂的舞蹈。里面还讲到泰姬陵——一位国王在很久之前为他已去世的王后盖的一座宫殿。还讲到三千年前苏格拉底的逝世和欧几里得发明几何学。

下午他坐在花园里，穿着短裤，背靠着樱桃树，感觉到脚下的草地很柔软，也感到阳光炙热。他知道生菜吸收阳光也吸收水分，傍晚时分应该浇水。他不停地阅读《大千宇宙》和一套叫《100个为什么》的书。他汲取知识。

他也经常骑单车去乡间，两腿拼命地蹬，让肺部充满永恒的香味。童年的永恒是短暂的永恒，但他还不知道这点，景物向后飞驰。

夏尼只有一间食品杂货店，肉店老板的小卡车每星期三经过这里，鱼店老板的小卡车每星期五经过。星期六中午，祖母常做奶油鳕鱼。米歇尔正度过他在夏尼的最后一个夏天，但当时他还不知道，年初祖母的病发作了一次。她两个住在巴黎郊区的女儿正在为她找一个离她们不远的住所。她不能一年到头单独生活，侍弄她的花园了。

米歇尔很少与年龄相仿的男孩子玩，但也和他们关系不错。大家觉得他有点不合群。在学校里他成绩优异，不管学什么东西似乎不费什么力气就能弄懂，门门功课一直名列前茅。祖母当然为之自豪。同学们既不憎恨他，也不粗暴对待他。做作业时，他随和地让人家抄他的，直到邻座的同学抄完，才翻转一页。他虽然成绩优异，但坐在最后一排。王国的属性是脆弱的。

6

　　夏季的一个下午，当时还住在约讷的米歇尔，与他的表姐布莉吉特一起奔跑在草地上玩。布莉吉特是一个十六岁的漂亮姑娘，非常可爱，几年后嫁给了一个蠢得可怕的家伙。这是1967年夏天。布莉吉特拉着米歇尔的手，让他以她为中心旋转，转了一阵两个人双双扑倒在刚剪过的草地上。米歇尔蜷缩在她温暖的胸前；她穿着短裙。第二天他们身上长出许多小红疱，全身奇痒。红色天鹅绒螨，也叫恙螨，夏季草地上很常见，直径约两毫米，身体肥厚，胀鼓鼓的，呈鲜红色。它将喙插进动物的皮肤，造成难以忍受的刺激。鼻舌形虫，生活在狗有时是人的鼻沟、额窦或颌窦里，幼虫呈椭圆形，后面有根尾巴，嘴有一钻洞的器官，一对附属器官（或称残肢）上生有长爪。成虫呈白色，披针形，长十八至八十五毫米，身体扁平，多节，透明，覆盖着甲壳质骨针。

　　1968年米歇尔的祖母搬到塞纳-马恩省，住在离她两个女儿不远的地方。起初米歇尔的生活并无多大改变。克雷西-昂布利距巴黎仅五十公里,当时还是乡村。村子很漂亮,全是老房子。柯罗[1]画过这个村子的几个屋顶。有一个运河网将大莫兰河水分流,因而某些广告夸张地把昂布利称为威尼斯。居民中很少有人去巴黎工作,大部分都受雇于当地企业,或者通常去莫市工作。

两个月后,祖母买了台电视机。就在不久前,一频道出现了首支广告。1969年7月21日晚上,米歇尔通过实况直播看到了人类初次踏上月球的情景。分散在地球上的六亿电视观众与他同时观看了这个场面。几个小时的转播,也许称得上西方技术梦想初期的顶点。

米歇尔虽然是学年中间插班的,但对克雷西-昂布利普通中学教育体系很适应,毫无困难地进入了五年级。每星期四他买一本刚经过改版的《大鼻子狗》。与许多读者相反,他买这本杂志主要不是为了欣赏里面的新奇小玩意儿,而是为了看完整的冒险故事。透过令人眼花缭乱的不同时期和背景,这些故事表现了某些简单而深刻的道德价值观。海盗拉尼亚、特迪·特德,强盗拉巴什,"野蛮年代之子"拉昂、不把大臣和哈里发放在眼里的纳斯迪纳·奥查。所有这些人都可以归于同一伦理范畴之下。米歇尔渐渐一一明白过来,终身受到影响。阅读尼

---

[1] 柯罗(1796—1875年),法国19世纪风景画家。

采的作品仅给他造成短暂的不快,康德的作品只是证实了他已经知道的东西。纯粹的道德是惟一而普遍的,在时间的长河中既不会发生蚀变,也不会有任何增添,不依存于任何历史的、经济的、社会学的和文化的因素,绝对不依存于任何东西。它不取决于而是决定,它不受影响而是影响,换句话说,它万古不变。

实际上可遵守的道德,总是纯道德成分和来源不甚清楚的其他因素,通常是宗教方面的因素,按变化不定的比例混合的结果。纯道德的比例越大,社会支柱就存在得越长久而且稳固。极而言之,受普遍道德的纯原则支配的社会与世界一样长久。

米歇尔欣赏《大鼻子狗》里的所有英雄,但最喜欢的可能还是黑狼,那个离群索居的印第安人,那个综合了阿帕切人、苏人和夏延族[1]所有高贵品质的人。黑狼有两名同伴,他那匹名叫希诺克的马和那头名叫托佩的狼,他们无休无止地穿越草原。黑狼不仅行动,毫不犹豫地救助弱者,而且不断给自己的行动做出评价,而其所依据的是超验性的道德标准。有时运用达科他人或克里克人的谚语,使自己的评价富有诗意;有时则参照《草原法律》评价得更有分寸。多年以后,米歇尔仍把他视为康德式英雄的理想典型,"总是一如既往按其座右铭行

---

[1] 阿帕切人、苏人和夏延族均为北美印第安人部族。

事,仿佛他是终极大同王国的一位立法者"。某些次要情节,例如《皮手镯》里那个让人不安的人物,即夏延族部落的老首领,总在寻找着星辰,有点超出了冒险故事的狭窄范畴,而洋溢着诗歌和伦理的氛围。

电视他不那么感兴趣,不过电视播放的《动物的生活》,他每周总是心情紧张地观看。弱小的动物,羚羊和麂子,终日生活在担惊受怕之中,狮子和豹子生活于昏沉冷漠的状态,偶尔爆发出凶残的本性,咬死、撕碎、吞噬老弱病残的动物,然后又陷入迟钝、昏睡之中,只受到在肚腹中啃啮它们的寄生虫的惊扰。某些寄生虫又受到更小的寄生虫侵扰,而那些更小的寄生虫又是病原微生物的繁殖场所。蛇类在树木之间溜来溜去,用它们有毒的钩牙袭击鸟类和其他动物,不过它们会被猛禽的利喙啄成几段。克洛德·达尔热以夸张而愚蠢的语调评论着这些残忍的场面,流露莫名其妙的欣赏之情。米歇尔气得发抖,他感到内心也正在形成不可动摇的信念:整个来看,原始的自然是彻底令人厌恶的,可憎的;整个来看,原始的自然证明了彻底的毁灭和普遍的燔祭合情合理——地球上人类的使命也许就是完成这种燔祭。

1970年4月发行的《大鼻子狗》有了一个新的小玩意儿:"生命的粉末",足以使这本杂志名垂史册。每一期都附有一个小袋,里面装着一种海洋小甲壳生物盐卤虫的卵,也就是丰年虾。几千年以来,这种生物处于生命中止状态。使其生命恢复的程序相当复杂：需要用三天时间静置水，加温，添加小袋里的卵，轻轻摇晃。随后几天应当一直把容器置于光源和热源旁边，定期加入适当温度的水，以补充蒸发的水，小心地搅动混合物，使之获得氧气。几周之后，玻璃瓶里就会蠕动着许多半透明的甲壳生物，说实在的有点难看，但的确是活生生的。米歇尔不知道该拿它们怎么办，最终把一切都扔进了莫兰河。

在同一期里，二十页完整的冒险故事披露了"野蛮年代之子"拉昂年轻时的某些事情，他如何在史前年代获得了孤胆英雄的地位。他还在孩提时代，他的部落就在一次火山爆发中灭亡了。他的父亲"智者克拉奥"临死时只留给他一个三爪项圈。那三个爪子每一个都代表"直立行走的动物"，即人的一个品质：正直爪，勇敢爪，最重要的是善良爪。自那时起，拉昂就一直佩戴着项圈，尽量践行其所代表的那些品质。

克雷西那所房子有一个长条形花园，比在约讷的那个花园略小，里面种有一株樱桃树。米歇尔还阅读《大千宇宙》和《100个为什么》。他十二岁生日时，祖母送给他一套"小化学家"。化学与机械相比，更富有吸引力，更神秘，更变化无穷。各种物质放在各自的盒子里，颜色、形状、结构各异，就像永远分离的不同要素，但只要把它们放在一起，就会发生剧烈的化学反应，转瞬间变成完全不同的化合物。

7月的一个下午，米歇尔在花园里看书，突然意识到生命的化学基础可能是完全不同的。碳、氧和氮在活生物分子里所起的作用，可以由原子价相同但原子质量更大的分子来保持。在别的星球上，因着温度和压力不同，生命分子可能是硅、硫、磷，或者锗、硒、砷，抑或锡、碲、锑。这些事情，他找不到人来进行真正的讨论。在他的要求下，祖母给他买了几本生物化学书。

7

布吕诺四岁起开始记事。那是一种屈辱的记忆。那时他在阿尔及尔上阿佩利埃公园幼儿园。秋天的一个下午，女教师给男孩子讲解怎样做树叶项圈。女孩子坐在半坡上等待，已经表现出顺从的迹象。她们大部分都穿着白裙子。地面上覆盖金黄色的树叶，那里主要生长着栗树和悬铃木。男孩子一个个都做好了项圈，然后去戴在自己最喜欢的女孩子脖子上。布吕诺却毫无进展，树叶一碰就碎，什么东西到了他手里都一碰就碎。怎么向女孩子表明他也需要爱呢？没有项圈怎样向她们表明呢？他痛哭起来。女教师并不来帮他。活动已经结束，孩子们站起来离开公园。不一会儿，幼儿园关门了。

他的外祖父母在埃德加-基内大街住着一套很漂亮的房子。阿尔及尔市中心的资产阶级住宅楼，是按照巴黎奥斯曼住宅楼的式样建造的。一条二十米长的走廊纵贯整个套间，通向客厅，客厅阳台俯瞰整个白色之城。许多年之后，当他步入不惑之年，什么都看透了，人也变得尖酸刻薄时，他眼前常常重新浮现这样的情景：他本人在四岁的时候，全力蹬着三轮脚踏车，经过黑乎乎的走廊，一直到达豁然亮堂的阳台。也许正是在那时，他体验到人世间最大的幸福。

1961年，外公死了。在我们的气候条件下，一具哺乳动物或鸟类的尸体，首先会引来某些种类的家蝇。只要稍微开始腐烂，新种类的苍蝇便会飞来叮上，主要是丽蝇和绿蝇。尸体在细菌和幼虫吐出的消化液的共同作用下，多少会渗出一些液体，成为丁酸和氨发酵的场所。三个月后，苍蝇完成了它们的任务，而由成群的皮蠹属甲虫和油脂蛾所取代。这些昆虫主要靠油脂养活。发酵中产生的蛋白质物质，则被酪蝇的幼虫所摄取。腐烂的尸体含有的水分成了蜱螨的领地，它们吸干最后的脓血。尸体干瘪之后，里面还藏着一些开发者：皮蠹的幼虫、螟蛾和衣蛾的幼虫。正是它们完成了整个周期。

布吕诺眼前浮现出外公的棺材，美观的深黑色，上面摆个银十字架。那是一个给人安慰，甚至令人欣慰的画面。躺在一具那样漂亮的棺材里，外公应该感觉很好。后来，布吕诺对蜱螨目昆虫和被称为"意大利星星"的所有幼虫有所了解。然而直到今天，外公的棺材依然是一个令人欣慰的画面。

他眼前又浮现出他们到达马赛那天外婆的模样。外婆坐在铺了方砖的厨房当中，一个箱子上。蟑螂在方砖之间钻来钻去。大概就在那一天外婆的理智松弛了。在几个星期间，她经历了丈夫垂危，匆匆离开阿尔及尔，好不容易在马赛找到一套房子等一系列事情。位于马赛东北部的这个住宅小区，是一个肮脏不堪的老城区。在这之前，她从来没有踏上过法国的土地。女儿抛弃了她，没有来参加父亲的葬礼。大概出了什么差错。大概什么地方出了差错。

她坚强起来，继续活了五年。她购置了一些家具，在餐厅里为布吕诺支了一张床，送他进本街区小学读书，每天傍晚去接他。看到这位矮小、驼背、干瘪的老太太牵着自己的手，布吕诺有种羞耻之感。其他同学都是父母来接，那时父母离异的孩子还不多。

夜里说不定什么时候，外婆就会回忆起她晚景凄凉的一生的各个时期。套间天花板低矮，夏天十分闷热。外婆一般要天快亮才入睡。白天她趿着旧拖鞋，在房间里蹒跚着，高声说着连自己也不明白的话，有时一句话连续重复五十遍。女儿的情况令她忧思不解："她没有来参加她父亲的葬礼……"她从一个房间踱到另一个房间，有时手里拿个拖把或端口锅，忘记了那是干什么用的。"她父亲的葬礼……她父亲的葬礼……"旧拖鞋在地板上哧溜哧溜打滑。布吕诺蜷缩在床上，吓得不知所措。他知道这一切的结局会很糟糕。有时一大早，外婆还穿着睡袍或夹着卷发夹子，嘴里就唠叨开了："阿尔及利亚，就是法国……"接着就响起了哧溜哧溜的拖鞋声。她在两个房间里来回踱步，昂起头盯住某个看不见的点，"法国……法国……"

她慢吞吞地重复着，声音越来越低。

外婆烧得一手好菜，这是她最后的乐趣。她常常为布吕诺烧一桌丰盛的菜，好像要邀请十个人来吃饭似的。油焖青椒、鳀鱼、土豆色拉；有时在主菜之前上五道不同的小菜——酿笋瓜、油橄兔肉，甚至古斯古斯[1]。她惟一做不好的东西是糕点。但领到退休金的日子，她会买回来果仁糖、栗子糕、艾克斯杏仁蛋糕等等。渐渐地，布吕诺成了一个肥胖而胆小的孩子。外婆自己几乎什么也不吃。星期天早晨，外婆起得稍许迟一点，布吕诺就跑到她床上，蜷缩在她瘦骨嶙峋的身体旁边。有时他想象自己半夜里起床，拿了一把刀，刺进她的心脏，他看见自己然后也痛哭流涕地瘫倒在她身旁，不一会儿自己也死了。

1966年，外婆收到女儿的一封信。她女儿是从布吕诺的父亲那里获悉她的地址的——她每年圣诞节与布吕诺的父亲通一次信。雅妮娜并没有对过去表示特别的歉意，只是以这样一句话一笔带过："我获悉爸爸已去世和你已搬家。"另外她报告说，她已离开加利福尼亚回到法国南方来居住，但没有提供她的地址。

1967年3月的一天上午，外婆想做笋瓜煎饼，打翻了滚沸的油锅。她勉强支持着走到大楼的走廊里。她的嚎叫引来了邻

---

[1] 古斯古斯，北非用麦粉团加佐料做成的一种菜。

居。傍晚布吕诺放学回家，遇到住在楼上的阿乌兹太太，阿乌兹太太把他径直领进了医院。他有权探望外婆几分钟。外婆的烫伤处被床单盖住了。医生给她打了大量吗啡，不过她认出了布吕诺，抓住他的手握着。片刻之后布吕诺被带走。夜里，外婆的心脏停止了跳动。

布吕诺第二次面对死亡，他还是不太明白事变的意义。过了几年，每当交了语文作业或出色的历史文章，他还打算回去告诉外婆，当然会立刻想起外婆已过世。他只是偶然想起外婆已过世，实际上这并没有中断他与外婆的对话。他取得现代文学教师资格学衔时，还与外婆久久地议论给他的评语。不过，当时的他只是偶尔才相信自己可以和外婆对话。那次他买了两盒栗子糕。这是他们最后一次长时间交谈。学业结束后得到头一个教师职位时，他发觉自己变了，再也无法真正与外婆沟通了。外婆的形象渐渐消失在墙壁后面。

葬礼第二天，发生了一幕奇特的情景：他头一回见面的父亲和母亲一块商量如何安置他。他们在马赛那个套间的正房里商量，布吕诺坐在自己床上听他们讨论。听人家谈论自己，尤其是人家没有意识到你在场，这会使你感到很好奇。你自己可能都听不明白是怎么回事，岂不有点意思？总之，布吕诺觉得并不直接关系到自己，然而这次谈话大概将对他的一生起决定作用。后来他多次记起这次谈话，但从来没有真正感到激动。

他无法确定这两个大人与他有直接的、血缘的关系。那天他们俩在餐厅里,倒是他们高大的个子和年轻的外貌令他吃惊。布吕诺9月份就要进入六年级[1]了。他们决定给他找一间寄宿学校,父亲每周末把他接到巴黎去,母亲则尽可能在假期里时不时把他接到她那儿去。布吕诺没有异议。他觉得这两个人并不直接互相敌视。无论如何,与外婆一块过的生活才是真正的生活。

---

[1] 法国的学制,相当于国内初一,六年级最低,一年级最高,刚好与我国相反。

8

末等动物

布吕诺靠着洗脸池。他脱掉睡衣的上衣，白皙腹部上的赘肉贴在瓷盆边上。他十一岁了。他一如往常，每天晚上刷牙，希望顺利地洗漱完毕不发生什么事情。可是魏尔马走了过来，开始是一个人。他在布吕诺的肩上推了一把。布吕诺连连后退，吓得直打哆嗦。他大体知道就要发生什么事情了，低声恳求道："放了我吧。"

佩雷也过来了。他个子矮小结实，非常强壮。他猛扇布吕诺几个耳光，打得布吕诺哭了起来。两个人接着把布吕诺推倒在地，抓住他的双脚，在地板上倒拖着走，到了厕所旁，扯掉他的睡裤。他那玩意儿小小的，还是孩童的，还没长毛。两个人拽住他的头发，强迫他张开嘴。佩雷把厕所里的一个扫把贴在他脸上。布吕诺闻到一股粪便味，嚎叫起来。

布拉索也参加进来。他十四岁了，是六年级年龄最大的学生，他挺直身子，对准布吕诺的脸尿开了。昨天晚上，他曾强迫布吕诺吮他的鸡鸡，然后又舔他的屁股，今晚他没有兴趣那样做了。"克雷芒,你那玩意儿光秃秃的,"他讥讽道,"应该促使毛生长……"他打个手势,另外两个人就往布吕诺的生殖器上抹剃须肥皂水。布拉索打开剃须刀凑过去。布吕诺连屎都吓了出来。

1968年3月的一天夜里,一个学监发现布吕诺满身屎尿蜷缩在院子里端的厕所里,给他披上一件睡衣,把他领到总学监高安那里。布吕诺害怕他们逼他说出实情。布拉索的名字他提都不敢提。但深夜里被叫醒的高安对他十分亲切。高安与手下的学监相反,对学生都以"您"相称。这是他工作过的第三间寄宿学校,并不是最难应付的。他知道,受欺侮的学生几乎总是拒绝揭发欺侮他们的人。惟一能做的事情,是惩罚负责六年级宿舍的学监。这些孩子中大部分的父母都放任不管,他是他们心目中惟一的权威。应该更严密地监视学生,在错误还没有发生之前就进行干预。但这是不可能的,他只有五个学监,要管两百个学生。布吕诺走后,他冲了一杯咖啡,翻阅六年级的花名册。他怀疑是佩雷和布拉索,但没有任何证据。如果当场抓住他们,他甚至决心把他们开除。只要有几个粗暴残忍的分子,就足以引导其他同学都变得凶狠。大部分男孩子,尤其当他们成帮结伙时,往往都想对弱小者进行侮辱和殴打。特别是在刚跨进青春期的孩子之中,粗野行为达到前所未有的比例。高安对人的行为不抱任何幻想,如果人不再受法律约束的话。他一到莫市寄宿学校,就成功地使学生们对他望而生畏。他知道，如果没有他所代表的法制这座最后堡垒，对布吕诺这类孩子的欺凌就不会有任何限制。

布吕诺留级仍读六年级，这倒是松了一口气。佩雷、布拉索和魏尔马升入五年级，将搬到另一栋宿舍。不幸的是，根据教育部在"68事件"之后所下达的指示，决定减少学监的职位，而建立自行执行纪律的制度。这项措施当时很风行，而且有降低工资成本的优点。这样从一栋宿舍去另一栋宿舍就更容易了。五年级的学生养成了习惯，每周至少侵犯一次小同学，把一个有时两个受害者带回他们宿舍，然后开始折磨。12月底，一个年初入校的瘦弱胆小的男孩子米歇尔·康普夫，为了摆脱拷打他的人，从窗口跳了出去。那一跳本来会是致命的，算他命大没有死，只落了个多处骨折。踝骨伤势非常严重，碎骨很难恢复。看来他会终身残疾。高安组织了一次全面审讯，进一步证实了他的猜想，尽管佩雷没有招认，他硬是让他停学三天。动物社会实际都是按一种支配制度运转的，而这种支配制度是与各成员的体力相联系的。其特征是严格的等级划分：群体中最强壮的雄性动物称为"阿尔法"动物；体力二等的动物称为"贝塔"动物，以此类推，末等动物叫做"欧米伽"动物。[1] 等级次序的排列一般是通过格斗仪式决定的。等级低

---

[1] 这里所述是按希腊字母表的次序排列的。

的动物试图改善自己的地位，向等级高的动物发起挑衅，因为它们知道，一旦取得胜利，它们的地位就会改变。高等级享有某些特权，如头一个进食，与群体中的所有雌性交配。不过，最弱小的动物一般可以采取顺从的姿态（如蹲下，露出臀部），而避免格斗。布吕诺的处境还更糟。暴力和支配在动物社会司空见惯，黑猩猩（黑猩猩属）群体会针对最弱小的动物无故施虐。这种倾向在原始人类社会以及发达社会的儿童和少年中，达到了登峰造极的地步。后来才衍生出怜悯，视别人的痛苦为自己的痛苦。这种怜悯很快在"道德法律"的形式下被系统化。在莫市寄宿学校，让·高安代表道德法律。他丝毫不想偏离道德法律，他认为纳粹并未滥用尼采的思想——尼采否定同情，超越道德法律，确立欲望和对欲望的支配——照他看来，尼采的思想自然导致纳粹主义。凭高安的资历和学历，他本来可能被任命为男子中学校长。他完全是自愿留在总学监这个位置上的。他向学区监察递交了好几份报告，抱怨寄宿学校学监名额减少。这些报告都如石沉大海。在动物园，一头雄性袋鼠（袋鼠科）看到饲养员处于直立的姿势，总以为饲养员是挑衅，想同它搏斗。饲养员采取弯腰的姿势，就能使袋鼠的攻击缓和下来。这是温和的袋鼠的特点。让·高安根本不想变成温和的袋鼠。米歇尔·布拉索的凶狠——不太进化的动物在正常进化过程中表现出的自私——导致一个同学落得终身残疾。这种凶狠有可能给布吕诺这样一些孩子造成不可弥补的心理伤害。高安每次叫布拉索来谈话时，根本不想掩饰对他的蔑视和想开除他的意图。

每个星期日傍晚，父亲开着奔驰汽车把他送回学校，快到楠特伊莱莫时，布吕诺就开始瑟瑟发抖。学校接待室的墙上装饰着一些浮雕，所雕刻的是著名校友库特利纳和穆瓦桑。乔治·库特利纳是法国作家，发表过一些故事，以讽刺手法描写资产者和官僚生活的荒唐。享利·穆瓦桑是法国化学家（1906年诺贝尔奖得主），发展了电炉的应用，并且实现了硅和氟分离。父亲总是七点钟开晚饭时把布吕诺送到学校。布吕诺一般仅中午吃得上饭，与半寄宿的同学一块用餐。晚餐只剩下寄宿生了，八个人一桌，前面的位置都被大同学占据。他们放开肚皮吃，然后往菜盘里吐唾沫，搞得小同学无法吃他们吃剩的东西。

每个星期天，布吕诺都犹豫不敢对父亲讲，最后的结论是无法开口。他父亲觉得，一个男孩子最好学会自卫。事实上，某些年龄并不比他大的同学都会还击，寸步不让地搏斗，最终使人家不得不尊重自己。四十二岁的塞尔日·克雷芒是个成功的男子汉。他父母在佩蒂-克拉玛经营食品杂货店，而他现在拥有三家医学美容专科诊所：一家在讷伊，第二家在勒韦西内，第三家在瑞士洛桑附近。当他的前妻去加利福尼亚生活，他又把夏纳那家诊所接手过来，分一半利润给她。他很长时间不亲自做手术了。正如大家所说的，他是个"好管理者"。只是对待儿子，他不知道到底该怎么办。他倒是想为儿子好，只要不占用他太多时间就行；于是滋生出些许负罪感。凡是布吕诺来的周末，他就避免接待情人，去饭店买来饭菜，与儿子单独吃。然后父子俩看电视。打牌之类他一概不会。有时，布吕诺夜里起来，走到冰箱旁边，把玉米片倒进一个碗里，加上牛奶、鲜奶酪，再撒一层厚厚的白糖。弄好之后就吃，连吃好几碗，吃到想吐为止，吃得肚子胀鼓鼓的，他觉得好快活。

9

在道德风尚的演化方面，1970年的一大特点，是色情消费急剧扩张，警惕戒备的书刊检查尽管进行了干预。旨在向广大公众普及60年代"性解放"的音乐喜剧《毛发》取得了很大成功。裸胸露乳现象在南方的海滨浴场迅速蔓延。几个月之间，巴黎的性商店从三家增加到四十五家。

9月份米歇尔升到四年级，开始学习第二种现代语言德语。在上德语课时他认识了安娜贝尔。

那时，米歇尔有着节制的幸福观。说到底，他实际上从来没想过这个问题。他所能有的观念都来自祖母，祖母把她的观念直接传给自己的儿孙们。她信奉天主教，投戴高乐的票。她的两个女儿都嫁给了共产党人，但这并没使她有多大改变。童年遭受过战争造成的贫困，解放时刚二十岁的那一代人，以下就是他们的观念，是他们希望留给子孙们的世界：女人待在家里，操持家务（家用电器给了她们很大帮助，她们有许多时间奉献给家庭）。男人在外面工作（自动化使他们的工作时间缩短，他们的工作不再那么艰难）。夫妻间忠诚、幸福，住在城外（郊区）宜人的住宅里，闲暇时间搞搞工艺、园艺和美术，如果不是特别喜欢旅行，去发现其他地区和国家的生活方式和文化的话。

雅各布·威克宁出生在西弗里斯兰的吕伐登。他四岁就来到法国，对其荷兰原籍只剩下一点模糊的印象。1946年他娶了一位挚友的妹妹为妻；她当时只有十七岁，没有结识过其他男人。威克宁在一家显微镜工厂工作一段时间之后，自己创办了一家精密光学仪器企业，主要是与安琴和巴特合作进行代加工。当时还不存在日本人的竞争，法国生产出高性能的镜头，其中有些可与施奈德和蔡司媲美。他的公司运转良好。夫妻俩在1948年和1951年生了两个儿子，1958年又生了安娜贝尔。

安娜贝尔出生在一个幸福的家庭（她的父母结婚二十五年，没发生过真正的争吵），知道自己命运也将是幸福的。在遇到米歇尔的前一年夏天，她已情窦初开。她就要满十三岁了。世界上某个地方有个男孩子，她不认识他，他也不认识她，但她将与他共同生活，她会努力使他幸福，他也会努力使她幸福。只不过她不知道他长的什么模样。这让人心里很不安宁。《米奇日报》[1]发表了一位与她年龄相仿的女读者的来信，表达

---

[1] 青少年周刊。

了同样的不安。回信力图让她放心，最后一句话是："别担心，小柯拉莉，你会认识他的。"

他们开始来往，一块做德语作业。米歇尔住在街对面，相距不到五十米。他们越来越经常在一块度过星期四和星期天。他总是在他们刚吃完中饭时来。"安娜贝尔，你的未婚夫……"她二哥往花园里看一眼，这样告诉她。她的脸刷地红了，但父母避免嘲笑她。她知道，他们很喜欢米歇尔。

这是一个奇怪的男孩子。他对足球和歌手一无所知，在班上并非不受欢迎，常与好几个人说话，但只是泛泛之交。在安娜贝尔之前，没有任何同班同学来过他家。他习惯于一个人思考和沉思，但渐渐习惯了有一个女朋友在身边。他们经常骑自行车外出，攀登梧朗吉山坡，然后穿过草地和树林，直到俯瞰大莫兰河谷的一座山丘。他们在草丛里行走，学会相互了解。

10

一切全怪卡洛莉娜·叶萨杨

从1970年这个学期开学起，布吕诺在寄宿学校的处境略有改善。他升到了四年级，开始成为大同学中的一分子。四年级到毕业班的学生住在另一翼的宿舍里，每个小间里四张床。在最粗暴的那些同学心目中，他已经被彻底制服了，受尽了屈辱，他们渐渐转向了新的受害者。也是在这一年，布吕诺开始对女孩发生了兴趣。尽管很罕见，但偶尔会有男女两个寄宿学校的学生一块出去玩。天气晴好的星期四下午，他们会一直漫步到莫市郊区的马恩河畔，那里开辟了一片类似海滨浴场的沙滩。旁边有一家咖啡馆，里面有许多台式足球和弹珠游戏机，然而主要吸引人的东西，是玻璃笼子里的一条蟒蛇。男孩子寻开心，都去刺激它，用手指叩击它的身体。震动使蟒蛇变得狂怒，猛扑向玻璃壁，直撞得昏倒。10月份的一天下午，布吕诺与帕特莉西雅·奥韦耶说话。她是孤女，只是假期才离开寄宿学校，去阿尔萨斯的一位叔父家。她头发金黄，身材苗条，说话速度很快，表情丰富的脸有时会凝滞为一个奇特的微笑。第二个星期他受到严重的冲击,因为他看见她两腿分开坐在布拉索的膝头上,而布拉索搂住她的腰,一个劲和她亲嘴。不过,布吕诺并没有得出推而广之的结论。过去几年间这些野蛮家伙曾使他畏惧,可是他们在女孩子那里广受欢迎,因为只有他们敢于勾引她们。另外他注意到,只要有女孩子在旁边,佩雷、魏尔马甚至布拉索就不欺侮小同学。

从四年级开始,学生们可以报名参加电影俱乐部。电影每星期四晚上在男生寄宿学校的礼堂放映。是男女生混合看电影。12月的一天晚上,在电影《吸血鬼诺思费拉图》放映之前,布吕诺坐在卡洛莉娜·叶萨杨旁边。电影快结束时,在进行了一个多小时的思想斗争之后,他将左手轻轻地放在卡洛莉娜的大腿上。在妙不可言的几秒钟之间(五秒?七秒?肯定没超过十秒钟),什么也没发生。卡洛莉娜一动不动。一股巨大的热流涌及布吕诺全身,他差点晕过去。卡洛莉娜没说一句话,也没生气,推开了他的手。好久以后,甚至很经常,布吕诺让这个或那个小婊子吮他时,总不免要回想起这极为幸福的几秒钟,也回想起卡洛莉娜·叶萨杨轻轻推开他的手那一刻。这个小男孩心灵中有着非常纯洁、非常温柔的东西,先于一切性行为,先于一切色情消费的东西。他只有一种单纯的欲望,就是接触一个多情的肉体,被拥抱在多情的怀抱里。柔情先于诱惑,所以他不会轻易地灰心丧气。

那天晚上,布吕诺与其摸卡洛莉娜的大腿,还不如摸她的胳膊呢（那样她很可能会接受，而且在他们之间会引发一场美妙的艳遇，因为之前排队等候的时候，她完全是主动与他说话，让他坐在她旁边，她还把胳膊放在两个座位之间的扶手上。由此看来，她早就注意到了布吕诺，非常喜欢他，强烈希望那天晚上他能捏住她的手）。可能因为卡洛莉娜·叶萨杨的大腿是裸露的，而在他单纯的心灵里，没有想到她的大腿会是随意裸露的。布吕诺随着年龄增长，常常沉浸在少年时代的情感之中又感到厌恶，他命运的症结渐渐形成，一切洞若观火，冷酷的事实无法补救。1970年12月的那个晚上，卡洛莉娜·叶萨杨也许能够抹去他童年时代的屈辱和忧伤。在这头一次失败之后，一切变得困难多了（在她轻轻地把自己的手抽回去之后，他再也没有勇气和她说话了）。然而从人道角度讲，事情与卡洛莉娜·叶萨杨毫无关系。相反，卡洛莉娜·叶萨杨，这个有着羔羊般温顺的目光、长长的黝黑鬈发的亚美尼亚小女孩，由于家庭无法解决的复杂矛盾，流落在莫市寄宿中学凄凉的宿舍楼里。仅仅卡洛莉娜·叶萨杨就构成了对人道抱以希望的理由。之所以一切成了一场空，那是因为一个微不足道的，几乎可笑的细节。三十年后，布吕诺坚信：细枝末节也有其重要性，所以把当时的情形概括为一句话：一切全怪卡洛莉娜·叶萨杨那条超短裙。

事实上，布吕诺把手搁在卡洛莉娜·叶萨杨的大腿上，几乎就是向她求婚。他刚刚跨进少年时代，正处于转变期。除了少数几个先驱者——他的父母就是他们之中一个痛苦的例子——上一代人在婚姻、性行为和爱情之间建立了特别强有力的联系。的确，工薪阶层逐渐扩大、50年代经济迅速发展——除了在越来越有限的阶级之中，遗产的概念依然保留着真正的重要性——应该导致"理智婚姻"的衰微。天主教教会一直对婚外性行为持保留态度，也热情地欢迎这种趋向于"爱情婚姻"的演变，认为这更符合它的理论（是爱情婚姻创造了男人和女人），向着教会的目标——实现和平、忠贞、有爱的文明——迈出了第一步。共产党作为能够与天主教教会进行较量的惟一精神力量，几乎为着同样的目标进行着斗争。因此，50年代的青年人无一不迫不及待地盼望坠入情网。农村的荒漠化，以及伴随而来的村庄社团的消失，使青年人几乎可以在无限的范围内去选择未来的配偶，同时使这种选择变得非常重要（1955年9月份，在萨塞勒提出了所谓的"大一致"政策，直观而明确地表述了要把社会性缩小为以家庭为核心的范畴）。因此我们并非是随心所欲地认为，50年代及60年代初就其特点而言，就像"爱情真正的黄金时代"，这个时期之初出现的让·费拉和弗朗索瓦丝·阿迪的歌曲，今天还在为我们描绘出那个时代的形象。

然而与此同时，源于北美的大众色情消费（猫王的歌曲、玛丽莲·梦露的电影），在西欧广为传播。作为夫妻幸福生活的伴生物品，电冰箱和洗衣机得到了普及，与此同时，半导体收音机和电唱机也成为大众消费品，从而形成了青年人调情的行为模式。整个60年代潜在的意识形态冲突，到70年代初在《芳龄小姐》和《芳龄二十》这两本杂志里爆发了，当时的核心问题："在结婚之前人们究竟能走多远？"同样在这个年代，源于北美的享乐主义——色情选择，获得了崇尚自由主义的媒体强有力的支持（《时尚》杂志第一期于1970年10月份问世、《查理周刊》则于11月份出版第一期）。这些期刊原则上都采取了否定资本主义的政治视角，却在本质上与娱乐行业步调一致，包括摧毁犹太教-基督教的道德价值观，赞美青春和个人自由。在相互矛盾的重重压力下，摇摆不定的各家青年女性杂志紧急达成一项妥协。这项妥协可以概括为对下面这种生活方式的阐述：在第一阶段（就是十二岁至十八岁吧），女孩子与许多男孩子一块外出（"外出"这个字眼语义的含糊，正反映了实际行动的暧昧：与一个男孩子一块"外出"，确切地讲意味着什么？是相互亲嘴，还是相互爱抚、抚摩等更深一层的快乐，抑或是干脆发生性关系？），对于帕特莉西雅·奥韦耶和卡洛莉娜·叶萨杨来讲，这事没那么简单。她们最喜欢的杂志提供的答案也是含糊其辞、自相矛盾。在第二阶段（实际是中学毕业后不久），同一个女孩子感到需要"动真格"了（也就是后来德国杂志所说的"强烈的爱情"，这时直接相关的问题是："我该不该和热雷米住在一起？"），从终极原则来看，这是第二阶段。各家杂志向女孩子建议的妥协办法并不靠谱——实际是让相互对立的行为模式并列,随机地在不同的生活阶段采取某种模式——但要到几年后,也就是人们意识到离婚现象已很普遍,这种不靠谱才显现出来。不管怎么说,这些女孩子还是相当幼稚的,又被她们周围迅速发生的变化弄得晕头转向。对她们来讲,这种行不通的方案在那几年间还是构成了一种可信的生活模式,她们理所当然地投身其中。

对安娜贝尔来讲,情况很不相同。她晚上入睡前想念米歇尔,早晨醒来后见到他而高兴。上课的时候发生了什么开心或有趣的事情,她立刻就会想什么时候去告诉他。由于某种原因他们一天没有见面,她就会感到坐卧不安,闷闷不乐。暑假期间(她父母在纪龙德有栋别墅),她每天给他写信。即使她不肯坦率地承认,即使她所写的信没有任何热情的话,而像写给一位年龄与她相仿的兄弟,即使这种感情使她的生活笼罩在一层柔情的光晕里,而不是沉浸在炽烈的激情中,然而有个事实在她心中日益明确:虽然她没有寻求,甚至没有真正渴望,但她一下子就面临了"强烈的爱情"。既然头一个男人是最好的男人,那就不会有其他男人,这样的问题甚至没必要费神去想。在《芳龄小姐》看来,这种情况是可能的但不应该头脑发热,那几乎是绝不会发生的。然而,在某些极为罕见、近乎奇迹但又不可置疑的确凿情况下,那是可能发生的,而那是世界上你可能遇到的最幸福的事情。

11

米歇尔保留了这个时期的一张照片，那是1971年复活节假期在安娜贝尔父母家花园里拍的。安娜贝尔的父亲把一些巧克力彩蛋藏在树丛和花坛里。照片上的安娜贝尔在一丛连翘之中，双手分开枝叶，以小孩子的一本正经在全神贯注地寻找着。她的脸开始变得妩媚，已经可预见，她将来会出落得非常美丽。毛衣下的胸脯已微微隆起。复活节找彩蛋，这是最后一次了；第二年他们年龄太大了，就不能玩这种游戏。

从十三岁开始，在卵巢分泌的黄体酮和雌二醇的作用下，脂肪开始在女孩子的胸部和臀部积聚。最好的情况下，这两个部位会变得丰满、匀称、圆润；注视这两个部位会使男人产生强烈的欲望。安娜贝尔与她母亲一样，在这个年纪已显现出曼妙的身材。不过她母亲的一张脸只是可爱、讨喜，如此而已。没有任何迹象预示安娜贝尔的美貌会带来磨难，她母亲却开始惴惴不安了。安娜贝尔有一对蓝色的大眼睛，一头浓密耀眼的浅金色秀发，这肯定是从她父亲那边，即从家族的荷兰血脉继承下来的。但是，外貌基因鬼斧神工之下，为她的面部注入了天真烂漫。相貌丑陋的姑娘是不幸的，因为她们没有任何机会被人爱上。说实在的，不会有人嘲笑她们，也不会有人残忍地对待她们。她们像是无形的，无论走到哪里都没有人注意。有她们在场，谁都感到别扭，宁愿她们不存在。相反，一个非常美丽的姑娘，一个美貌远远超过一般少女的娇艳和妩媚的姑娘，会产生非凡的效果，似乎总是预示着悲剧的命运。安娜贝尔十五岁上，就出落成了这类非常罕见的姑娘中的一个。这类姑娘会引起所有男人注意，不论他们年龄多大，地位如何。她们只要在一座中等城市的商业街上经过，就会使小伙子和成年男人心跳节奏加快，而使老头儿发出遗憾的叹息。安娜贝尔很快就意识到，只要她出现在一家咖啡馆或一间教室，在场的人都会顿时屏息静气，但这其中的原因，她好几年后才充分明白。在克雷西-昂布利普通中学，大家都认为她与米歇尔"亲近"。但即使她不与米歇尔亲近，也没有任何男孩子敢于尝试与她亲近。这正是那些异常美丽的女孩子面临的尴尬。只有那些厚颜无耻、毫无顾忌、经验丰富、专门玩弄女孩子的男青年，才有胆量追求。所以这类女孩子的处女之珍，一般都是最下流的男人所得，而对这些女孩子来讲，这正是她们不可救药的沉沦的开始。

1972年9月份，米歇尔升到莫市公立中学二年级。安娜贝尔升到了三年级，她还待在初中。[1] 米歇尔放学回家是乘火车，在埃斯布里换乘内燃轨道车。一般他是乘十八点三十三分的火车抵达克雷西，安娜贝尔在车站等他。他们一块沿着小城的运河岸边走。有时——事实上很少有，他们一块上咖啡馆。安娜贝尔现在知道，米歇尔总有一天会渴望亲吻她，抚摸正在发生变化的肉体。她不急不躁，等待着那个时刻的到来，她毫不畏惧，她充满自信。

性行为的基本面全都仰赖天赋；幼年时代的经历在性行为的萌发机制中占有重要地位，尤其对鸟类和哺乳动物来讲是这样。与同物种成员早熟的肉体接触，对于犬、猫、鼠、豚鼠和猕猴似乎具有关键性意义。在幼年时代被剥夺与母亲的接触，会非常严重地扰乱雄鼠的性行为，尤其会抑制它的求爱行为。米歇尔的人生如果也取决于这一点（在很大程度上的确取决于这一点），那么他就不会亲吻安娜贝尔。傍晚时分，她看见他拎着书包从车厢里出来，高兴得什么似的，常常猛地扑进他的怀抱。他们就那样搂抱着待几秒钟，处于一种幸福得不能动弹的状态，彼此松开之后才开始说话。

布吕诺也在莫市公立中学上二年级，是在另一个班。他知道他母亲有了第二个儿子，是与另一个父亲生的。再多的情况

---

[1] 法国初中至高中的年级是倒算的。六年级至三年级是初中四年；二年级、一年级和结业班是高中三年。因此，米歇尔升入高中，安娜贝尔还在初中。

他就不知道了,他很少见到母亲。他去母亲在卡西斯的别墅度过两次假期。她接待许多路过的年轻人。这些年轻人被大众报刊称为"嬉皮士"。事实上他们不工作。他们逗留期间都由雅妮娜供养。雅妮娜改了名字,现在叫雅娜。就是说,他们是靠她前夫所建立的医学美容诊所的收入生活,说到底是靠某些富裕女人的愿景生活:这些女人希望克服时间造成的衰老,或纠正某些天生的缺陷。他们一丝不挂跳到地中海的小海湾里沐浴。布吕诺拒绝脱掉游泳裤。他觉得自己又白又小又肥胖,令人讨厌。有时母亲让一个小伙子与她同床。她已经四十五岁。性器官已不那么丰腴,有点下垂,但她的容貌依然妖媚。布吕诺每天自淫三次。年轻女人的阴部是可以得到的,有时近在咫尺,但布吕诺很清楚,它们对他是关闭的。其他小伙子个头比他高大,晒得比他黑,而且比他强壮。许多年以后布吕诺大概弄明白了,小资产者的天地、职员和中层管理人员的天地,比当时以嬉皮士为代表的边缘青年的天地更宽仁,更容人,更开放。他经常说:"我可以装扮成体面的管理人员,为他们所接受,要做到这一点,只需买一套西服、一条领带和一件衬衣就够了。在C&A商场削价销售的时候,这一切八百法郎就能买到手。实际上几乎只要学会打领带就成了。的确还有汽车问题。这实际上是中层管理人员生活中惟一的困难。但车子也能弄到手,贷款买一辆,工作几年就成了。相反,装扮成边缘青年对我来说毫无意义。我既不够年轻,不够帅,也不够沉着。

我的头发越来越少，又有发胖的倾向，人越老就越变得不安和敏感，一旦感知到被拒绝和受蔑视的迹象，我就越发痛苦。总之我不够自然，就是说不够兽性——这涉及一个不可救药的缺陷：我不管说什么，做什么，买什么，总是无法克服这个缺陷，因为它具有先天缺陷蕴含的全部狂暴力量。"自第一次在母亲家小住，布吕诺就明白了，他永远不会被嬉皮士接受；他不是，永远也不会是一个好动物。夜里，他常常梦到张开的阴阜。大约在同一个时期，他开始阅读卡夫卡的作品。他头一回体验到冷冰冰、毛骨悚然的感觉。在读完《审判》几个钟头之后，他还感到头脑发木，浑身发软。他立刻懂得了，这个没精打采、以耻辱为标志的世界，这个人们在恒星的空间交错而过、彼此永远没有任何关系的世界，恰恰契合他的精神世界。世界是毫无生气的，冷冰冰的，然而有一个东西是热乎乎的，那就是女人两腿之间那个东西。可是，那个东西他接近不了。

越来越明显的是，布吕诺委靡不振，他没有男性朋友，见到女孩子就害怕，他的少年时代总的来讲是可悲可叹的失败。他父亲看出了这一点，心里产生了日益强烈的负罪感。1972年圣诞节，他要求前妻来一块商讨这件事。在交谈过程中，他了解到布吕诺的同母异父兄弟在同一所学校，也读二年级（虽然不在同一个班），但兄弟俩从来没有会过面。这件事作为不光彩的家庭解体象征，给了他沉重打击，毕竟责任在他们俩头上。他头一回表现出专断，要求雅妮娜恢复与她的第二个儿子接触，以补救还可以补救的东西。

　　米歇尔的祖母对她会抱什么感情，雅妮娜不存什么幻想。不过比她所想象的还稍微要差一点。当她把自己的保时捷跑车停在克雷西-昂布利那座楼前，老太太手里拎着菜篮子从门里出来，生硬地说："我不能阻止你看望他，他是你儿子嘛。我去买东西，两个钟头后回来，希望那时你已经离开。"她说罢就转身走了。

　　米歇尔待在自己的卧室里，雅妮娜推门进去。她事先想可以拥抱他，但她刚要做拥抱的动作，他就往后退了足足一米。他越长大，越像父亲：一样细柔的金色头发，一样尖瘦的脸，一样突出的颧颊。雅妮娜带来的礼物有一架电唱机，几张滚石乐队的唱片。米歇尔一声不吭地接过一切（他保留了唱机，几天后大概毁掉了唱片）。他的房间简朴，墙上没贴任何海报。数学课本摊开在书桌台面上。"这是什么？"雅妮娜问道。"微积分方程式。"他迟疑地答道。她本来想跟他谈谈他的生活，并邀请他去度假。这显然不可能。她只好告诉他，他的兄弟不久要来看他。他表示同意。她逗留了差不多一个钟头了，沉默在蔓延，这时花园里传来了安娜贝尔的声音。米歇尔冲到窗口，喊她进来。在那姑娘跨进花园门时，雅妮娜望了她一眼。"你这位女同学蛮漂亮嘛。"她说道，嘴唇微微有点扭曲。这句话像鞭子一样迎面抽过来，米歇尔脸色都变了。雅妮娜在走回保时捷的路上，迎面遇到安娜贝尔，盯住她的眼睛看她，目光里充满憎恶。

　　米歇尔的祖母对布吕诺没有任何嫌恶。他也是这个反常女人的牺牲品——这就是她对事物的看法，虽则简单，但一针见血。布吕诺每逢周四下午去看米歇尔，渐渐成了习惯。他乘坐克雷西-拉夏佩勒的火车，每次只要有可能（而这几乎总是可能的），总是坐在一位单独出行的女孩对面。大部分女孩子都架着二郎腿，穿件若隐若现的长袖衬衫或别的衣服。他并不坐在正对面，而多半坐在斜对面，但往往坐在同一条长凳上不到两米远的地方。一瞥见金色或棕色的长头发，他就勃了起来。在穿过一排排座位选择位子时，裤衩里越来越难受。坐下的时候，他已经从口袋里掏出一块手帕，只需打开课本夹搁在大腿上，三下两下就搞定了。有时，当他掏出那玩意儿，而女孩放下架着的腿时，他甚至不需要摸自己的那家伙，瞥见女孩子的内裤，就一下子射了出来。手帕是保险起见的备用物，一般情况下他多半射在课本的书页上，射在二级方程式上、昆虫图解上或苏联煤产量的数字上。那女孩继续阅读她的杂志。

　　多年之后，布吕诺一直处在怀疑之中。这类曾经发生的事情，事关一位胆小而肥胖的小男孩。他还保留着那个小男孩的照片。那个小男孩又事关他这个被欲望吞噬的成年男人。他的童年是艰难的，他的少年时代更不堪其苦。现在他已四十有二，客观地讲离死亡尚远。他还活着干什么？也许是为了几次口交吧。他知道，现在他越来越容易接受为此掏腰包了。追求某种目标的生活是不会给回忆留出多少位置的。随着勃起变得越来越困难，越来越短暂，布吕诺听凭自己处于忧伤的松弛状态。他生活的主要目标一直是在性方面，再也不可能改弦更张，这一点他现在很清楚。这一点上，布吕诺在他那个时代具有代表性。在他的少年时代，法国社会自两个世纪以来所经历的经济竞争有一定程度的缓和。关于设想的社会，人们越发赞同，经济条件理应趋向于某种平等。政治家和企业家经常援引瑞典的社会民主模式。布吕诺看到，自己没有什么希望通过经济成功来超过他的同时代人。在职业方面，他惟一的目标是——十分理智地——将自己融入后来被吉斯卡尔·德斯坦总统描绘成"轮廓极不分明的广阔中产阶级"。但是人很容易分成三六九等，他强烈希望能感到高人一等。在经济平等化道路上为欧洲各民主国家提供了典范的丹麦和瑞典，同样在性解放方面也提供了榜样。在中产阶级内部——工人和管理人员也逐渐跻身于这个阶级——更确切地讲在中产阶级的孩子们当中，出乎意料地开辟了新领域，自恋竞争。1972年7月，布吕诺去奥地利边境附近的巴伐利亚小城特劳恩施泰因参加语言学习夏令营。组里另一位法国小伙子帕特里克·卡斯特里在三周时间里竟然与三十七个女人交媾过。而在同一段时间里，布吕诺的得分为零。他最终只在一个超级市场女售货员面前掏出了他的那个玩意儿，幸好那个女售货员只哈哈一笑，没有告发他。像他一样，帕特里克·卡斯特里也出身于资产者家庭，在学校里成绩出色。他们经济上的前途看来也会不相上下。布吕诺少年时代的回忆大抵如此。

后来，随着经济全球化，出现了严峻得多的竞争，全民因购买力增长而全部进入中产的幻想彻底破灭了。越来越广大的社会阶层陷入了不稳定状态和失业之中。性方面的竞争却没有因此而减弱，而是恰恰相反。

布吕诺认识米歇尔至今已二十五年。在这段漫长的时间里，他觉得几乎没有什么变化。他假设每个人拥有一个核心，这个核心扎根在他主要性格中，这点在他看来显然易见。然而，他自身的经历却一大段一大段地湮没在彻底的遗忘之中了。有成月成年的时光他似乎根本不曾度过。但这不是少年时代最后两年的情况。那两年有那么丰富的回忆，有那么多有益的经验。"人生一世的回忆，"他的同母异父兄弟很久以后对他说，"就像格里菲斯[1]一段确实可信的经验。"他们待在米歇尔的房间里一块喝金巴利酒。这是 5 月的一个晚上。他们很少回忆过去，所议论的往往是政治和社会新闻，但这天晚上他们谈到了过去。"你一生中不同时刻有不同的回忆，"米歇尔概括说，"这

---

[1] 格里菲斯（1879—1941），英国细菌学家，他的"格里菲斯实验"帮助后世科学家发现了 DNA 转移。

些回忆呈现得丰富多彩：你眼前会重新浮现种种不同的想法，种种不同的动机或者一张张不同的面孔。有时你会仅仅回想起一个姓名，譬如你刚才向我提到的帕特莉西雅·奥韦耶，而你知道现在你不可能再认出她。至于卡洛莉娜·叶萨杨，你所记得的一切，确切地讲，整个儿集中在你把手放在她大腿上的那几秒钟。格里菲斯那些确实可信的经验在 1984 年引入量子领域，应用于在不确定叙述中的量子测定。格里菲斯的故事是建立在一连串多少随意、时间不同的测量之上。每次测量显示出这样一个事实，即，不同的物质量在特定的时刻包含在某个范围值中。例如，在 t1 时间，一个电子具有某种速度，而此速度取决于测量方式，又以近似法来确定；在 t2 时间，这个电子处于空间的某个范围之中；在 t3 时间，它具有某种自旋值。以一个子集的测量为基础，可以确定一段经验，这在逻辑上说是确实可信的，然而不能说是真实的。它可以在没有矛盾的情况下简单地得到肯定。在特定实验框架下，在可能的世界历史中有些可以按格里菲斯的标准化形式重新编写。这些重新编写的经验就称为格里菲斯的一致性历史。一切之发生就仿佛世界是由分离的、具有内在和稳定特性的物体构成的。然而，能够在一系列测定的基础上重新编写的格里菲斯的一致性历史，其数量通常来说显然高于一。你意识到你的自我，这种意识使你能够提出一项假设。你根据自己的回忆所能重新构建的历史，是单一叙事原则下可解释的一致性历史。作为孤立的个体，在一定时间里顽强地生存，服从物体和特性的本体论，你在下述这一点上不会有任何疑问：人们一定可以给你配上一段格里菲斯一致性历史。这种先验的假设，你是为真实生活的范畴提出来的，而不是为幻想的范畴提出来的。"

"我宁愿认为自我是一个幻象，不过是一个痛苦的幻象……"布吕诺低声说道。米歇尔不知如何回答，他对佛教全然无知。谈话不容易，他们每年顶多见两次面。年轻的时候，他们曾有过热烈的讨论，但那个时期一去不复返了。1973年9月，他们一块升到了一年级C班，两年期间一块上数学课和物理课。米歇尔远远高出全班水平。人类世界——他们开始懂得了——是令人失望的，充满忧虑和痛苦。数学方程式给他带来强烈而平静的快乐。他在半明半暗中前进，突然找到了一条通道：几道公式，几次大胆的因子分解，他就上升到了一个光明灿烂的平台之上。数学证明题的第一步最激动人心，在半途闪烁的真理还朦朦胧胧；最后一步则心旷神怡，酣畅淋漓。同一年，安娜贝尔在莫市中学升到二年级。放学后他们三个人常常见面。然后布吕诺回寄宿学校，安娜贝尔和米歇尔向火车站走去。事态发展出现了不寻常、令人忧虑的趋势。1974年初，米歇尔一头扎进了希尔伯特空间，尔后又开始钻研测定理论，发现了黎曼、勒贝格和斯蒂尔吉斯积分。与此同时，布吕诺则在阅读卡夫卡，在火车上手淫。5月的一个下午，在拉夏佩勒叙克雷西新近开放的游泳池，他兴致勃勃地掀开浴巾的两角，让两个十二岁的女孩子看他里面的东西。他特别高兴的是那两个女孩子用胳膊肘互相推了一下，显得对这场面很感兴趣。他与两个之中一个棕色头发、戴眼镜的娇小女孩子，眉来眼去了好一会儿。布吕诺太不幸，受挫折太多，不可能真正关心别人的精神状态，然而却了解到自己同母异父兄弟比他的处境还糟。他们经常一块上咖啡馆。米歇尔穿滑雪运动衫，戴可笑的无边软帽，不会玩台式足球游戏。主要是布吕诺说话。米歇尔不好动，话也越来越少，总是以专注而呆滞的目光注视着安娜贝尔。安娜贝尔并不把目光移开；在她看来，米歇尔的脸像另一个世界的注解。大约同一时期，她读完了《克鲁采奏鸣曲》，有一阵子以为通过这部作品理解了米歇尔。二十五年后，布吕诺觉得，他们当时处在失衡的、异常的、没有前途的状态下。人在衡量过去时，总以为冥冥注定，但可能是虚假的。

12

标准制度

"革命时期,某些人非常骄傲地把一种廉价的功劳归于自己,说是他们促进了同时代人无政府主义热情的高涨。这些人没有意识到,他们可悲的表面胜利主要应归因于一种自发倾向,而这种倾向取决于相应的社会形势。"

——奥古斯特·孔德[1]《实证哲学教程》第48课

在法国,70年代中期最引人注目的事件,是《魅影天堂》《发条橙》和《华尔兹》所取得的轰动性成功。这三部非常不同的影片,其共同的成功,就是确立了主要以性和暴力为基础的"青年"文化在商业上的合情合理性,这种文化在未来几十年间会不断夺取市场份额。60年代富起来的三十岁左右的人,在1974年出品的《埃玛纽埃尔》里完完全全地找回了自我。贾

---

[1] 奥古斯特·孔德(1798—1857),实证主义的创始人,认为要在社会中建立并维系必要的情操,一定的宗教仪式和风俗是不可少的。

斯特·杰克金的这部影片推荐了一种消磨时间的方式、一些具有异国情调的地方和种种幻觉，在深深扎根于犹太-基督教的文化内部，它宣告我们迈入了休闲文化。

更普遍地讲，促进习俗解放的运动在1974年取得了重大成功。3月20日，第一家维他托普[1]俱乐部在巴黎开张，它在肉体塑形和肉体崇拜方面起着先锋作用。7月5日，通过了公民成年年龄为十八岁的法律；7月11日通过了双方同意即可离婚的法律，通奸罪从刑法中被取消。11月28日，经过吵吵嚷嚷的辩论——这场辩论被大部分评论家称为历史性的——堕胎法在左派的支持下终于获得通过。事实上，在西方国家长期获得大多数人支持的基督教人类学把一切人的生命视为无比重要，对死亡予以构想。生命之所以重要，是因为基督徒相信在人体里面存在灵魂，而灵魂原则上是不灭的，将来注定要与上帝联系在一起。随着生物学蓬勃发展，19世纪和20世纪渐渐兴起了唯物主义人类学，其前提根本不同，针对人类介绍有分寸得多。一方面，胎儿，即处于逐渐分化状态的一团细胞，只有取得了一定程度的社会认可（没有遗传的残疾缺陷，得到父母同意），才能获得独立的身份。另一方面，老年人，即处于持续解体状态的一堆器官，只有其机体功能仍可以协调运转，并加上人类尊严的概念，才能真正保持继续活下去的权利。一

---

[1] 德国保健品品牌。

生中两个极端年龄所提出的伦理问题（堕胎，还有几十年后的安乐死），从此将构成对立的两派，它们之间不可逾越，分属两种世界观，两种从根本上彻底对立的人类学。

法兰西共和国原则上的不可知论，可能会使唯物主义人类学更易于取得虚伪的，甚至有点阴险的节节胜利。人类生命的价值问题尽管从来没有公开提及，但还是继续深入人们的思想，毫无疑问的是，在西方文明最近几十年的进程中，这些问题在一定程度上促成了消沉甚至受虐狂的大气候。

对于刚满十八岁的布吕诺来讲，1974年夏天是一个重要时期，甚至是一个关键时期。多年以后他开始看精神病科医生，又不得不多次去看诊，修改这个或那个细节。事实上，精神病科医生似乎非常欣赏他的叙述。下面就是布吕诺中意的标准版本：

"事情发生在7月底，我去海滨母亲家度过一星期。总是有来往过客，人很多。这年夏天，母亲与一个加拿大人做爱。那是一个很强壮的年轻人，具有真正伐木工人的体格。离开的那天早晨，我一大早就醒来了。阳光已经很热。我进到他们的卧室里，他们两个还没醒。我犹豫片刻之后，掀开毯子。母亲动了动，在那一刹那间我以为她要睁开眼睛了。她两条大腿微微分开，我在她的前面跪下来，把手伸到离它几厘米远的地方，但没有敢去摸。我走出房间去手淫。母亲收养了许多猫，全都是或多或少带野性的猫。我走近一只躺在石头上晒太阳的年轻的黑猫。住宅四周的地面全是石块，白晃晃的，白得刺眼。在我手淫的时候，黑猫看了我好几次，但没等我射精就闭上了眼睛。我弯腰拾起一块大石头。猫的头颅被砸开了，向四周迸溅了一点脑浆。我用石头将猫的尸体盖住，然后回到屋里。还没有人醒来。上午，母亲领我去我父亲家，有五十公里路程。在汽车里，她头一回对我谈到迪莫拉。他也是四年前离开加利福尼亚的，在阿维尼翁附近旺杜坡上买了一座很大的花园住宅。夏天，他接待来自欧洲各国，也有来自北美的年轻人。母亲认为总有一年夏天我也会去，那会使我开眼界。迪莫拉的教导主要是以婆罗门教为中心，但据母亲说，既不狂热，也不具排他性。他也重视控制论和身心语言程式学的成果，以及在伊莎兰采用的取消编程技术[1]。最首要的问题是解放个人，解放个人极大的创造性潜力。我们的神经元我们只用了百分之十。"

"'还有，'雅娜补充说（他们当时正穿过一片松林），'在那里你会遇到与你同龄的青年人。在你与我们一块小住期间，大家都有一种印象，你在性方面有障碍。''西方的性生活方式已经彻底偏离，彻底堕落。'她接着又说，'在许多原始社会，性启蒙是由部落的成年人监督，在少年时代之初自然进行的。'她进一步点明说：'我是你的母亲。'但她没有进一步说，1963

---

[1] 声称可以帮助拥有某种信仰的人改变或放弃信仰。

年她本人对迪莫拉的儿子大卫进行了性启蒙。大卫当时十三岁。头一天下午，她在他面前脱掉衣服，然后鼓励他手淫。第二天，她自己为他手淫，并且吮他。最后第三天，他进入了她里面。对雅娜来讲，这是一次非常愉快的回忆……大概正是从这时起，她最终转向了年轻男人。'然而，'她补充说，'启蒙总是在直系亲属以外的人之间进行。这是必要的，是为了向世界采取开放的姿态。'布吕诺一愣，心想今天早晨他盯住她的阴部看时，她是否实际上已经醒了。不过，母亲指出这一点丝毫不令人吃惊。有证据表明，灰白鹅和狒狒就已经禁止乱伦。汽车驶近了圣马克西蒙。"

"到了父亲家，"布吕诺继续说，"我才知道他身体不太好。这个夏天，他只休了两周假。当时我没有在意，但他遇到了金钱方面的问题，他的生意头一回开始运转不灵了。不久之后，他把一切告诉了我。他完全错过新出现的硅胶市场，认为这是短暂的时髦，影响力只限于美国市场。这显然是愚蠢。来自美国的某种模式几年后必将席卷西欧市场，失败的案例一个也没有。一个也没有。他的一位年轻合伙人抓住机遇，靠他起家，利用硅胶作为主打产品，抢走了他的大部分顾客。"

布吕诺的父亲在讲出这一切时，已经七十岁，不久死于肝硬化。"历史在重演，"他阴郁地补充说，摇得玻璃杯里的冰块叮当响,"彭赛那个笨蛋(就是二十年前造成他破产的那个充满活力的年轻外科医生),彭赛那个笨蛋刚刚拒绝投资阴茎加长术,认为这是做肉肠,他没想到男性市场将会在欧洲持续发展。这个笨蛋。和我当年一样笨。如果我现在是三十岁,啊,是的,我就会放手去搞长阴茎!"说出这番话之后,他一般又陷入了忧郁的沉思之中,仿佛昏昏然睡着了。到了这种年龄,谈话自然有点难以进展下去。

1974年7月,布吕诺的父亲还仅仅处于走下坡路的最初阶段。每天下午,他关在自己房间里,面前一支圣安东尼奥雪茄,一瓶波旁威士忌酒,将近七点钟才出来,用颤抖的手做一个菜。他还没完全放弃与儿子交谈,但他做不到,真的做不到。过了两天,气氛真的变得令人压抑了。布吕诺开始外出,整个下午不归,傻头傻脑向海滨浴场走去。

精神病科医生对叙述的下面这一部分不那么欣赏,但布吕诺很珍视,绝对不想忽略不提。总之,这个蠢货待在那里是为了听他说话,他收了钱,不是吗?

"她孤身一人,"布吕诺接着说,"每天下午总是一个人待在海滨浴场。她是阔绰人家一个可怜的、矮小的姑娘,像我一样。她十七岁了,的确又矮又胖,就这么一团,脸上流露出羞怯,皮肤太白,有一些青春痘。第四天下午,在我离开的前一天,我拿了浴巾,在她身旁坐下。她俯卧着,解开了泳衣的胸罩搭扣。我搜索枯肠,对她说的惟一一句话记得是:你在度假?她抬起眼睛。她肯定不指望身边是一个引人注目的家伙,但也不至于是一个可笑的笨蛋。随后我们相互通报了各自的名字。她叫安妮克。过了一会儿,她不得不坐起来。我想:她会不会把胸罩背后的搭扣扣起来,还是相反,站起来将乳房露出来给我看?她做了一个介乎两者之间的动作:转过身体,用手勉强抓住胸罩带子的两端,最终弄得两个乳罩都有点歪了,只掩盖住乳房的一半。她的胸乳的确很大,甚至已略显松弛,后来大概松弛得很厉害了。我心想她肯定很放肆,便把手伸过去,伸到胸罩里,慢慢掏出来。她一动不动,但身体有点僵硬,闭上了双眼。我继续将手往里伸。这一直是我一生中最销魂的时刻之一。

"随后事情变得比较麻烦了。我把她带回家。我们立刻上到楼上我的卧室里。我担心父亲看见她。父亲毕竟是这样一个男人:一生中拥有过很漂亮的女人。但他睡着了,事实上他这天下午喝得烂醉如泥,直到晚上十点钟才醒来。奇怪的是,安妮克不让我脱掉她的裤衩,说她从来没有干过这种事,从来没有与一个男孩子干过任何事情……

"我们没有很多时间交谈,已经八点钟了,她要立刻回她父母家去。她对我说,她是独生女。不知道她为什么要告诉我这个。她因为有一个理由可以迟回家吃晚餐而显得那样高兴,那样自豪,我差点都要掉眼泪了。在住宅前面的花园里我们拥抱了很长时间。第二天早晨我就回巴黎了。"

　　这段短短的叙述结束后，布吕诺停了一会儿。治疗医生小心地擤一下鼻子，空泛地说："好。"随后又说了一句话，按照流程可能是重启话头的话，或者仅仅是补充一句："今天就到这里?"最后一个音节略略提高一点，以表示他在问话。说这句话时，医生脸上露出亲切轻松的微笑。

13

同样在1974年夏天,安娜贝尔在圣帕莱一家迪斯科舞厅让一个男孩子吻了一下。她刚在《斯蒂芬尼》杂志上读了一篇关于男孩子和女孩子友情的文章。谈到童年的朋友这个问题时,杂志提出了一个特别令人反感的论点:童年时代的朋友变成"男女朋友"的情形极其罕见,命运使然,多半是成为伙伴,一位"忠实的伙伴"。在混乱的初恋阶段,这位伙伴甚至往往可以充当知己和支持者。

在头一次接吻之后数秒中,尽管读了那本杂志上的论点,安娜贝尔仍感到忧伤。某种又痛苦又崭新的东西迅速充满了她的胸腔。她离开加德满都迪斯科舞厅,不肯让那个男孩子跟她一起走,打开轻便摩托的防盗装置时,身体微微有点发抖。这天晚上她穿了最漂亮的连衣裙。她哥哥家离这里只有一公里远,她到达那儿时才刚过十一点钟,客厅里还有灯光。一见到灯光,她就哭了起来。就是在这种情况下,1974年7月的一天夜里,安娜贝尔痛苦地、决定性地意识到了她的"个体存在"。

个体存在首先在动物界表现为肉体痛苦，而在人类社会里，只能通过"谎言"——实际上它与谎言可能混淆不清——才充分意识到自我本身的存在。直到十六岁，安娜贝尔对父母没有秘密，对米歇尔（她现在懂得了，这是一件难得而宝贵的事情）也没有秘密。这天夜里，安娜贝尔在几个小时内就认识到，人的一生是一连串不间断的谎言；同时，她意识到自己的美貌。

个体存在和由此生出的自由感，构成了"民主"的自然基础。在民主制度下，个人之间的关系按照传统是通过"契约"的形式缔结。任何契约，凡超越一方签约者的天赋权利，或者没有附加上可以撤销的明确条款，那契约便会失效。

布吕诺乐于详细地回顾1974年夏天的经历，但关于紧接着的那个学年，他显得寡言少语。说实话，那个学年给他留下的回忆是日甚一日的尴尬。一段不确定的时间，但色调有点青绿。他仍然经常碰到安娜贝尔和米歇尔。一般讲他们很亲近。然而他们即将参加中学毕业会考，到学年末就不可避免要分开。米歇尔变了：他听吉米·亨得利克斯的音乐，在地毯上打滚，很是激烈。他要比其他人晚很多才开始表现出明显的青春期征兆。安娜贝尔和他似乎都感到难为情，不那么轻易手拉手了。总之，正如布吕诺有一次对他的精神病科医生用一句话所概括的那样："什么都若即若离了。"

自从与安妮克发生那件事情之后（在回忆时他倾向于美化

这件事，不过谨慎地避免再去想它），布吕诺稍许自信了一点。然而在初次征服之后，并没有其他征服接踵而至。当他试图吻西尔薇——与安娜贝尔同班的一个很时髦的漂亮金发女孩子时，对方粗暴地让他碰了壁。但是既然一个女孩接受了他，他就有可能得到其他女孩子。他模糊地产生了在米歇尔面前充当保护者的感觉。"你应该与安娜贝尔干点什么事，"他一再对米歇尔说，"她一心盼望着这个，她爱上了你。她可是全校最美丽的女孩。"米歇尔在椅子上歪来扭去，答道："是啊。"一星期又一星期过去了，他显然在成年的边缘犹豫不决。然而对他们两个人来讲，吻安娜贝尔是完成这种过渡的惟一办法。但米歇尔没有意识到这一点，总是以来日方长这种虚假的感觉来安慰自己。4月份，他因为疏忽而没有填预科班报名表，老师们很生气。然而他显然比其他任何人更有机会进入大学。再过一个半月就是中学毕业会考，但他越来越给人犹豫不定的印象。他常常通过带铁栏杆的窗子，望着天上的浮云、操场四周的树和其他同学。似乎人间的任何事情再也不能真正打动他。

布吕诺则已决定报考文学院。他已开始厌烦泰勒-马克劳林[1]，尤其是文学院里有女孩子，许多女孩子。他父亲丝毫没有表示反对。像所有老放荡者一样，他到了迟暮之年变得多

---

[1] 布鲁克·泰勒（1685—1731），英国数学家，奠定微分学基础。马克劳林（1698—1746），苏格兰数学家，发明马克劳林级数。

愁善感了，痛苦地责备自己自私自利而误了儿子一辈子。这倒不完全是假的。5月初他与最后一个情妇朱莉分了手。那可是一个雍容华贵的女人，叫朱莉·拉穆尔，艺名朱莉·洛夫。她最初拍的法国色情片中，有今天已被遗忘的伯德·特伦巴里或弗兰西斯·勒鲁瓦导演的影片。她长得有点像雅妮娜，但比雅妮娜愚蠢可笑得多。"我该死……我该死。"布吕诺的父亲连声说。他偶然找到前妻年轻时的一张照片，发现她们俩长得很像。在贝纳泽拉夫[1]家的一次晚宴上，他的情妇遇到德勒兹[2]。从此她就经常全力以赴地从精神层面为色情影片辩解。他再也无法忍受。而且她很费他的钱。她习惯了租车旅行拍摄电影，习惯了皮毛大衣和那套色情玩意儿；而他呢，年龄趋老，对这套玩意儿就越来越难以忍受。1974年底，他不得不卖掉圣马克西蒙那所房子。几个月后，他在气象台花园附近为儿子买了一套单间公寓，一套很漂亮的公寓，明亮、安静，对面没有房子。他带布吕诺去看房子时，丝毫没有给儿子送一个特殊礼物的感觉，更多的是一种尽可能"补偿"之感。不管怎样，这显然是一件好事。他抬眼扫视一下空间，有点兴奋，不经意地冒出一句："你可以接待女孩子了！"看到儿子脸色变了，他又后悔不迭。

---

[1] 贝纳泽拉夫（1922—1972），法国电影制片人，擅长色情电影。
[2] 德勒兹（1925—1995），法国后现代主义哲学家。

米歇尔终于报考了奥塞学院物理数学专业。这里吸引他的主要是靠近大学城：他是这样考虑问题的。不出所料，兄弟俩都获得了业士学位。看考试结果那天，安娜贝尔陪同他们前往。她神情严肃，一年来她成熟多了，稍稍瘦了一点，笑容更含蓄，不幸的是出落得更美丽。布吕诺决定主动出击。圣马克西蒙没有度假的别墅了，不过他可以去迪莫拉的庄园，像他母亲曾建议的那样。他要求他们两个人陪他一块去。他们一个月后即7月底出发。

14

1975年夏天

"他们所行的使他们不能归向神，因有淫心在他们里面，他们也不认识耶和华。"

——《何西阿书》5：4

他们在卡庞特拉下了巴士，迎接他们的是一个体弱多病的人。弗朗切斯科·迪莫拉是20年代移居美国的一位意大利无政府主义者的儿子，他的一生无疑是成功的——不言而喻是在金钱方面。像塞尔日·克雷芒一样，第二次世界大战结束后，这个年轻的意大利人懂得，人们进入了一个崭新的世界，一些长期被视为顶尖的或边缘的活动，将发挥重大的经济影响。在布吕诺的父亲投资搞医学美容的时候，迪莫拉致力唱片生产。某些人赚的钱比他多得多，这是毫无疑问的，但他也总算成功地分得一份可观的蛋糕。到了不惑之年，他像许多加利福尼亚人一样有种直觉，预感到一股新浪潮即将到来，它比一次普通的时装潮流更替来得深刻得多，其使命是要扫荡整个西方文明。

正因为如此,他才能在大瑟尔别墅里与艾伦·瓦茨[1],保罗·田立克[2]、卡洛斯·卡斯塔内达[3]、亚伯拉罕·马斯洛[4]以及卡尔·罗杰斯[5]等人交谈。不久他甚至获得了机会,会见这场运动真正的精神之父阿道司·赫胥黎,赫胥黎年事已高,几乎失明,给予他的关注是有限的,然而这次会见给他留下的印象具有决定性意义。

1970年促使他离开加利福尼亚,去上普罗旺斯买一处房产的理由,在他自己看来是不明确的。后来,几乎临终之时,他才想到他曾经出于模糊的理由,希望死在欧洲。但当时他只意识到一些更表面的动机。1968年的5月运动对他产生了影响,当嬉皮士运动在加利福尼亚开始退潮,他琢磨也许可以与欧洲的青年人一块干点什么。雅娜鼓励他走这条路。尤其是为了法国青年,戴高乐主义家长式的统治犹如枷锁令他们感到束缚和窒息,她认为在他们之中星星之火可以燎原。几年以来,弗朗切斯科的最大乐趣,是和那些被运动精神氛围吸引来的年轻女孩厮混在一块,吸大麻雪茄,然后在曼荼罗和焚香之中亲吻她们。乘船来到大瑟尔的女孩子们,一般都是信奉新教的小笨

---

[1] 艾伦·瓦茨(1915—1973),因解释和普及日本、中国和印度的佛教、道教等哲学传统而为西方大众所知。
[2] 保罗·田立克(1886—1965),美国存在主义代表人物。
[3] 卡洛斯·卡斯塔内达(1925—1988),秘鲁裔美国作家和人类学家。
[4] 亚伯拉罕·马斯洛(1908—1970),美国心理学家,提出了需求层次理论。
[5] 卡尔·罗杰斯(1902—1987),美国心理学家,人本主义创始者之一。

蛋，至少有一半是处女。60年代末，潮流开始消退，他想也许该是返回欧洲的时候了。他自己都觉得奇怪，竟然生出这样的念头，因为他刚满五岁就离开了意大利。他父亲不仅是一个革命战士，还是一个有教养的人，热爱美丽语言的唯美主义者。这些可能在他身上留下了痕迹。心里边，他始终有点认为美国人都是笨蛋。

他还是一个很英俊的男人，皮肤暗哑，皱纹如刀刻，一头厚厚的长波浪白发，但是在身体内部，细胞开始胡乱增生，毁掉相邻细胞的遗传密码，分泌毒素。他咨询过的专家在许多方面所说的话相互矛盾，但在下面这个基本点上达成了一致：他不久于人世了。他的癌症无法做手术，在不可阻止地扩散转移。大部分医生倾向于让他平静地死去，甚至用一些药，以免除临终前的肉体痛苦。事实上到目前为止，他只是感到整个身体非常疲倦。可是他不接受，这对他来说不可想象。在当代西方人看来，即使身体康健时，对死亡的思考犹如"背景噪音"般存在，一旦各种计划和欲念变得模糊时，这种噪音就会充满脑海。人到了一定的年龄，这种噪音就越发咄咄逼人，好比一种低沉的隆隆声，有时还伴随着阵阵咯吱声。在其他时代，背景噪音是由对天国的期待构成的；如今它则是由对死亡的等待构成的。事情就是这样。

他永远记得，赫胥黎对自己即将死亡无动于衷，不过他可能只是因为头脑迟钝了或者服了麻醉药品。迪莫拉读过柏拉图、《薄伽梵歌》[1]和《道德经》,这些典籍没有任何一部给他带来些许安慰。他才六十岁,却正在死亡,所有征兆都摆在那儿,错不了的。他甚至开始对性都提不起兴趣了,可以说他注意到安娜贝尔长得美丽时完全心不在焉。至于男孩子,他甚至都不留意了。长期以来,他生活在年轻人之中。也许是出于习惯,一想到要会见雅娜的两个儿子,他就隐约表现出好奇心,其实他显然根本没把他们放在心上。他把他们带到庄园中间,告诉他们愿意把帐篷支在哪里就支在哪里。他很想睡觉,不想再碰到任何人。从外表上看,他仍能出色地代表那类精明而性感的男人,目光闪烁着嘲讽甚至智慧。一些特别蠢的女孩子甚至以"神采奕奕、和蔼可亲"来评价他。他不仅丝毫不觉得自己和蔼可亲,而且觉得自己像一个中不溜的喜剧演员。所有这些人怎么会上当呢?"显然,"有时他不无伤感地想道,"这些追求新的精神价值观的年轻人,真是一些笨蛋。"

下了吉普车片刻间,布吕诺就明白他犯了一个错误。庄园呈缓坡向南倾斜,略显小山谷状,其间灌木丛生,野花盛开。一道瀑布跌落在碧绿平静的水潭中,旁边一块平展的大石头上,赤条条躺着一个女人在晒太阳,而另一个女人在抹肥皂准

---

[1]印度教经典《摩诃婆罗多》的一部分,以对话形式阐明印度教教义。

备跳到水里。离他们更近的地方，一个满脸胡子的高个子男人，跪在席子上沉思或打盹。这个男人也是一丝不挂，浑身呈古铜色，浅黄色的长发在褐色的皮肤衬托下格外显眼。他隐约有点像克里斯·克里斯托弗森[1]。布吕诺感到失望。他到底还指望见到什么呢？现在离开这里也许还来得及，如果立刻走的话。他打量一眼两位同伴：安娜贝尔正异常平静地打开帐篷；米歇尔玩弄着背包拉链的绳头，整个一副心不在焉的样子。

水顺着缓坡往下流。人的行为在原则上、在几乎每次行动中都已注定，只允许出现寥寥数次的改向，而这些改动本身极少能延续下去。1950年，弗朗切斯科·迪莫拉与一个意大利女演员生了一个儿子。那是一个二流女演员，所扮演的角色从没超过埃及奴仆之类，在《暴君焚城录》中获得了两句台词的戏份——这是她职业生涯的顶点。他们给儿子取名大卫。大卫十五岁时梦想成为摇滚乐明星。他不是惟一怀有这种梦想的年轻人。摇滚乐明星比总经理和银行家富有得多，而且还保持着反叛者的形象。他们年轻、漂亮、有名，为所有女人所思慕，为所有男人所羡慕，是社会等级之中的绝对翘楚。在人类历史上，自从古埃及的法老们被奉若神明，没有任何崇拜能比得上欧洲和美洲青年对摇滚乐明星的崇拜。从身体条件讲，大卫完

---

[1] 美国乡村音乐家。

全可以实现他的目标:他非常英俊,既洋溢着兽性,又充满魔力,一张脸富有阳刚之气,而容貌又特别纯真,浓浓密密一头长长的黑发,一对深蓝色的大眼睛。

大卫靠了父亲的关系,十七岁上录制了第一张四十五针唱片。这是一次彻底的失败。按说他的第一张唱片,是与《胡椒面儿警长》《未来的日子过去了》及其他许多唱片同一年发行的。但吉米·亨得利克斯、滚石乐队和大门乐队正处于录制唱片的巅峰期。尼尔·杨也开始录制唱片,而大家对布赖恩·威尔逊抱有很大希望。在这样的年头,一个有名望而没有创新精神的歌手没有立足之地。大卫不肯放弃,换了四个乐队,试了不同风格。在父亲离开三年之后,大卫决定去欧洲碰碰运气。他轻易地在蓝色海岸一家俱乐部签了一份合约,这不成问题。每天晚上都有一些妞儿在他的化妆室等他,这也不成问题。但是没有任何一家唱片公司的任何人注意到他的表演。

大卫遇到安娜贝尔时,已经有过五百多个女人。然而他不记得哪个女人有如此完美的形体。安娜贝尔也被他吸引住了,像其他所有女人一样。她犹豫了好几天,在他们到达一个星期之后才顺从。他们有三十来个人一块跳舞,那是在房子后面,夜色温煦,满天星斗。安娜贝尔穿一条白色长裙,一件上面印有太阳的圆领短衫。大卫在她旁边跳舞,有时在一个摇摆的进程中让她旋转。他们不知疲倦地跳着,已跳了一个钟头,和着时而急促时而舒缓的鼓点节奏。布吕诺背靠一棵树一动不动站着，心情紧张，处于警觉戒备状态。而米歇尔一会儿出现在亮圈边缘，一会儿又消失在黑暗之中。布吕诺看见安娜贝尔离开跳舞的人走到米歇尔面前站定，清清楚楚听见她问道："你不跳？"此时此刻她脸色阴沉。米歇尔摇摇手表示拒绝邀请，那动作缓慢得不可思议，仿佛他是一头刚刚复活的史前动物。安娜贝尔在他面前静立了五到十秒钟，然后回到跳舞的圈子里。大卫搂住她的腰，让她紧紧贴住自己的身体。安娜贝尔把一只手放在他肩上。布吕诺又看一眼米歇尔，觉得他脸上仿佛浮现着一丝微笑。他垂下双眼，当他重新抬眼望去时，米歇尔已不见踪影。安娜贝尔被大卫搂在怀里，两个人的嘴唇离得很近。

　　米歇尔躺在帐篷里等待天亮。夜将尽时，袭来一场风暴，他意外地发觉自己居然有点害怕。天空平静了，开始落下不大不小、不紧不慢的雨。雨点敲打着篷布，发出沉闷的响声，离他的脸只有几厘米，但他在帐篷里，雨点掉不到他脸上。他突然有一种预感，他整个一生可能会像此刻的情形：他将经历人的种种情感骚动，有时会离得很近，而其他人会感到幸福或失望，然而严格地讲，这一切永远都不可能牵涉和触及他。这天晚上，安娜贝尔在跳舞的时候，朝他看了好几次。他想动弹但动弹不了，很明显感到自己像钻进冰冷的水里。然而一切都非常平静。他觉得和世界隔开了几厘米厚的真空空间，这几厘米的空间形成一层硬壳或一件盔甲裹住了他。

15

第二天早晨，米歇尔的帐篷里空空的。他所有的东西都不见了，不过他留下了一张字条，上面简简单单一句话："不用担心。"

一个星期后，布吕诺也走了。上了火车他才意识到，这次逗留期间，他没有做勾引女人的尝试，最后连话都不想跟任何人讲了。

8月底，安娜贝尔发觉迟迟没来月经。她心想这样更好。不会有任何问题：大卫的父亲认识一个医生，那是一个计划生育活动分子，在马赛施行手术，三十来岁，名叫洛朗，为人热情，蓄着红棕色的小胡子。他让安娜贝尔看了各种器械，向她介绍吸宫和刮宫的原理。他坚持与顾客进行民主对话，宁愿把她们当成同伴。他从一开始就支持妇女斗争，依他看还有许多事情要做。手术定在第二天，费用由计划生育组织负担。

安娜贝尔非常烦躁地回到旅馆房间。她第二天做流产术，再在旅馆里睡一夜，然后就回家。她是这样决定的。三个星期来，她每天夜里去大卫的帐篷和他在一起。头一回她感到有点疼痛，之后就体验到了快感，很大的快感，甚至没想到性快感会如此强烈。然而她对这位情夫没有任何感情，知道他很快会去找其他女人代替她，甚至可能已经在这样做了。

同天晚上，洛朗在朋友间的晚餐席上提到安娜贝尔的事，指出：他们正是在为像她这样的女孩子进行斗争。为了让一个刚满十七岁（"而且又漂亮"，他差点补充说）的女孩子避免因假期的一次艳遇而毁掉一生。

安娜贝尔很害怕回到克雷西-昂布利，但实际上什么也没有发生。那是9月4日。父母祝贺她晒得又红又黑，告诉她米歇尔早走了，已经住进伊韦特河畔比尔的大学宿舍。她去米歇尔祖母家。老太太面露倦色，但对她表示欢迎，一点也没犹豫就把孙子的地址告诉了她。祖母觉得奇怪，米歇尔比其他人先回来；是的，她同样觉得奇怪，离大学开学还有一个月他就住进了学校。不过米歇尔是个古怪的男孩子。

人在穷山恶水的自然环境中，有时（难得地）能够营造起洋溢着爱情的温馨小天地。狭小的封闭空间，独属两人，柔情蜜意，互诉衷肠。

随后两个星期，安娜贝尔终于提笔给米歇尔写信。信很难写，不得不好多次涂了又重写。最后这封信写了四十页。头一回写了一封真正的"情书"。她在9月17日即中学开学那天寄出去，然后就等待回信。

奥塞学院即巴黎十一大，是巴黎地区惟一真正按照美国校园模式设计的大学。分散在校园里的好几栋公寓楼接纳从第一阶段到第三阶段的学生。奥塞不仅是一个教学的地方，而且是顶尖的基本粒子物理研究中心。

米歇尔住在233号楼五层，即最高一层拐角的一个房间。他立刻觉得这房间不错。里面有一张窄窄的床、一张书桌和几个可放书的书架。房间的窗户朝向一片一直倾斜到河边的草地。略略探出身子向右边望去，可以看得见粒子加速器的混凝土主体建筑。在离开学还有一个月的这个时节，公寓楼里几乎空无一人，只有少数几个非洲学生，对于他们而言主要问题是八月份有住处，因为所有宿舍楼全关闭了。米歇尔与女看门人交谈过几句。白天他沿着河岸漫步。他还没想到，他将在这座公寓楼里呆上八年多时间。

一天上午将近十一点钟，他躺在一动不动的树木之间的草地上。他没想到自己会如此痛苦。他的世界观早就脱离了基督教赎罪和宽恕的范畴，甚至与自由和赦罪风马牛不相及，却从中汲取了某种机械而无情的东西。他想：最初的条件已经确定，最初的相互作用参数也已经设定，事件就会在祛魅的真空空间演变；全都是注定的。已经发生的事情就该发生，是非发生不可的，不能把责任归咎于任何人。夜里，米歇尔梦到深不可测的空间，覆盖着皑皑白雪；他的躯体裹着绷带，在低矮的天空下，在一座座钢铁厂之间飘荡。白天，他偶尔会遇到一个非洲人，一个肤色灰不溜丢的矮个子马里人，相互点一下头。学校的餐厅还没开门，他去伊韦特河畔库塞尔的大陆商店买一些金枪鱼罐头，然后返回宿舍。夜色降临。他在空荡荡的走廊里踱步。

约莫10月中旬，安娜贝尔给他写了第二封信，比前一封短。在这期间，她给布吕诺打过电话，布吕诺也没得到消息，只知道米歇尔经常给他祖母打电话，但可能要圣诞节之前才会回来看望祖母。

一天傍晚，米歇尔上完分析实践指导课，在学校宿舍的信箱里发现一封电报。电报是这样写的："给你玛丽-泰莱丝姑妈打电话。火急。"已经有两年他没怎么见到玛丽-泰莱丝姑妈了，也没怎么见到表姐布莉吉特。他立刻打了电话。祖母的心脏病又发作了，不得不送进了莫市医院。情况严重，甚至可能很严重。主动脉脆弱，心脏可能停止跳动。

他步行穿过莫市，顺着公立中学外墙行走。这时大概十点钟了吧。同一时刻，安娜贝尔正在一间教室里学习伊壁鸠鲁——古希腊一位高明而温和，总而言之有点令人厌烦的思想家的一篇课文。天色阴沉，马恩河水汹涌而肮脏。米歇尔顺利找到了圣安托万综合医院。那是一座非常现代化的大楼，整个是玻璃和钢结构，是上一年动工盖起来的。玛丽-泰莱丝姑妈和布莉吉特表姐在八层的楼梯口等他。她们显然哭过。"我不知道是不是应该让你见见她……"玛丽·泰莱丝说。米歇尔不答话。该经历的事情，他就要去经历了。

那是一间重症加护病房，里面只有他祖母一个人。特别洁白的被单下露出她的胳膊和肩膀；米歇尔很难把目光从那干瘪、皱缩、灰白、老朽不堪的肉体上移开。祖母两条正在输液的胳膊用皮带固定在床边上。喉咙里插进一根带凹槽的管子。一些电线伸到被单底下连着记录仪。他们脱了她的睡衣，却没有替她挽好发髻，多年来，她每天早晨起床后都会这么干。灰白的长发披散着，她看上去不完全是祖母了，而是一个可怜的肉体创造物，很年轻又很衰老，现在托付给了医学手里。米歇尔握住祖母的手，祖母身上只有这双手他还能完全认得出来。他经常握住祖母的手，最近还握过。祖母的眼睛没有睁开，不过不管怎样，她可能从接触中认出了米歇尔。他握得不是很紧，仅仅把她的手握在自己手里，像往常一样。他很希望祖母从这样的接触中认出他。

这个女人有过苦难的童年，七岁上就与一些酗酒成性的半野蛮人一起干农活。她的青少年时期太短暂，没有留下真正的回忆。丈夫过世之后，她在工厂里工作，抚养四个孩子；隆冬腊月去院子里打水给全家人洗脸。过了六十岁，退休后不久，她又接手照料一个年幼的孩子——她儿子的儿子。这孩子在她照料下也是什么都不缺，既不缺干净的衣服，礼拜天中午不缺可口的饭菜，也不缺少爱。这一切，就是她一生所做的。只要对人类进行稍微透彻一点的研究，就一定会注意到这类现象。历史上存在过这样一些人。一些终生劳碌的人，一些仅仅凭忠诚和爱心拼命苦干的人。他们就凭着这份忠诚和爱心，把自己的一生完完全全献给了他人，而自己丝毫不感到是在做出自我牺牲；实际上他们所考虑的生活方式，就是如何凭忠诚和爱心把自己的一生奉献给他人。在现实生活中，这种人一般都是女人。

米歇尔在病房里呆了约一刻钟，把祖母的手握在自己的手里。一位住院实习医生告诉他，他在这里继续呆下去会妨碍工作。看来要做些什么，肯定不是做手术，那是不可能的。不过毕竟要做点什么，总之一切都还没有失去。

归途中大家都默默无语。玛丽-泰莱丝机械地驾驶着雷诺16型汽车。吃饭的时候也没多少话，只是偶尔提起一件往事。玛丽-泰莱丝给大家盛饭菜。她需要动起来，但不时愣神，抽泣几声，再回到炉灶旁。

安娜贝尔看见救护车开走，又看见雷诺16型汽车驶回来。将近凌晨一点钟，她从床上爬起来。父母已经睡着了。她一直走到米歇尔家的小楼铁栅栏外面。所有房间都亮着灯。他们全家大概都在客厅里，但隔着窗帘什么也看不清。这时正下着毛毛细雨。约莫过了十分钟。安娜贝尔知道，她可以按门铃，去看看米歇尔，但说到底，她也可以什么都不做。她并不确切地知道她正在具体地经历"自由"的尝试；无论如何这是非常痛苦的，在这十分钟之后她永远不可能与原来完全一样了。多年以后，米歇尔大概会以超流体氦的运动状态为基础，就人类自由提出一套简要的理论。大脑内部不引人注意的原子现象，神经元与突触之间的电子交换，原则上都是受量子的无法预见性影响的；然而，由于统计学上取消了基本的差别，所以大量的神经元使得人类的行为，无论是宏观层面还是微观层面，都与自然界其他任何系统一样，是严格限定的。不过，在某些异常罕见的情况下——基督徒说是圣宠的作用——会出现一个新的谐振波，并在大脑里面扩散开去；在一个与谐振波完全不同的系统支配下，暂时或最终产生了一种新行为。于是我们观察到宜于称为"自由行为"的东西。

这天夜里，这样的行为根本没有发生。安娜贝尔回到了父母家里。她明显感到自己老了好多，再次见到米歇尔之前，时光大概还要流逝二十五年。

三点钟光景电话铃响了。护士似乎打心底里感到遗憾。真的凡是能做的都做了，但说实话，实际上做什么都无济于事。心脏太老了，一切都归结到这一点。至少没让她感到痛苦，这一点可以肯定。但也应该说：完啦。

米歇尔向自己的卧室走去,他迈着很小的步子,每步顶多二十厘米。布莉吉特想站起来,玛丽-泰莱丝摇摇手阻止她。大约过了十分钟,突然从那个房间里传来一声虎啸或狼嗥般的声音。这回布莉吉特冲了过去。米歇尔身体蜷缩着倒在床跟前,两个眼球略微突出,脸上看不出丝毫忧伤或人类其他情感,而是低等野兽般的恐惧。

第二部 不寻常的时刻

1

过了普瓦提埃不久，布吕诺就控制不住他的车子了。那辆标致305擦着路肩滑行一段，保险杠被轻微撞了一下，车子掉了个头就停住不动了。"他妈的！"他低声骂道，"真他妈的！"一辆美洲豹以二百二十公里时速驶过来，猛地一刹车，也差点撞到保险杠，疯狂地按着喇叭开走了。布吕诺下了车，冲着那辆车挥舞着拳头喊道："混蛋！婊子养的混蛋！"然后他让车子掉转头，继续赶路。

交流中心是1975年由一群老"68分子"建立的（说实话，他们之中没有任何人在1968年干过什么事，姑且说他们具有68分子的思想吧），是建在四周种有松树的一块开阔土地上，这块地属于他们之中某个人的父母，在鲁瓦扬南边一点。建造计划打上了70年代初时兴的绝对自由主义理想的烙印，旨在建立一个实在的乌托邦。"在这里从现在起"，大家力求按照自我管理、尊重个人自由和直接民主的原则生活。该中心并非新社团，其实更恰当地说，这是一个度假地。这类活动的支持者可以夏天到这里来住几个月，就所提出的原则的执行情况进行具体而切实的切磋，也促进协调合作，举办创作聚会，而这一切所依据的都是人道和共和思想。最后呢，按一位创立者的说法，是要"尽情地吻一吻"。

布吕诺在鲁瓦扬南出口离开高速公路，沿海边行驶了十来公里。牌子并不显眼。他热坏了。他好像几乎是偶然瞥见那块牌子的，白底上用彩色颜料写着："交流中心"；下面一块更小的胶合板上，用红色字母写着一句话，像是该场所的格言："别人的自由无限延伸我的自由（米哈依尔·巴枯宁[1]）"。右边有条路大概是通向大海的，两个姑娘拉着一只塑料鸭。她们的T恤衫里面空荡荡的，这两个坏女孩。布吕诺两眼一直望着她们，他下面那玩意儿发胀。"T恤衫是湿的，"他阴郁地想道，"还能看到点儿。"那两个姑娘朝斜方向走去了，她们显然是去旁边那个野营地。

他停好305汽车，走向一间木板小亭子，亭子顶上竖着一块"欢迎"的牌子。里边盘腿坐着一个六十来岁的女人。她的乳房干瘪皱缩，只从棉内衣里露出一点点。布吕诺为她感到难

---

[1] 米哈依尔·巴枯宁（1814—1876），俄国革命鼓动者，与蒲鲁东同为19世纪无政府主义鼻祖。

过。她和蔼可亲而又略显呆滞地露出一个微笑，最后说道："欢迎来本中心。"说罢又露出一个大大的微笑——她是否有点傻乎乎？"你有预订单吗？"布吕诺从人造革皮包里掏出预订单。"很好。"那女人说着又露出一个愚蠢的微笑。

露营地里面禁止车辆行驶。布吕诺决定分两步进行：先去找一地方支好帐篷，然后再来拿东西。他临出发前在莎玛丽丹百货公司买了一顶雪屋帐篷（中国制造，可容两三个人，四百四十九法郎）。

布吕诺走到草地边缘，看到的头一个东西就是那座金字塔。底部长二十米，高二十米，那东西完全是等边三角形。所有墙壁都是玻璃的，被深色的木头方格切分开。有些玻璃反射出刺眼的余晖；另一些则让人看见内部的结构：一个个平台，一面面隔板，也都是深色木头的。整个儿看去像一棵树，而且相当像——树干就是纵贯金字塔的一个巨型圆锥体，里面大概是楼梯。有人从楼里出来，单个的或三三两两的；一些人穿着衣服，另一些人一丝不挂。在映得草地闪闪发光的夕阳下，这一切令人想起一部科幻影片。布吕诺观看这景象看了两三分钟，然后又夹起帐篷，开始爬第一座山丘。

这地盘由几座树木葱茏的山丘组成，地面覆盖松针，间或有一片林间空地，这里那里掩映着野营地的集体卫生设备。野营地并没有划定范围。布吕诺微微有点出汗，感到胀气。公路饭店那顿饭显然太丰盛了。他很难清晰地思考，不过他知道，地点选择得怎么样，可能是他这次野营能否成功的决定因素。

他正这样想着，瞥见两棵树之间拉了一根铁丝，上面晾着几条裤衩，傍晚的微风吹拂得它们微微摆动。"这也许不失为一种想法，"他寻思道，"邻居间嘛，在野营地大家可以相互结识。不一定是为了接吻，而是相互结识，这是一种可行的开端。"他放下帐篷，开始研究安装说明书。法语译文很糟糕，英语译文也好不了多少，其他欧洲语言的译文也一样。该死的莫名其妙的汉语！什么叫做"拉翻半硬的杆，以使圆顶具体化"？

他以越来越失望的心情盯着那份说明书，正在这时，右边出现了一个印第安女人，穿着超短皮裙，两个硕大的乳房垂在暮色中。"你刚到？"刚出现的女人问，"需要人帮助你支帐篷吗？""我能行，"他用哽住的声音答道，"我能行，谢谢。你真友好……"他一口气补充道。他预感到圈套。果不其然，片刻之后从最近的印第安人小屋里（这小屋他们从哪儿买来的？是他们自己制造的吗？）发出一连串喊声。那个印第安女人冲进小屋，带着两个小小的猴子出来，腰间一边一个，开始慢慢地摇摆他们。印第安女人的男人小跑出来，阳具露在外面。这是一个相当强壮、满脸胡子的男人，五十来岁，一头灰色的长发。他将一只小猴子搂在怀里，开始胳肢他。令人反感。布吕诺退开几米远。他感到热。与这样一些怪人在一起，肯定通宵睡不成。她显然是喂奶的，这头母牛。不过，两个乳房的确丰满。

布吕诺向斜方向走上几米，悄悄离开印第安人小屋，不过他也不想离那些裤衩太远。那些裤衩很精致，有花边又透明。他不认为它们是那个印第安女人的。他好不容易在两个加拿大女孩（两表姐妹？两姐妹？还是两个中学同学？）之间选定一个地方，开始支帐篷。

支好帐篷，天几乎全黑了。布吕诺趁着薄暮去取行李。路上遇见好些人，有成对成双的，有孤单一人的；不少女人是孤单一人，都在四十岁上下。每间隔一定距离，树上钉有一块牌子，上面写着"相互尊重"。他走近一块牌子，牌子下面一个瓶子里装有法国标准避孕套，底下还有白色塑料垃圾箱。他踩一下踏板，按亮手电筒一照，垃圾箱里主要是啤酒罐，也有用过的避孕套。"这就让人放心了，"他想道，"看来事情在这里会进展顺利。"

重新爬坡很费力气，行李绳子勒得手疼，累得他上气不接下气，不得不在半坡停下来歇息。野营地有人走动，手电筒光在夜空中交错。更远处是海边的大路，那里来来往往的人更多。圣克雷芒路王朝俱乐部有一个裸乳晚会，但他觉得自己没有力气去参加了，也没有力气去任何地方。布吕诺歇息了大约半个小时。"我只能看树木里的灯光，"他自言自语道，"这就是我的生活。"

回到帐篷里，他给自己斟了一杯威士忌酒，一边翻阅《不可抗拒的摇摆舞》中《快乐的权利》一文，一边慢慢地手淫。他是在昂热附近一个服务区买了这本杂志的最新一期。他并没有真正考虑去应召那些五花八门的广告，觉得自己没有能力参加"集体性交"或"精液浴"。同意与单身男人交媾的女人一般都喜欢黑人，最起码对尺寸有最低要求，而他远远达不到。一期又一期地翻阅，他不得不服输：要想真正钻进色情网，他那个玩意儿太小啦。

然而泛泛来说，他对自己的体格并非不满意。毛囊植入就做得很好，他遇上了一个手艺精湛的医生。他经常去健身俱乐部。坦率地讲，对于一个四十二岁的男人，他自我感觉身体还不错。他喝了第二杯威士忌，将精液射在杂志上，几乎平静地睡着了。

2

飞行十三小时

交流中心很快就面临了老化问题。它的开创性理想在年轻人看来属于 80 年代。除了即兴戏剧室和加利福尼亚式按摩室，中心实际上主要是一个露营地。就住宿的舒适和餐厅的质量而言，它无法与规范的度假中心竞争，还有，这里特有的一定程度的无政府主义文化，使得它很难控制进出人数和付款，从一开始就不稳定的财政平衡越来越难以维持。

创立者们一致通过的第一项措施，是制定明显优惠年轻人的价目表。但这项措施似乎效果不明显。1984 年财政年度之初，在年度大会期间，弗雷德里克·勒丹特克建议实行转型，以确保中心生意兴隆，这项举措——他是这样分析的——是 80 年代冒险的新领域。既然他们所有人在源于人道主义心理学的技术和疗法方面（完形心理学、生死轮回、蒙骗术、踩火炭行走、人际沟通分析、禅宗静修、身心语言程式学等）都获得了宝贵的经验，为什么不将这些技能重新投资，制订一项以企业为对象的团建计划？经过一场吵吵嚷嚷的辩论，方案得到通过。就是从那时开始，建起了金字塔，以及五十来栋舒适程度有限但可以接受的平房，用以接待企业培训生。与此同时，他们向各大企业人力资源部门的领导寄去一封措辞热烈而明确的信。某些政治选择明显左倾的创始人不看好这种转型，发生了一场短暂的内部权力斗争。管理该中心的1901法规协会遭到解散，由一家有限责任公司取而代之。弗雷德里克·勒丹特克是这块土地的所有者，所以滨海夏朗德省互助信贷社似乎准备支持这个方案。

五年之后，中心拥有了一本漂亮的参考目录（巴黎银行、IBM公司、预算部、巴黎大众运输公司、布伊格公司……），一年到头举办企业间或企业内部的培训班，主要为了怀旧而保留的度假地活动，仅占年度业务百分之五。

布吕诺醒来后感到头疼得厉害，因而没有太多的幻想。他曾听一位女秘书谈到这个地方。那位女秘书刚参加了一个每天五千法郎的"个人发展—积极思维"培训班。他索取了介绍暑期活动的小册子。该中心友好团结、绝对自由，这正是他所看中的。不过，文末有个统计数字引起了他的注意：前一年夏天七八月间，中心所接待的顾客女性占百分之六十三。实际上两个女人一个男人。这个比例可不寻常。他马上决定7月份抽两个礼拜空去看一看。他之所以选择了野营，因为这比地中海俱乐部甚或全国体育运动中心联盟[1]更便宜。他当然猜得到这是些什么类型的女人：消沉下来的前左派分子，血清可能都呈阳性。不过挺好，一个男人两个女人，他有的是机会。在排遣无聊的同时，他甚至可以抓到两个哩。

从性方面讲，他这一年起步很顺利。从东欧各国来的姑娘使价钱跌了下来。现在想别具一格地乐一回，两百法郎就够了，不会有任何问题。几个月以前还要四百法郎。不幸的是，4月份他的汽车大修了几次，而且事故责任在他这方面。银行已开始逼他还债，他不得不紧缩开支。

他支着胳膊肘坐起来，给自己斟了第一杯威士忌。《不可抗拒的摇摆舞》还是翻到那一页摆在那里，一个没脱短袜的家伙，努力挺起阳具对着镜头。这家伙名叫艾尔维。

"不是我这玩意儿，不是我这玩意儿。"布吕诺一再嘀咕道。他穿了一条短衬裤，向公共浴室走去，一边充满希望地想道："不管怎样，昨天那个印第安女人相对来讲还是可以吻的。一对略显松弛的硕大乳房，对于销魂的'西班牙式中竿'甚至是理想的。"他有三年没干这个了。他喜欢"西班牙式中竿"，可是妓女一般都不喜欢。是因为要把精液射在她们脸上，令她们恼火？莫非这比"抽烟斗"需要更多的时间和更多的精力投

---

[1] 地中海俱乐部是一家跨国度假公司。全国体育运动中心联盟是非营利组织，为大众提供户外运动假期。

人?尽管如此,这种交媾方式显得另类。"西班牙式中竿"一般不开价,不预告,因此很难得到。对妓女来讲,这是一种秘密的技巧,纯粹秘密的技巧。实际上,布吕诺曾不止一次寻求"西班牙式中竿",但不得不接受普通中竿,甚至"抽烟斗"。不过也有成功的时候。尽管如此,从结构上讲"西班牙式中竿"的供给是不足的,布吕诺如是想。

想到这里,他到了八号楼的范围。他本来以为见到的一定是一些黄脸婆,打算将就一下,却发现尽是妙龄少女,因而受到非同小可的冲击。她们一共四个人,年龄在十五岁到十七岁之间,站在一排洗脸池正对面的莲蓬头旁边。其中两个穿着三角裤衩等在那儿;另外两个像两条鱼一样活蹦乱跳,一边叽叽喳喳说话,一边打水仗,同时低声叫喊。她们俩都一丝不挂。那情景之迷人和色情难以描述。他不曾得到过如此机会。他的短衬裤里绷得紧紧的;他把身体贴住洗脸池架子,试图塞进牙签,却把牙龈扎了一下,从嘴里掏出一根血淋淋的牙签。

一个娇小迷人、褐色头发的姑娘从水里钻出来,用一块毛巾满意地轻轻拍打着充满青春活力的乳房。一个头发呈红棕色的小个子姑娘让三角裤衩滑落,站到莲蓬头下去换洗。布吕诺轻哼一声,感到一阵晕眩。他想象自己在向前挪动。他有权脱掉短裤,走到莲蓬头旁边去等待。他有权等待淋浴。他感到自己硬挺挺地面对着她们,想象自己问了这样一句话:"水热吗?"两个莲蓬头相隔五十厘米。假设他站在那位红棕色头发的小个子姑娘身边淋浴，那她的手或许不经意间拂过他的阳具。想到这里，他更明显地感到一阵眩晕，赶忙扶住洗脸池。就在这一瞬间，突然从右边蹿出两个小伙子，穿着带闪光条纹的黑色短运动裤，嘻嘻哈哈笑得非常响亮。布吕诺立刻松弛了，收好自己的玩意儿，开始关注自己的牙齿。

过了一会儿，刚才那次相遇的冲击还没有消除，他下到餐厅用早餐。他坐在一旁，不与任何人交谈，一边咀嚼着含有多种维生素的食物，一边想着自己像吸血鬼一样寻求艳遇，就跟浮士德一样。布吕诺又想：有人谈论同性恋者，那完全不符合事实。他本人从来没有，或者事实上从来没有见到同性恋者，相反倒认识许多鸡奸者。有些鸡奸者——幸好不多——喜欢年幼的男孩；这些人在牢狱里了此一生，不得减刑，而人们不再谈论他们。不过大部分鸡奸者更喜欢十五岁至二十五岁的男青年。他们认为，超过二十五岁的男人都是衰老干瘪的屁股了。"观察一下两个老鸡奸者吧，"布吕诺喜欢说，"认真观察他们，有时相互之间十分友好，甚至十分亲切，但他们彼此有欲望吗？根本没有。当一个小小的圆圆的十五至二十五岁的屁股经过时，他们在归程中会像两只老豹子一样互相厮打。他们相互厮打的目的是为了占有小小的圆圆的屁股。"布吕诺如是想。

布吕诺还想，和许多其他情况不一样，同性恋者对社会上其他人起着楷模作用。就说他本人吧,他四十二岁了,是否因此就对同龄的女人抱有欲望呢?根本没有。相反,为了追求一个裹在迷你裙里的娇媚的小姑娘,就是要追到天涯海角他也在所不辞。总之,至少追到曼谷。就算要飞行十三个小时。

3

性欲主要是针对年轻的肉体,引诱的场所逐渐被年轻女郎所占领,实际上只不过是恢复到正常状况,即恢复欲望的真相,恰如证券市场不正常地过热之后,要回归股票的真正价格。尽管如此,1968年前后才二十岁的女人,到了四十来岁还是陷入了恼人的处境。她们一般都离过婚,对夫妻关系——不管是热烈的还是下流的——不可能有什么指望。所以全力促成其消失。她们属于这样一代人——头一遭走得如此远,竟然宣称年轻人比成年人优越。而她们也不会大感意外,现在轮到她们被后继者蔑视了。总之,她们曾鼓吹肉体崇拜,可现在她们的肉体日渐衰弱,对自己的厌恶与日俱增,而这厌恶与她们在别人眼神里看到的何其相似。

与她们同龄的男人,处境大体与她们一样。但是这种相同的命运,绝不可能使这两种性别的人团结一致。四十来岁的男人,总的来讲还在继续追求年轻女人,有时还能取得某种成功,至少那些机灵地混进社会游戏,在学识、财富或媒介方面获得了某种地位的人。对于女人来讲，几乎所有个案都表明，成熟的年龄是失败、手淫和屈辱的年龄。

作为享有性自由和欲望表达特权的地方，交流中心比其他任何地方都更可能陷入萧条和凄凉。再见了，在月色朗朗的林间空地相互搂抱的肉体！再见了，在正午的阳光下像酒神节一样颂扬涂满油的肉体！四十来岁的人就这样望着自己精疲力竭的阳具和满身的赘肉而日渐衰老。

1987年，中心出现了第一批半宗教性质的冥想室。当然基督教仍然被排除在外。对于这些实际上意志相当薄弱的人来讲，一种外来的十分模糊的神秘主义反倒契合了他们不顾一切理性而继续奉行的肉体崇拜。感观按摩室或生命力释放室理所当然地保持下来，但是可以看到，人们对星相学、埃及塔罗纸牌、灵量、脉轮冥想、气功等等，兴趣越来越强烈。举行了一次次"与天神交流"的活动，还有人学习感受水晶球的颤动。1991年别开生面地引入了萨满教。汗蒸屋里放了圣炭火，由于传授奥义时间过长，结果造成一个人心脏骤停死亡。集合了性摩擦、冗长的灵修和根深蒂固的自私自利于一体的密教哲学，收获了热烈的反响。总之，几年间交流中心像法国和西欧的许多其他中心一样，成了一个"新时代"中心，还算流行，同时保留了70年代所独有的享乐主义和绝对自由主义的特色，从而确保了它在市场上的独特地位。

早餐之后布吕诺回到帐篷里，犹豫不决是否手淫（那些妙龄女郎仿佛仍在眼前），最终没有做。那几个令人神魂颠倒的女孩子，应该是1968年的妓女所生的，在野营地到处都碰得到，一排排挤挤挨挨。不管怎么样，那些老妓女之中某些人成功地繁殖出了后代。这件事使布吕诺陷入了不着边际、令人不快的沉思之中。他猛地拉开他的雪屋帐篷的拉链。天空湛蓝。小朵的云在松树间飘动，仿佛喷溅的精液。这将是阳光灿烂的一天。他查了查他一周的日程安排，选择了一号套餐："创造性和放松法"。上午他可以在三个工作坊之间进行选择：滑稽剧和心理剧、水彩画、情书写作。心理剧吗？不，多谢啦，他已经演过了，一个周末在尚蒂耶附近的一座古堡里：一群五十来岁的社会学助教在体操垫子上打滚，找她们的爸爸要玩具狗熊。最好避开这个。水彩画倒是吸引人，但要到外面去。蹲在松针之中，还有虫子和种种问题，为的是画一些粗劣的画。难道这是该做的事情吗？

写作工作坊的女主持人有一头黝黑的长发，一张抹口红的大嘴（这类嘴通常称为"抽烟斗"的嘴）；她穿一件黑色宽松上衣、一条黑色滑雪裤。一个美女，很有品位。"不过也是一名老妓女。"布吕诺想道。参与者围成了一个松散的圈，他随意找了个位置蹲下。右边有一个胖女人，灰白头发，戴副厚厚的眼镜，脸色非常灰暗，呼呼喘气，浑身散发着酒气，而现在才十点半钟。

"为了欢呼我们的共同存在，"女主持人开言道，"为了欢呼地球及五方位，我们做一个诃陀瑜伽动作，即被称为'向太阳致意'的动作，我们这个工作坊就算正式开班了。"她接着讲解一个不可理解的姿势。她旁边那个女醉鬼打了第一个嗝。"你累了，雅克琳，"那位瑜伽信奉者说道，"功你就不要练啦，如果你没找到感觉的话。躺下吧，过一小会儿大家都会来和你一块躺下的。"

果然必须躺下。这时，抹口红的女教练以孔特克塞维尔[1]方式，讲了一些让人镇静而空洞无物的话："你进入奇妙而纯洁的水中。这水沐浴你的四肢、你的腹部。你感谢你的地球母亲。你信任地将你紧贴在地球母亲身上。感受你的欲望吧。你感谢你自己给了你这欲望。"等等。布吕诺躺在脏兮兮的榻榻米上，烦得牙齿都发颤。女醉鬼在他身旁有节奏地打着嗝，两个嗝之间就"呵呵呵"呼气，仿佛是要切实处于放松状态。抹口红的娼妓继续她的短小喜剧，呼唤大地的力量来辐照腹部和生殖器。在历数四行[2]之后，她对自己的讲解很满意，最后归结道："现在你跨越了理性心理原素的障碍，与你内心的方方面面建立了接触，我请你向无限的创造空间敞开你自己。""精彩至极！"布吕诺一边疯狂地想，一边很吃力地爬起

---

[1] 疗养胜地，创立于1864年。
[2] 古代哲学家认为土、水、风、火是组成宇宙一切物体的四个本质。

来。写作练习之后一般是介绍并朗诵作品。这个工作坊只有一个女人还算可以。那是一个红棕色头发的娇小女人，穿短裙和圆领短袖汗衫，身材相当匀称，听到叫爱玛就答应，是一首荒谬绝伦的诗的作者，诗里写的是月球的羊。总之，大家普遍都怀着感激和恢复接触的快乐，赞美我们的地球母亲和太阳父亲。轮到布吕诺了，他以沉闷的语调朗读了他简短的作品：

出租汽车都是鸡奸者，
它们不停我们可完了。

"这是你的感受，"女瑜伽信奉者说，"这是你的感受，因为你还没有摆脱邪恶的能量。我觉得你内心有很重的负担。我们可以帮助你，就在这里，现在。我们马上起来，全体重新围成一圈。"

大家都站起来，手拉手围成一圈。布吕诺不情愿地拉住右边那个女醉鬼的手，又拉住左边一个讨厌的老头的手。这老头长得像卡瓦纳[1]，胡子拉碴的。女瑜伽信奉者平静地集中思想，发出一声长长的"哦唔！"这就又开始了，大家都跟着"哦唔"起来，仿佛一辈子都是这样喊的。布吕诺鼓起勇气，试图融入这种表演的响亮节奏，却突然感到右边失去了平衡。

---

[1] 弗朗索瓦·卡瓦纳（1923—2014），法国作家。

迷迷糊糊的女醉鬼正像一块木头倒下去。布吕诺松开她的手，但自己也禁不住倒下去，跪在那个老婊子面前；她仰面躺在榻榻米上，两腿乱蹬。女瑜伽信奉者停顿片刻，不慌不忙地看看出了什么事。"好，雅克琳，你躺下是对的，如果你感到需要。"这两位好像互相认识嘛。

第二节写作课进行得好一些。布吕诺受了早晨一个稍纵即逝的幻象启发，写出下面这样一首诗：

我晒黑尾巴
（尾巴毛！）
在游泳池
（松树毛！）

我再见到上帝
在日光浴场
他有漂亮的眼睛
他在吃苹果

他住在何处？
（阴茎毛！）
他住在天堂
（鸡鸡毛！）

"很幽默嘛……"瑜伽信奉者以略带斥责的口气评价说。"一种神秘主义……"打嗝的女醉鬼突然说道,"更确切地说,一种空洞无物的神秘主义……"他会落得怎样地步呢?他能忍受到什么时候?这样值得吗?布吕诺认真地问自己。练习一结束,他立刻跑回帐篷,甚至没有想与那个红棕头发娇小女人说话。他需要在午餐前喝一杯威士忌酒。快到住地时,他遇到了他在浴室窥伺过的一个姑娘。那姑娘取下她晚上晾晒的带花边的小裤衩。她的动作很优美,使得一对乳房耸得高高的。布吕诺感到自己在空气中爆炸了,变成一丝丝脂肪撒落在整个营地上。自从少年时代以来,确切地讲他自己究竟有什么改变呢?他还是有着同样的欲望,同样意识到这些欲望可能得不到满足。在一个只看重青春的世界上,人会渐渐地被吞噬。吃中饭时,他发现了一个女天主教徒。认出女天主教徒并不困难,她脖子上挂着一个铁做的大十字架,而且下眼皮鼓鼓的,看上去目光显得深沉,这往往是女天主教徒,甚至是女神秘主义者的特征(不错,有时也是女酒鬼的特征)。黝黑的长发,非常白皙的皮肤,有点瘦削,但瘦得不厉害。在她对面,坐着一个棕黄色头发的姑娘,属瑞士—加利福尼亚类型,至少一米八高,身材极佳,给人印象是身体棒得不能再棒。她是密教工作坊负责人。事实上她生于克雷泰耶,名叫布莉吉特·马丁。她在加利福尼亚重新做了一对乳房,并接受了东方神秘主义,还改了名字。她回到克雷泰耶之后，当年就用"尚蒂·马丁"这个名字在弗拉纳德开了一个密教工作坊。女天主教徒似乎对她非常欣赏。起初，布吕诺还能够参与交谈，因为所谈的是自然营养学问题，他曾经搜集过关于麦芽的资料。但谈话很快转到宗教问题，他就跟不上了。能够拿黑天[1]同耶稣进行比较吗？不拿黑天与耶稣进行比较，拿谁来进行比较呢？应该喜欢林丁丁胜过喜欢拉斯蒂[2]吗？尽管是天主教徒，那个女天主教徒并不热爱教皇，她的论点是：约翰-保罗二世满脑子中世纪的思想，阻碍了西方思想的发展。"说得对，"布吕诺赞同道，"这是一个戈戈人[3]。"这个颇冷僻的名称增加了另外两个人对他的兴趣。他吃完豆制素牛排，最后又闷闷不乐地说一句："喇嘛会使自己的耳朵转动哩……"

女天主教徒咖啡也没喝就精力充沛地起了身，她要去上个人发展"好好规则"课，不愿迟到。"啊，是的，好好规则，顶呱呱！"瑞士女人热情地说着也站起来。女天主教徒回过头来莞尔一笑说："感谢这次交流……"得啦，他应付得还算不错。布吕诺穿过宿营地时想："与这些婊子交谈，就像往扔满烟头的小便池里撒尿，或者像在扔满手纸的厕所里拉屎，都是有去无回，而她们立刻臭不可闻了。"空间隔开了皮肤，话语

---

[1] 印度教三大神之一毗湿奴的主要化身。
[2] 林丁丁和拉斯蒂都是演过电影的狗。
[3] 非洲坦桑尼亚的一个部族。

富有弹性地穿过空间，穿过皮肤之间的空间。这些话没有被理解，没有回声，仿佛蠢头蠢脑悬在空中，开始腐烂，发臭。这是一个不争的事实。用于交际的话同样可以把人区隔开。

泳池边，他躺在一张折叠式帆布椅里。女孩子蠢笨地扭动着身体，想招引男孩子把她们扔进水里。太阳正行到天顶。闪闪发光、完全赤裸的肉体，在蓝色的水面交错游弋。不知不觉间，布吕诺全神贯注地阅读起《六个伙伴与戴手套的人》来。这本书也许算得上保尔-雅克·邦宗的杰作，新近收入在《绿色丛书》中再版。在刚好可忍受的阳光下，重新置身于里昂的雾霭之中，与忠犬佳比在一起，不亦乐乎。

下午的日程安排，让他可以在格式塔感观按摩、声音解放和热水浴新生之间进行选择。先验地看，按摩似乎最刺激。至于声音解放，他在上山去按摩班时有了一个大概的了解：他们一共十来个人，非常兴奋，在女辅导员带领下到处乱蹦乱跳，一边像受惊的火鸡一样发出尖叫。

山顶上，盖着浴巾的支架桌围成很大一个圈。参加者全部赤身裸体。圈子中央，一位略显斜视、棕色头发、矮小的男辅导员，对格式塔感观按摩首先作了一个简短的介绍：格式塔感观按摩产生于弗里茨·佩尔对格式塔按摩或"加利福尼亚按摩"的研究，他逐渐吸取了感观按摩的某些成果，形成了一套最完整的按摩方法——至少按他的看法是这样。他知道中心的某些人不同意这个观点，但他不想卷进论战。"不管怎样，"说到这里他归结道，"有各种各样的按摩，极而言之可以说不存在两种相同的按摩。"介绍完了之后，他开始示范表演，让一个女学员躺下。"感觉搭档的压力……"他一边解说，一边抚摩女学员的肩部；"协调一致，始终协调一致……"他继续解说，同时往姑娘的乳房上洒油。"尊重人体的完整性……"他的双手向下抚摩到腹部，女学员闭上眼睛，带着明显的快感。

"好啦，"他最后说，"现在你们每两个人结成一对开始做吧。走动起来，认识一下；抓紧时间认识。"布吕诺被前面的场面迷住了，一时没反应过来，而此时全场已经玩开了。做法就是不慌不忙地走近自己看中的对象，满面微笑地在她面前停下，平静地对她说："你愿意和我一起做吗？"其他人似乎都懂得所释放的弦外之音，半分钟之内全都兴奋起来了。布吕诺慌忙打量一眼四周，发现自己站在一个棕色头发、五短身材、背阔腰圆、毛发浓重的男人面前。他刚才都没注意到，七个男人只有五个姑娘。

谢天谢地，对方不像是鸡奸者。他显然很生气，一声不吭俯卧在台上，交叉双手枕住头，等待着。"感觉搭档的压力……尊重人体的完整性……"布吕诺又洒了一些油，但没超过膝盖。那人一动不动像块木头一样躺着。他连臀部都长满了毛。油开始滴在浴巾上，他的腿肚子大概浸透了。紧邻的两张台子上仰卧着两个男人。左边那个男人正让一个姑娘按摩胸部。辅导员的盒式录音广播增添了氛围；天空蓝盈盈的。这一切都极端真实。布吕诺再也无法继续下去了。在圈子的另一头，辅导员正毫无保留地给一对男女进行指点。布吕诺迅速拿起背包，下山向游泳池跑去。游泳池正是高峰时刻。一些赤身裸体的女人躺在草地上聊天、阅读或仅仅晒太阳。他去什么地方找个位置呢？他手里拿着浴巾，开始信步穿过草地。他可以说是蹒跚在一个个阴户之间，心里寻思自己应该下定决心。正在这时，他看见那个女天主教徒正与一个黧黑的矮胖男人在交谈。那男人一头黝黑的鬈发，眼睛带笑。布吕诺向女天主教徒点点头，表示认出了她，但她没有看见，他便躺倒在离她很近的地方。一个经过那里的人向身体黧黑的矮胖子打招呼："你好！卡里姆！"卡里姆挥挥手表示回答，并未中断谈话。仰卧的女天主教徒静静听他说。卡里姆一边和她交谈，一边轻轻地按摩自己的小腹。布吕诺将头枕在地上，全神贯注地盯住女天主教徒的阴部：在他面前一米远的地方就是温柔之乡。他像一块石头一样睡着了。

1967年12月14日，国民议会一读通过关于确认避孕合法的诺维斯法。尽管还没有进入社保，避孕药从此在药店自由销售。正是从这时起，广泛的大众阶层才实现了性解放，过去这种解放专属于高级管理人员、自由职业者、艺术家以及某些中小企业主。颇为有趣的是，性解放有时被当作群体的梦想加以介绍，但它实质上标志着个人主义又登上了一个新台阶。正如

"夫妇"这个美好字眼所表示的，两口子和家庭乃是自由社会中原始共产主义的最后一个小岛。性解放的作用就是摧毁了把个人与市场分割开来的最后的中间团体。这一摧毁过程如今仍在持续。

晚饭后，交流中心指导委员会常常组织舞会。在一个向新灵性敞开怀抱的地方，这种选择乍看上去出人意料。它无疑确认了舞会在非共产主义社会中作为性交流方式具有不可超越的地位。弗雷德里克·勒丹特克指出："原始社会的节庆活动也以跳舞，甚至以装神弄鬼为重点。"因此在中心草坪上安装了一套扩音设备并建了酒吧。人们在月光下跳舞，常常跳到深夜一点钟。对布吕诺来说，这是第二次机会。说实话，来宿营地的姑娘们很少参加这类晚会，她们宁愿去本地区的迪斯科舞厅（比尔博凯、王朝、2001年，或许海盗）。这些舞厅推出泡沫主题晚会、男性裸体嬉戏晚会或X明星晚会。留在交流中心的，只有两三个耽于幻想而且阳具小的男孩子。他们满足于待在帐篷里，懒洋洋地弹着音调不准的吉他。其他人把他们当成蔑视的对象。布吕诺觉得自己与这些男孩相似。但不管怎样，既然连几乎无法俘获的女郎都没有，那就参照在昂热北咖啡馆遇上的某位《新风貌》读者的话，"把匕首随便戳进哪块肥肉。"他就是抱着这种希望，换上一条白裤子、一件海蓝色polo衫，在二十三点钟下了山，向那个喧闹的中心走去。

他扫视了半圈跳舞的人群，首先瞥见了卡里姆。那家伙抛弃了女天主教徒，正全力以赴向一个玫瑰十字会[1]女成员献殷勤。那女人和她的丈夫是下午刚到的。他们高高的个子，表情严肃，身材修长，看上去像是阿尔萨斯人。他们住在一个宽大而复杂的帐篷里，到处是雨披和脱钩，她丈夫花了四个钟头才安装好。晚会刚开始，他对布吕诺谈起隐藏在"玫瑰十字架"里的美女。他的双眼在小小的圆眼镜片后面闪闪发光，整个儿一副狂热的样子。布吕诺似听非听。照此人的说法，这个运动产生于德国。它无疑受到某些炼金术成果的启发，但也与莱茵河流域的基督奥体有关。颇像鸡奸者和纳粹一类玩意儿。"收起你他妈的十字架吧，你这个家伙……"布吕诺梦呓般想道，一边用眼角观察他那跪在煤气灯架前的漂亮老婆的臀部。"在上面再加上玫瑰……"他心里归结道。这时那女人抬起头来，命令丈夫过来给孩子换尿布，她的乳房裸露着。

不过她此刻在跟卡里姆一起跳舞。他们俩组成一对奇特的舞伴。卡里姆矮十五厘米，面对这个高高的日耳曼女人，动作灵活，满面微笑，一边跳一边不停说话，即使最初勾引的目标看不见了也在所不惜。不过事情似乎有进展，因为那女人也面带微笑，带着近乎着迷的好奇打量他，有一次甚至哈哈大笑。在草地的另一端，她丈夫正对一个可能的新门徒介绍那个运动的发祥地：1530年发端于下萨克森州某个地方。每隔一会儿，

---

[1] 17世纪初在德国创立的秘密会社。

他三岁的儿子，一个无法忍受的黄毛小子，有规律地嚷着要求带他去睡觉。总之，这里呈现在眼前的，还是一种"真正的生活"的真实时刻。离布吕诺不远，两个略显过瘦、外表像教士的人，议论着那个勾引者的成绩。"他很热烈，你知道……"一个说，"照理他是没法把她弄到手的，他没有她漂亮，又大腹便便，甚至比她矮。可是他很热烈，这个混小子，正是这一点使他与众不同。"另一个沮丧地表示赞同，手里数着一串假想的念珠。布吕诺喝完那杯加橙汁的伏特加酒，这才发现卡里姆成功地把那个玫瑰十字架女成员拉到青草茂密的斜坡上去了。卡里姆一只手搂住她的脖子，不停地和她说话，而另一只手悄悄地伸进了她的裙子。"她甚至叉开了大腿哩，那个纳粹婊子……"布吕诺这样想着离开了跳舞的人群。他正要走出灯光照亮的圈子那瞬间，瞥见女天主教徒正让一个像是滑雪教练的男人抚摸她的臀部。帐篷里的盒子里还剩下一些饺子。绝望之下，他在回帐篷之前，给自己的电话答录机打去电话，有一条留言："你应该出发去度假……"米歇尔平静的声音说，"回来以后找我。我也在休假，要休很长时间。"

4

他走着，到达了边界。一些秃鹰围绕着一个看不见的中心盘旋。那可能是一具动物的尸体。他的大腿肌肉富有弹性，能适应道路的崎岖不平。发黄的草覆盖着丘陵，东边一望无际。他从昨天起就没吃过东西。他不再害怕了。

他醒来时，发现自己和衣横躺在床上。在不二价超市门前，一辆卡车正在卸货。刚过七点钟。

多年来，米歇尔过的是纯粹知识分子的生活。构成人们生活的种种感情不是他观察的对象。他对这些感情了解甚少。如今的生活可以安排得非常精确。超级市场的女收银员对他简短的问候个个都还之以礼。他住在大楼里十年以来，有许多人来许多人走，不时有人结成夫妻，于是他就观察别人搬家。夫妻俩的朋友在楼上搬运箱子和灯具，他们都年轻，有时充满欢笑。后来离异时，两个同居者常常是（但并非总是）同时搬家。于是空出一个房间。由此作出什么结论？怎样解释所有这些行为？这可不容易。

他本人只要求爱，至少他没有别的什么要求，没有任何明确的要求。"生活嘛，"米歇尔想道，"应该是一件简单的事情，应该是一连串不断重复的小小仪式。一套有点愚蠢然而我们可以信赖的仪式，一种没有冒险、没有悲剧的生活。"可是人们的生活不是这样安排的。有时他到外面观察年轻人和房屋。有件事是确信无疑的，就是谁也不知道怎样生活了。最后他夸张地想：某些人仿佛被一种事业动员、激励起来了，他们生活的意义因此也变得沉重了。艾滋平权联盟的积极分子认为，让某些广告——用特写镜头抓拍同性恋做爱——登上电视是重要的，而其他人把这些广告归为色情。更泛而言之，同性恋的生活倒是愉快、活跃、穿插有丰富多彩的事件。他们有各式各样的伙伴。在暗房里肛交，安全套有时滑脱或破裂。于是他们死于艾滋病，但他们的死亡本身具有一种战斗的崇高意义。更泛而言之，电视，尤其是法国电视一台，不是经常进行崇高的说教吗？米歇尔在少年时代相信，痛苦给人带来一种额外的崇高。现在他该承认想错了。给人带来额外崇高的是电视。

尽管电视给他提供重复的、纯粹的快乐，他还是认为出门走走是正确的。再说他要采购东西了。没了明确的方向，人便会无的放矢，无以为继。

7月9日早晨（这天是圣阿芒蒂娜节），他注意到作业本、课本夹和文具盒已经在不二价超市上架。关于这次促销的广告语,"头脑不发热地开学",在他看来只有一半令人信服。什么叫教育,什么叫知识,如果没有了持续的头脑发热?

第二天,他在信箱里看到"三个瑞士人"的秋冬商品目录。那厚厚一本硬皮书没标明任何地址。是送货人放在信箱里的吗?他长期以来是函销员的顾客,对这类小小的殷勤早就习以为常,这是彼此忠实的证明。季节显然已经向前推移,商业战略转向了秋季,然而天空依然阳光灿烂,总而言之才七月初。

米歇尔还是年轻人的时候,读过关于荒诞、生存绝望、岁月空虚凝滞等主题的小说。这类极端主义的文学只是部分地令他信服。当时他经常去看布吕诺。布吕诺幻想成为作家,经常手淫,一页一页写了又涂;布吕诺使他发现了贝克特。贝克特也许是人们所称的"伟大作家",然而他的书米歇尔一本也没读完。那是70年代末,他和布吕诺都才二十岁,但都感觉自己已经老了。情况会继续这样,他们会越来越觉得自己老了,并为此感到羞耻。他们的时代即将成功地实现这样一个前所未有的变革:将死亡的悲剧感淹没在更空泛、更无力的衰老感之中。二十年后,布吕诺仍然没有真正想到过死亡(而且开始觉得自己永远不会去想),他希望活到头,希望到头都充满活力,希望与具体生活和日渐衰老的肉体的意外事件及不幸斗争到头。直到最后一刻,他还会祈求给生命一个小小的延长,一个小小的补充。尤其是直到最后一刻,他要寻求最后一刻的欢乐,一个额外的小小宠爱。从长远来讲不管他怎样不中用了,一回进行得很好的口交总是一次真正的快乐。"这个嘛,"今天米歇尔在翻阅他那本男女内衣商品目录时(真性感,这根女式紧身带!)想道,"否认是不明智的。"

作为个人来讲,米歇尔很少手淫。他还是年轻研究员时,网络上的幻想令他神魂颠倒,现在这些幻想连同真正的年轻女人(经常是大医药厂的商务人员)逐渐消失了。现在他通过不伤身体的手淫,平静地控制着阳刚之气的衰退,而那本商品目录,偶尔加上一台花了七十九法郎买来的色情CD机可以为不伤身的手淫助兴,绰绰有余。相反他知道,布吕诺却浪费自己的壮年,去追求某些乳房丰满、臀部浑圆、嘴唇诱人的洛丽塔[1]。感谢上帝,布吕诺有着公务员的地位。不过,他并非生活在一个荒诞的世界上,而是生活在一个夸张的世界上,这个世界上有美女,有肥妞,有尤物和傻姑娘。这是布吕诺生活的世界。米歇尔则生活在一个明确的世界上,这个世界从历史层面讲是虚弱的,却被某些商业仪式,如法网公开赛、圣诞节、12月31日、"三个瑞士人"商品目录每两年的聚会,搞得有了节奏。他如果是同性恋,可以参加艾滋病患者募捐晚会,或者同性恋骄傲游行。他如果是放荡者,则会迷恋于色情沙龙。他如果爱好体育,此刻便会在环法自行车赛比利牛斯山上

---

[1]纳博科夫同名小说中的主人公。

的一个中途站。作为一个普通消费者，他却高兴地在他的小区不二价超市里欢迎为期两周的意大利食品节。这一切组织得很好，组织得有人情味；这一切之中可能包含他的幸福。他即使想做得更好，也不知道怎样做。

7月15日早晨，他在门口的垃圾桶里捡到一张基督教的广告。几段不同的人生评述都归结于一个相同而幸福的目标：与复活的基督相会。他一时感兴趣的是一个年轻女人的故事（《伊莎贝尔受到打击，因为她这个学年受到牵连》），然而又不得不承认自己觉得帕韦尔的经历更亲切（帕韦尔是捷克军队里一名军官，对他来讲，指挥一个导弹跟踪站，是他军旅生涯的顶点）。他毫无困难地把下面这段话搬来说明自己的情况："作为著名学府培养出来的专业技术人员，帕韦尔本应珍惜生活，然而他并不幸福，总是在寻求生活的理由。"

"三个瑞士人"商品目录则似乎让人从历史角度读出了欧洲的困惑。它一开头含糊其辞，到第十七页才终于表达出未来文明必将转变。关于这本目录的主题，有两句提纲挈领的话，米歇尔思考了好几个钟头："乐观主义、慷慨精神、同谋关系与和谐一致推动着世界前进。明天是女性的。"

在二十点的新闻节目中，布吕诺·马苏尔宣布，一个美国探测器探测出火星上存在化石生命的痕迹。那是一些细菌形态，很可能是甲烷古生菌。因此，在与地球相近的一个星球上，可能形成过与生命有关的大分子，并可能产生过自动繁殖的松散结构，这些结构是由一个原始的核和一个未知的细胞膜构成的。后来一切都停止了，可能是由于气候变化：繁殖变得越来越困难，最后完全停止了。火星上的生命史像是一个微不足道的故事。然而（布吕诺·马苏尔似乎没有明确意识到），这个有点窝囊的失败的小小故事，有力地驳斥了人类通常为寻求乐趣而编造的种种神话或宗教故事。并不存在惟一而伟大的创世行动，并不存在上帝的选民，甚至不存在上帝选定的人类或星球。只是在宇宙之中到处存在一点没有把握、一般没有多少说服力的尝试。而且这一切又单调得可怕。火星细菌的脱氧核糖核酸，与地球细菌的脱氧核糖核酸完全相同。这一发现令他稍微有点忧伤，仅仅这一点就已经表明他有抑郁的迹象。一个处于正常状态的研究者，一个处于良好工作状态的研究者，相反应该为这种相同感到高兴，从中看到统一合成的前景。如果脱氧核糖核酸到处都相同，那就应该有理由，有深层的理由关联到消化分子结构或者自动繁殖拓扑条件。这些深层理由应该是能够发现的。他记得，在更年轻的时候，这样一种前景肯定会使他兴奋不已。

1982年与德斯普莱辛会面时，杰任斯基正在完成奥塞学院第三阶段的论文。他以写论文为由，参与到阿兰·阿斯佩关于同一个钙原子连续释放的两个光子的运动状态不可分性的杰出实验中。他是组里最年轻的研究者。

阿斯佩实验精确、严谨、有充分的资料作依据，应该在科学界产生巨大反响。普遍的意见认为，这是头一回彻底反驳了爱因斯坦、波多尔斯基和罗森1935年对量子形式理论提出的异议。这显然与爱因斯坦的假设导致的贝尔不等式是相悖的，其结果与量子论的预言完全一致。从此只剩下两个假设：要么决定粒子运动状态的隐秘特性处于另一个空间，就是说粒子与粒子之间可以在任意的距离间随时相互产生影响；要么在没有任何观察的情况下，放弃基本粒子具有内在特性这种概念，这样我们便重新处在深刻的本体论空白面前，除非采用彻底的实证主义，满足于论述可观察的预见性数学形式理论，最终放弃潜在的实在性的概念。自然是后一种选择能赢得大多数研究者。

阿斯佩实验第一份报告发表在《物理评论》第四十八期上，题目是：《爱因斯坦-波多尔斯基-罗森思想实验[1]的成果：对贝尔不等式的再次推翻》。杰任斯基是这份报告的联署人。几天之后，他接待来访的德斯普莱辛。德斯普莱辛四十三岁，那时领导着伊韦特河畔日夫的法国国家科学研究中心的分子生物研究所。他越来越意识到，他们忽略了基因变化机制中某种根本的东西，而这种东西可能与原子方面发生的某些更深刻的现象有关。

---

[1] 也叫假想实验，所做的都是在现实中无法做到的实验。

他们头一回见面是在大学宿舍楼米歇尔的房间里。德斯普莱辛对房间的灰暗和简朴并不显得吃惊，这与他所预料的类似。他们一直谈到深夜。德斯普莱辛提醒说，基本化学元素列表是有限的，这个事实从20世纪10年代起就引发了尼尔斯·玻尔的思考。建立在电磁场和万有引力场基础上的原子理论，正常地应该导致无穷的答案，导致无穷可能的化学物质。然而，整个宇宙是由一百来种元素构成的；这个列表是不可替换的、严格的。"这种情况按照传统电磁理论和麦克斯韦方程式来看根本不正常，"德斯普莱辛又提醒说，"可能最终导致量子力学的发展。"照他的意见，现在生物学也处于类似的情况。在整个动物界和植物界，在他看来，大分子结构万变不离其宗，这说明我们无法用传统化学规则来解释了。不管用这种方式还是另一种方式——目前还是无法厘清——量子学都应该直接介入来整合生物学现象。这里存在一个绝对崭新的研究领域。

这头一个晚上，德斯普莱辛震惊于对话者思想之开放和头脑之冷静。他邀请米歇尔下星期六去综合工科学校街他家里吃晚饭。他的一位同事，一位生物化学家，即《核糖核酸转录酶》一书的作者也会光临。

米歇尔进到德斯普莱辛家里，感觉仿佛置身在电影布景之中。浅色木制家具，铺地砖，土耳其地毯、马蒂斯画作的复制品……在此之前，他只是猜想存在这样一个富裕、有教养、情趣高雅而自信的阶层，现在他可以想象其他一切了，在布列塔尼拥有祖产，甚至在吕贝龙有个小农庄。"再放点作曲家巴托克的五重奏……"念头一闪而过，他开始吃前餐。这餐饭喝的是香槟酒，餐末点心是苹果酱吐司加红色水果，佐以一种味道极醇的半干玫瑰红葡萄酒。这时德斯普莱辛才向他介绍了自己的计划。他可以获准在日夫他的研究所设置一个合同雇员职位；米歇尔则必须补充一些有关生物化学的知识，不过这很快就能做到。同时他督促米歇尔准备论文答辩；一旦论文答辩通过，他就可以要求得到正式职位。

米歇尔看一眼壁炉台中央一尊高棉的小塑像，塑像线条简洁，那是一尊俯身聆听大地众生的佛像。他清了清嗓子，接受了建议。

仪器仪表和放射性标记技术取得了异乎寻常的进步，使得今后十年间积累起数量可观的成果。然而杰任斯基今天在想，他们头一次会面时德斯普莱辛提出的理论问题，他们并没有丝毫进展。

半夜里，他再度对火星细菌感到困惑不解，从因特网上获得了十五条左右信息，大部分都来自美国的大学。被发现的腺嘌呤、鸟嘌呤、胸腺嘧啶和胞嘧啶比例正常。他感到有点无聊，便连上了安娜堡密歇根大学的网站。有一篇关于衰老的报告。阿莉西亚·马西亚·柯尔霍发现，平滑肌的成纤维细胞在重复分裂过程中，脱氧核糖核酸的编码会丢失。这一点也并不真正使他感到意外。这个阿莉西亚他认识，十年前在巴尔的摩参加遗传学会议期间，有一餐喝多了，甚至是她在饭后奸淫了他。他也喝得醉醺醺的，连胸罩也没法帮她脱掉。那是一个忙乱，甚至费力的时刻。在他千方百计帮她解开搭扣的时候，她悄悄告诉他她与丈夫分手了。然后正常地干完了一切。他感到吃惊的是，没有丝毫快感。

5

到交流中心来避暑的许多人像布吕诺一样，都已四十来岁，也像布吕诺一样在社会或教育领域工作，都有职员的地位而免受贫穷之苦。实际上所有人本来都可能左倾，但实际上所有人都独身生活，往往是离了婚的。总之在这个地方布吕诺是相当有代表性的。几天下来，他意识到自己开始不像平常那样感到别扭了。那些神秘兮兮的婊子在早餐时不堪忍受，到了喝开胃酒时又变成了正常女人，与其他更年轻的女人进行着无望的竞争。死亡是伟大的平等施予者。因此星期三下午，他认识了卡特琳，一个五十来岁的前女权主义者，曾经是"不明不白的玛丽"中的成员。她一头褐发鬈曲得厉害，肤色黯淡。二十岁的时候，她可能是很有吸引力的，现在乳房还是挺立的。在游泳池边布吕诺注意到，她的臀部实在丰满。她换了学科，专修埃及象征符号体系，如太阳塔罗纸牌等。当她谈论阿努比斯神时，布吕诺把游泳裤衩往下扯了扯。他觉得看到自己的阴茎勃起了，她是不会生气的，也许他们之间正在产生友谊哩。可惜的是，他的阴茎没有勃起来。她的大腿之间有鼓起的肉，夹得紧紧的。他们分手时彼此相当冷淡。

同一天傍晚快吃晚饭时，一个名叫彼埃尔-路易的人和他说话。那人自我介绍是数学老师。不错，他是干这一行的。两天前的发挥创造力晚会上，布吕诺见过他，他当时自告奋勇演一出数学演算的短剧，荒诞喜剧一类的，但他一点也不滑稽。他在一块白板上飞快地写着，有时突然停下来，宽大的秃顶因为思考而皱缩起来，眉毛倒竖，做出一副想逗人乐的表情，手里握着色笔，一动不动地呆几秒钟，然后又开始写起来，同时结巴得更厉害了。短剧结束，有五六个人鼓掌，多半还是出于同情。他满脸通红；到此为止。

接下来两天，布吕诺有好几次避开了他。他戴了渔夫帽，人偏瘦，个子很高，至少有一米九，但有点凸肚。当他爬到跳台上准备跳水时，他那有点鼓起的肚子倒是构成了奇特的画面。他可能有四十五岁了。

这天傍晚，这个大个子傻瓜和其他人即兴跳起了非洲舞，布吕诺又一次趁机很快溜掉了，爬上山坡，向迎宾餐厅走去。前女权主义者旁边有一个空位子，而她对面坐着一个研究象征符号的女同行。他刚要开始吃他那份炖豆腐，这排餐桌的另一头就出现了彼埃尔-路易。看见布吕诺对面有个空位子，他高兴得满面生辉。布吕诺还没真正反应过来，他就拉开了话匣子，而旁边那两个婊子发出的笑声也真够刺耳的。欧西里斯的复活和埃及的木偶……她们根本没有注意他们。听了一会儿，布吕诺才明白这个小丑是要和他谈论工作，只听见他含糊其辞地说："啊，没什么大不了的……"他什么都想谈，除了国民教育。这顿饭吃得布吕诺心情烦躁起来，他站起来去抽烟。不巧，那两位符号研究者大幅度地扭着屁股，也同时离了席，看都没看他们俩一眼。可能正是这一点引发了意外事件。

布吕诺离开餐厅将近十米远，突然听到一声很响的口哨声，或者不如说一声刺耳的尖啸，一种尖得出奇，真不像人发出来的声音。他回头一看，只见彼埃尔-路易脸涨得通红，紧握拳头，双脚并拢，也不助跑，就一下跳到了餐桌上。他喘了口气，从他胸膛发出来的尖啸中断了。他在桌上来回走动，双拳猛击头顶，餐盘和杯子在他周围跳舞，他抬脚向四面乱踢，同时扯着粗大的嗓门喊道："你们不能！你们不能这样对待我！……"这一回他没有结巴。上去五个人才制伏了他。当天晚上，他被送进了昂古莱姆精神病院。

将近三点钟布吕诺惊醒了。他走出帐篷，一身冷汗，营地静悄悄的，当空一轮满月，只听风雨蛙单调的鸣声。他坐在池塘边上，等待开早饭的时间。临天亮之前，他感到有点冷。上午的工作坊十点钟开始。十点一刻钟光景，他向金字塔走去，在写作班门口犹豫片刻，随后又下一层楼，用二十秒钟看了看绘画班的课程安排，然后又上几级楼梯。梯子有笔直的栏杆，半腰间被向内弯曲的弧度隔断。在每段弧度的范围内梯级增宽，随后又变窄。在弧度末端，有一级比其他所有级都宽。布吕诺在楼梯这一级坐下来，背靠墙，人开始感觉舒服了。

中学年代罕见的幸福时刻，就是布吕诺在上课后不久像这样坐在两层楼之间的一级楼梯上。静静地背靠着墙壁，离两个楼梯平台一样远，两眼时而闭上，时而睁得大大的。他等待着。当然可能会来人，那么他就得让起来，捡起书包，快步回到已经开始上课的教室里。但常常没有人来，四下里静悄悄。于是，他的思想沿着铺方砖的、灰色的梯级（历史课已结束，物理课没有上），偷偷摸摸似的，一个小小的飞跃又一个小小的飞跃，小心翼翼地飞向快乐。

今天的情况自然不同，他选择来到这里，加入度假中心的生活。上面那层楼，有一组人在练习写作，紧接着下面一层是一个绘画班。再往下可能有按摩班或全息呼吸班；还往下，非洲舞蹈班显然重新组织起来了。到处都有人在生活，呼吸，试图感受快乐或改善个人潜能。每层楼都有人在进步，抑或试图在社会、性、职业或宇宙整合方面有所进步。按照最通常的说法，"他们是在磨炼自己。"他开始有点困了，他什么也不再要求，什么也不再寻求，他不再位于任何地方；他的思想慢慢地、一级一级地飞升向不存在王国，飞升向遁形世间的纯粹的狂喜。自十三岁以来，布吕诺头一回几乎感受到了幸福。

你能告诉我主要的糖果销售点吗?

他回到帐篷里,睡了三个钟头,醒来时重新感到精力充沛。不让性交,会使男人产生不安,这种不安表现为腹部的强烈收缩,精液仿佛向小腹涌流,向胸部方向伸出触角。他从星期天开始就没手淫过。这可能是个错误。西方最后一个神话:性是一件该做的事情,一件可能的事情,一件应该做的事情。他穿上游泳裤,往挎包里塞了几个避孕套;塞的动作引得自己短促地笑了一声。几年来他身上总是带着避孕套,但从来没用上,妓女们总是有避孕套的。

沙滩上尽是穿泳裤的男士和三点式女郎。这很令人放心。他买了一包船状炸土豆条,在避暑的人们之间走来走去,最后看中了一个二十来岁的姑娘。那姑娘一对乳房很漂亮,又圆又结实,挺得高高的,上面有宽宽的淡红褐色乳晕。"你好……"他说了一句就顿住。姑娘的脸皱缩起来,现出不安的样子。"你好……"他又说道,"你能告诉我主要的糖果销售点吗?""嗯?"姑娘撑着一条手臂抬起身子。他发现她耳朵上戴着随身听耳机。他顺原路折回,一边向两旁挥动手臂,就像彼得·福克在《神探哥伦布》里一样。没有必要啰嗦了,太复杂,也太下作。

他斜着向海边走过去,尽量保持住对那个姑娘乳房的记忆。

突然,他的正前方波涛里钻出三个少女。他估计她们顶多不超过十四岁。他看见了她们的浴巾,便把自己的浴巾铺在相距几米远的地方。她们丝毫没有注意他。他迅速脱下T恤衫盖在腰上,身体侧卧。布吕诺还没来得及碰那玩意儿,就猛地射在了T恤衫里。他发出一声呻吟,瘫倒在沙滩上。这就做完了。

喝开胃酒的原始习俗

交流中心每天就餐时,喝开胃酒一般是有音乐的,这是一天中其乐融融的时刻。这天晚上有三个人敲击达姆达姆鼓,为五十来个交流中心的成员伴奏。这五十来个人在原地蹦跳,双臂乱舞。这实际上是一种丰收舞,在非洲舞蹈班已经跳过。一般几个小时后,某些参加者会感到或者假装感到自己处于焦灼状态,所谓焦灼状态,从文学或过时的意义上讲,是指一种异常强烈的不安,一种意识到即将发生危险的恐惧。"我宁愿溜走而不愿继续生活在这种焦灼状态。"(爱弥尔·左拉语)。布吕诺为女天主教徒斟一杯夏朗德甜葡萄酒,问道:"你叫什么名字?"对方回答:"索菲。"他又问:"你不跳舞吗?"她答道:"不跳。非洲舞不是我所喜欢的,这太……"太什么?布吕诺理解她的局促不安。太原始?显然不是。节奏太快?这已经接近种族主义了。显然,关于这种荒唐的非洲舞,是不能随便乱评价的。可怜的索菲试图尽量说得妥当。她有一张秀丽的脸,黝黑的头发，蓝色的眼睛，非常白皙的皮肤。她的乳房看上去是小，但很性感。她大概是布列塔尼人。"你是布列塔尼人？"他问道。"是的，圣布里厄的！"她高兴地答道，接着又补充一句："不过我挺喜欢巴西舞……"目的似乎是请对方原谅她无法欣赏非洲舞。这就足以使布吕诺感到恼火了。他开始厌烦这种愚蠢的亲巴西癖好了。为什么要讲巴西呢？从他所了解的一切情况来看，巴西是个讨厌的国家，那里的人都被足球赛和汽车赛弄得昏头昏脑。在那里，暴力、腐败和贫困达到了无以加的程度。如果存在一个讨厌的国家，那就恰恰是，百分之百是，确定无疑是巴西。"索菲！"布吕诺冲动地大声说，"我可以去巴西度假，在贫民窟闲逛。我坐的小汽车将装上铁甲。我将观察那些梦想成为首领的八岁的小杀手，观察那些十三岁就死于艾滋病的小妓女。我不会感到害怕，因为我受到铁甲的保护。刚才说的是上午。下午我去海边那些毒枭和鸨母当中。在那种恣意放纵、穷奢极欲的生活中，我将忘记西方人的忧郁。索菲，你说得有道理，我一回去就向新疆界旅行社了解旅行信息。"

索菲打量了他一会儿。他一副沉思的面容，前额上横着一条忧郁的皱纹。"你大概受过不少苦吧。"她终于凄凉地说道。

"索菲，"布吕诺大声说道，"你知道尼采写了莎士比亚什么吗？写的是这个人感到如此需要成为小丑，一定挺痛苦……莎士比亚在我看来一直是一位受到过高评价的作家，但的确是一个重要小丑。"他停下来,吃惊地感觉到自己真的开始痛苦了。女人有时如此可爱,竟能以谅解对待挑衅,以温柔对待无耻。哪个男人会这样表现呢?"索菲,我想舔你的……"布吕诺激情地说。可是这回索菲没听见,她转向了三天前抚摩她臀部的那位滑雪教练,开始和他交谈起来了。布吕诺愣了片刻,然后穿过草地向停车场那边走去。鲁瓦扬的洛克勒克超市一直开到二十二点钟。他一边在货架之间走动一边想,如果相信亚里士多德的话,一个矮个子女人应该属于不同于其他人类的人种。"我觉得一个矮个子男人还是个男人,"这位哲学家写道,"但一个矮个子女人我觉得属于新的一类人。"怎样理解这个奇特论点?它与斯塔基拉人[1]的惯常见解格格不入。布吕诺买了威士忌酒、盒装的饺子和生姜味饼干。经过雅趣池前面时,他听到一阵窃窃私语和一声忍住的笑。他停住脚步,手里拎着洛克勒克超市的塑料袋,透过枝叶望去,好像看见两三对情人。再也听不到声音,只听到轻微的喷水声。月亮钻出了云层,也在此时又来了一对男女,并开始脱衣服。又传来窃窃私语。已经是星期五晚上了,他应该在这里多逗留一星期。他要重新安排,找一个女人,与其他人交谈。

---

[1] 亚里士多德生于斯塔基拉。

6

星期五到星期六夜里他睡得不好，做了一个很不愉快的梦。他发现自己变成了一头膘肥而没有毛、岁口不大的猪，与他的猪伙伴们一起被刮进了一条巨大、黑暗、壁上生锈、形状像个旋涡的隧道里。刮着他的湿乎乎的风风力并不大，有时他能将蹄子落在地上歇息片刻；接着一股更大的风刮来，他又被刮下去几米远。他不时瞥见某个白乎乎的伙伴被猛烈地吸下去。他们在黑暗和寂静中挣扎着，那寂静只被他们的蹄子在金属壁上短暂的摩擦声划破。随着高度降低，他听见从隧道深处传来机器低沉的嘈杂声。他渐渐意识到旋风是把他们刮向有着巨大而锋利的螺旋桨的涡轮机。

后来他的头被割断了，落在一片草地上，上面几米远的地方悬着旋涡的出口。他的天灵盖从上到下被劈成了两半，然而落在草里面未受损伤的部分还有意识。他知道蚂蚁会渐渐钻进暴露的颈髓，吃掉里面的神经元，那时他会彻底陷入无意识状态。现在他用惟一的一只眼睛眺望地平线。平展的草地似乎一望无际，一些巨大的齿轮在蔚蓝的天空下反向旋转。他可能正接近时间的尽头，至少他所了解的世界已经到了末日。

早餐时他认识了一个所谓"68分子"的布列塔尼人。此人教授绘画班，名叫保尔·勒丹特克，是交流中心现任经理的弟弟，中心创建者的第一批核心成员之一。他穿件印第安上衣，蓄着灰色长胡子，胸前挂着三曲腿图[1]样式的长颈链，不由让人觉得他是一位生活在史前时代的嬉皮士。这个衰弱的老头儿已过了五十五岁，现在过着平静的生活。他黎明即起，在山丘间漫步，观察各种鸟，然后在一碗咖啡加苹果烧酒前坐下，在人来人往之间为自己卷纸烟。绘画班要十点钟才开始，他完全有时间闲聊。

"作为一名交流中心的老人……"（布吕诺笑笑，想要建立起至少是虚假的合谋关系），"你该记得中心初创时的情况，70年代的性解放……"

"解放我那玩意儿！"老人嘟囔道，"在放荡的聚会上总有一些女人靠墙而立，总有一些男人想摆脱软弱无力。什么都没有变。伙计。"

"然而，"布吕诺坚持道，"听说艾滋病使事情改变了……"

"对男人来讲吗？说实话要简单一些。"画家清清嗓子承认道，"有时，一些目标敞开着，你可以不作自我介绍就直接进

---

[1] 一个古老的符号，象征无限和连接。

去。但是到了组织真正的放荡聚会时,就要在门口进行选择,一般都是成双结对来的。有时,我看见一些女人敞开那玩意儿,抹了许多润滑剂,整个晚上自己手淫,就是没有人去搞她们,伙计。甚至为了让她们乐一乐也不可能。好歹总要勃起一点吧。"

"总之,"布吕诺现出思考的样子说道,"从来没有过性共享主义,只不过是一种放宽的诱惑方式。"

"这个嘛,对……"老油条同意道,"诱惑嘛,从来就有的。"

这一切不怎么令人鼓舞。不过今天是星期六,会有一些新来的人。布吕诺决定放松放松,把事情当做跳摇摆舞一样。这样,他这一天过得顺顺当当,老实讲甚至什么事都没发生。夜里将近十一点钟,他又一次经过雅趣池。发出轻柔汩汩声的水面上,笼罩着一层薄薄的水汽,满月的月光穿透而过。他悄悄靠近。池子直径三米。一对男女搂抱在一起。女的似乎骑在男的身上。"这是我的权利……"布吕诺疯狂地想道。他迅速脱掉衣服,跳进池子里。夜里的空气清凉,而这水却相反温暖得让人很舒服。透过池子上交错的冷杉枝,可以看见天上的星斗,他让自己稍许放松。那对男女根本没有注意他。女的总是在男的身体上动着,现在开始呻吟了。看不清她面部的轮廓。男的也开始粗声喘气了。女的动得越来越快,有一会儿身体往后仰着;月光偶然照亮她的乳房,她的脸被黝黑的厚厚的头发遮住，后来她将身体贴在男的身体上，双臂紧搂住他。男的喘得更厉害了，长长地嚎叫一声，随即平静下来。

他们拥抱在一起待了一小会儿后，男的爬起来，出了水池。穿上衣服之前，他摘掉了安全套。布吕诺意外地注意到女的待在那里没有动。男人的脚步声远去了，又是一片寂静。女人将两腿伸直放在水里。布吕诺照她的样，将一只脚放在她的大腿上，轻碰着她。随着轻微的水响，女人离开岸边，向他移动过来。现在月亮被云遮住了。女人离他只有五十厘米远了，但布吕诺仍然看不清她的相貌。布吕诺一条胳膊搂住她的大腿上部，一条胳膊揽住她的双肩，自己蜷缩起来贴在她身上，脸贴在胸部的位置，她的乳房小但挺结实。他也离开池边，尽情地投入她的拥抱。他感到她正向池子中间游动，然后开始以她自己为中心旋转。他的脖子的肌肉突然松弛了，头变得沉重起来。水面上水的响声很轻柔，但沉到几厘米深处就变成了深海般巨大的轰鸣。星星垂直地在他的脸上方慢慢地旋转。在女人的怀抱里，他的身心放松了，女人的双手轻柔地移动，他隐隐感觉到她的抚摸，安全地处于失重状态。长长的头发轻擦他的腹部……他幸福得全身发抖，闭上双眼，极度快感的颤栗传遍全身。水里的轰鸣声变得异常令人安心，快感的波浪在他体内变得更猛烈，他同时感到自己被水底的旋涡摇动着，突然觉得浑身燥热……他快乐得嚎叫一声，他从来没有体验到如此的快感。

7

旅行挂车前的交谈

克丽丝蒂亚娜的旅行挂车离他的帐篷五十米远。她进到挂车里，点亮灯，拿出一瓶布斯米尔酒，斟上两杯。她苗条，个子比布吕诺矮，过去大概是很漂亮的，可是现在面容憔悴了，还略有点酒糟鼻，只有头发依然秀美、光润、黝黑。一对蓝色眼睛目光温柔，略显忧郁。她大概有四十岁了。

"我时不时会冲动，"她说，"与所有人接吻。还有，我只要求有个安全套。"

她舔舔嘴唇，饮一口酒。布吕诺打量着她。她只是上身穿了衣服，一件灰色圆领长袖运动衫。她的双峰线条优美；遗憾的是，肥大的阴唇有点耷拉。

"我也希望给你快感。"他说。

"别性急。喝完这杯酒吧。你可以在这里睡，有地方。"她指一指双人床。

他们谈论租用旅行挂车的价钱。克丽丝蒂亚娜不能露营，她背部有问题。"相当严重。"她说，"大部分男人喜欢'抽烟斗'。"她又说，"他们讨厌进去，因为他们挺起来有困难。但我把那个含在嘴里，他们又变成了孩童。我觉得，他们受到女权主义的严重打击，比他们愿意承认的还严重。"

"还有比女权主义更严重的呢……"布吕诺阴郁地说。他将杯里的酒干了一半，才决心继续说下去，"你早就熟悉这个地方吗？"

"实际上从一开始就熟悉。只是结婚之后就不来了，现在每年来度过两三个星期。起初这里多半是个交流场所，所谓'新左派'；现在成了'新时代'。但变化并不大。70年代期间，人们已经对东方神秘主义感兴趣；如今这里仍然有一个雅趣池和一些按摩房。这是一个愉快的地方，不过凄凉了点儿。暴力比外面少得多。宗教氛围稍稍掩盖了引诱的粗暴。然而这里有些女人忍受着痛苦。在孤独中衰老的男人远不如同样处境的女人值得同情。男人喝劣质酒，倒头便睡，满嘴酒气，醒来后还是照旧；他们死得相当快。女人服镇静剂，做瑜伽，去看心理医生；她们能活到很老，受很多苦。她们出卖衰弱变丑的肉体。这一点她们明白，并因此而痛苦，但还是继续做，因为她们无法放弃被爱。她们从始至终是这种幻想的牺牲品。从一定的年龄开始，一个女人可以时时与阴茎摩擦，但她从此绝不可能被爱。如此而已。"

"克丽丝蒂亚娜，"布吕诺柔情地说，"你太夸张啦……譬如现在我就想让你快乐。"

"这我相信。我的印象,你多半是个可爱的男人。自私而可爱。"

她脱掉运动衫,横着往床上一躺……克丽丝蒂亚娜静静地享受着,肉体一阵阵长时间地颤栗。布吕诺不动了,脸贴住她湿漉漉的外阴,向她伸出双手,感到克丽丝蒂亚娜捏住了他的手指。"多谢。"她说,然后站起来,穿上运动衫,又斟上两杯酒。

"刚才在雅趣池真好,"布吕诺说,"咱俩一句话也没说。我感觉到你的嘴时,还没看清你的面容哩。没有任何引诱的因素,这事儿可是很纯洁啊。"

"一切都取决于克劳泽终球[1]……"克丽丝蒂亚娜微笑道,"应该原谅我,我是博物学教员。"她喝一口布斯米尔酒。"阴蒂的茎、龟头的帽和沟,布满了克劳泽终球,有非常丰富的神经末梢。一抚弄它们,就会刺激大脑释放大量的荷尔蒙。所有男人和所有女人的龟头和阴蒂都充满克劳泽终球,数量差不多相同,说到这一点,大家都是很平等的。但是还有别的东西,你知道。我很爱我丈夫,总是怀着崇敬的心情抚摩他,喜欢感觉他与我水乳交融,为刺激他而自豪,我有一张他勃起的照片,我一直把它放在钱包里;于我而言,那是一张圣像,能给他快感是我的最大乐趣。他为了一个更年轻的女人最终离开

---

[1] 皮肤温度感知器,它分布在眼结膜、嘴唇和舌头的黏膜、神经外膜等地方。

了我。刚才我看到你并不是因为性才对我感兴趣。年龄大的人，体内纤维蛋白原增加，弹性蛋白在分裂过程中逐渐使肌肉组织失去坚实和柔韧。二十岁时，我的身体很漂亮；而今我意识到肉体松弛了。"

布吕诺喝完杯子里的酒，无言以对。不一会儿两人躺下，他伸出胳膊搂住克丽丝蒂亚娜的腰。他们进入了梦乡。

8

布吕诺头一个醒来。一只鸟高高地在树上鸣唱。克丽丝蒂亚娜夜里蹬开了被子。她的臀部很漂亮，依然滚圆，挺性感。布吕诺记起《小美人鱼》里的一句话。他家里有一张四十五针的旧唱片，收录了雅克兄弟演奏的《水手之歌》。在经历了种种考验之后，小美人鱼放弃了她的声音，放弃了她的故乡，放弃了她漂亮的美人鱼尾巴。她做这一切是希望成为真正的女人，是出于对王子的爱。夜里她被风暴刮到沙滩上。在那里她喝下女巫的酏剂，感到自己被切成了两半，撕心裂肺的疼痛使她昏迷了过去。后来响起了非同寻常的和弦，仿佛展开了全新的景象，女解说员这样一句话给布吕诺留下了强烈的印象："当她醒来时，阳光照耀，而王子就站在她面前。"

他又想起昨夜与克丽丝蒂亚娜的交谈。他像大部分男人一样，每天早晨起来时总是勃起的。在黎明半明半暗的光线中，在浓密而凌乱的黑发下，克丽丝蒂亚娜的脸显得很苍白。她微微睁开眼睛时，布吕诺正进到她里边。她显得有点意外，忙将两腿分开。他开始在她身上动,但发觉自己越来越软。他感到非常忧伤,夹杂着不安和羞愧。"你更喜欢我戴上套子吗?"他问道。"是的,请戴上吧,放在旁边的梳洗包里。"他撕开包装。是杜蕾斯。当然一套进那胶套里,他就彻底软了下来。"我感到遗憾,"他说道,"真遗憾。""没关系,"她温存地说,"过来睡吧。"显然,艾滋病是这一代男人的幸运。有时只需把套子拿出来,他们的阳具就立刻软了。"戴这玩意儿我从来就没成功过……"这个小小的仪式完成之后,他们的阳刚之气原则上得到了维护,他们可以重新躺下,贴近妻子身边,安稳地入睡了。

早餐以后,他们下坡沿金字塔漫步。池塘边没有人。他们在洒满阳光的草地上躺下。克丽丝蒂亚娜脱掉他的短裤,给他手淫。她的动作很轻柔,非常灵敏。后来在她的引荐下进入自由伴侣的圈子时,布吕诺才知道这是个罕见的优点。在这个圈子里,大部分女人手动起来都挺粗暴,而且千篇一律。她们似乎力气太大,可能是想模仿色情影片里的女演员吧。在银幕上看起来也许挺精彩,但老实讲触觉效果平平,甚至感到疼痛。克丽丝蒂亚娜相反是轻轻摩擦,不时将手指打湿,柔柔地抚弄敏感区域。一个穿印第安长裙的女人从他们身边经过,走到水边坐下。布吕诺深深吸口气,克制住快感。克丽丝蒂亚娜冲他微微一笑。阳光开始变得灼热。布吕诺意识到在交流中心的第二个星期将是很甜蜜的。也许他们以后会经常见面,相处到老。她会不时给他一小会儿肉体的幸福，两人相伴到欲望衰竭。这样过几年，尔后就完了，他们都老了，肉体爱情的喜剧对他们来讲就谢幕了。

在克丽丝蒂亚娜淋浴的时候，布吕诺研究昨天在洛克勒克超市买的青春防护微型胶囊使用说明书。外包装主要突出"微型胶囊"的新概念。使用说明则更加全面，介绍了三个作用：过滤有害的太阳光线，全天散发出活性润肤素，清除自由基。转修埃及象征符号学的前女权主义者卡特琳的到来打断了他的阅读。卡特琳并不隐讳，她刚从一个叫"跳你的工作舞吧"的个人发展班回来。这个班是通过一系列象征性的游戏确定自己的志向。这些游戏会使每个参加者的"内在角色"渐渐显现出来。第一天做下来，卡特琳觉得自己有点像个女巫，但也有点像母狮子。在正常情况下，这会引导你在销售领域获得一个负责人的职位。

"哦。"布吕诺说道。

这时克丽丝蒂亚娜出来了，腰间围块浴巾。卡特琳立刻不说话了，明显有点紧张，借口还有个禅修班和一个阿根廷探戈班，很快退走了。

"我以为你在上密教班呢……"当卡特琳消失时，克丽丝蒂亚娜冲她说道。

"你认识她？"

"啊，认识，我认识这个蠢货二十年了。她也是从一开始，实际上打中心一建立就来了。"

克丽丝蒂亚娜甩了甩头发，将浴巾缠在头上。他们一块往坡上走。布吕诺突然想拉她的手，便拉住她。

"我从来没搞清楚女权主义者是怎么回事……"他们上到半坡时，克丽丝蒂亚娜说道，"这些贱货不断谈论碗碟和活要分着干。她们满脑子想的全是碗碟。有时她们也说几句有关厨房和吸尘器之类的话，但她们的主要话题是碗碟。几年间，她们就把自己周围的男人变成阳萎和烦躁的神经官能症患者。从这时起——这绝对是必然的——她们就开始怀念阳刚之气了。说到底，她们抛弃自己的男人，就是愚蠢地让强壮的拉丁美洲汉子毁了自己。我一直很吃惊，知识女性倒是被流氓、粗人和笨蛋吸引。总之她们一搞就两三个，有时碰到容易上钩的，甚至搞得更多，然后生一个孩子，就开始按照《嘉人》杂志烹调卡片在家里做果酱了。我几十次看到同一个故事一再发生。"

"这是过去……"布吕诺随和地说。

下午他们是在游泳池度过的。在他们对面，即泳池的另一边，姑娘们在原地蹦蹦跳跳，互相抢随身听。"她们好娇小可爱，不是吗？"克丽丝蒂亚娜说道，"那位有对小乳房的金发姑娘真漂亮。"说罢她往浴巾上一躺，"把防晒霜递给我。"

克丽丝蒂亚娜不参加任何工作坊。她甚至有些厌恶她所称的这些精神分裂症的活动。"我也许有点不近情理。"她说，"我了解那些都已超过四十岁的女'68分子'，实际上我也曾经是其中一分子。她们在孤独中衰老。盘问她们五分钟吧，你会发现她们根本不相信脉轮、占卜的水晶球、冥冥中发光的颤抖这类事。她们竭力相信这些，有时坚持两个小时，就是在工作坊那段时间，感觉到天神和内心的花儿的确存在，在她们腹腔里苏醒。但工作坊一结束，她们又发现自己形单影只，正在衰老，容貌丑陋，一发疯就流泪。你没注意到吗？这里有许多人发疯流泪，尤其是在禅修班之后。老实讲她们别无选择，因为除此之外她们还有钱的问题。一般做一次精神分析治疗，就把她们搞得一文不名了。婆罗门祈祷、塔罗纸牌是很愚蠢，但总比精神分析治疗便宜一些。"

"是的，这个，还有牙科医生……"布吕诺含糊地说道。他把头搁在她分开的大腿间，感到自己就要睡着了。

天黑了，他们回到雅趣池，他请她不要再让他享受快感。回到旅行挂车里，他们做了爱。"不要了吧……"当他把手伸向避孕套时，克丽丝蒂亚娜说道。他进去了，感觉她挺快活。肉体之爱非凡的特点之一，就是只要双方相互稍许有点好感，它就会产生这种亲近感。从最初几分钟开始，就会由"您"称改为"你"称，情人哪怕是昨晚遇到的，似乎都比其他任何人更有权倾听你说某些知心话。因此这天夜里，布吕诺对克丽丝蒂亚娜讲到一些事情，他从来没对任何人讲过，就连对米歇尔也没讲过，对他的心理医生就更没讲过。他对克丽丝蒂亚娜谈到他的童年、他外婆的去世以及他在男生寄宿学校所受的屈辱，还对她谈到他的少年时代，在火车里离女孩子几米远的地方手淫的情形、在他父亲家里度过的夏天，等等。克丽丝蒂亚娜听他讲述时抚摩着他的头发。

他们一块度过了一个星期，布吕诺离开的前天晚上，他们在圣乔治-德迪多讷一家海鲜餐厅共进晚餐。空气平静而炎热，照亮餐桌的烛焰几乎不摇曳。他们俯瞰着纪龙德海湾，远处格拉夫海角隐约可见。"看到这映在海上的月光，"布吕诺说道，"我异常清醒地意识到，我们与这个世界毫不相干，绝对毫不相干。"

"你真的必须走吗？"

"是的，我必须与我儿子在一起半个月。实际上我上个星期就该走了，这回再也不能推迟了。他母亲后天乘飞机走，她的假期都定好了。"

"你儿子几岁了？"

"十二岁。"

克丽丝蒂亚娜做沉思状，饮一口麝香葡萄酒。她穿了条长连衫裙，化了妆，看上去像个年轻姑娘。透过上衫的花边隐约看得见她的乳房，烛焰在她的眸子里映出一个个小火苗。"我觉得我有点坠入爱河了……"她说道。布吕诺等待她说下去，不敢做任何动作，绝对一动不动。"我生活在努瓦永，"她接着说，"和我儿子一起。在他十三岁之前过得大体上还可以。大概他想念父亲吧，我不知道……小孩子真的需要一位父亲吗？可以肯定的是，他父亲根本不需要儿子。开始还偶尔来接他去看电影或上麦当劳，总是不到时候就把他送回来。后来接的次数越来越少，当他和新伴侣在南方定居下来后，就彻底停止了。这个儿子几乎是我一个人抚养大的。也许我缺乏权威，两年前他开始外出，接触一些坏人。许多人感到吃惊，但努瓦永是个充满暴力的城市。那里有许多黑人和阿拉伯人，上次选举时国民阵线赢得了百分之四十的选票。我住在市郊，我信箱的门被弄掉了，什么都不能放在地窖里。我经常担惊受怕，有时听得见枪声。每天从学校下班回来，我就将门堵上待在家里，晚上从来不敢出门。只是偶尔看看色情网站，如此而已。我儿子很晚才回家，有时夜不归宿。我又什么也不敢对儿子说，怕他揍我。"

"你住得离巴黎远吗？"

克丽丝蒂亚娜笑了笑："一点也不远，是在瓦兹省，将近八十公里……"她打住话头，又露出微笑，脸上洋溢着柔情和希望。"我热爱生活，"她又说，"我热爱生活。我天性敏感多情，一直喜欢做爱。可是什么东西出了问题，我不完全明白是什么，但我的生活中什么东西出了问题。"

布吕诺早已收起帐篷，把东西装进了汽车。他在旅行挂车里度过了最后一夜。早晨他试图进到克丽丝蒂亚娜里面,但这回失败了,因为他感到又激动又紧张。"趴在我身上享受一下吧。"克丽丝蒂亚娜说。"来看我啊。"布吕诺出门时她又说道。布吕诺许诺来看她。这天是 8 月 1 日星期六。

9

布吕诺一反往常的习惯，这一回抄了小路。在快到帕尔特奈时停了下来。他需要思考一下，不错，可是到底思考什么呢？他停在一片乏味而平静的景色中间，旁边是一条水几乎静止不动的运河。一些水生植物很难说是在生长还是在腐烂。寂静被一阵阵细小的鸣叫声划破——空中可能有昆虫。他在一片草坡上躺下，感觉到一股很轻微的带水汽的气流。运河缓缓向南流去。见不到一只青蛙。

1975年10月，刚好在进入文学院之前，他住进了父亲买下的单间公寓。当时他觉得对他来讲，即将开始一种新生活了。可是他很快就失望了。诚然，在桑西耶地铁站附近有一些女孩子甚至许多女孩子注册了文科专业。但似乎每一个都是有主的，至少没有一个愿意让他得手。为了接触到女孩，他所有的指导练习都去，所有的课都上，很快成了优等生。在咖啡店他经常看见她们，听见她们聊天；她们经常外出，会朋友，互相邀请参加晚会。布吕诺开始暴饮暴食，很快就把沿圣米歇尔大街这一带作为他稳定的用餐范围。他先是在盖卢萨克街交叉路口的摊档边吃热狗，再往下走一点吃比萨饼或希腊三明治。在圣日耳曼街十字路口的麦当劳店里，就着可口可乐和香蕉奶昔，狼吞虎咽几个奶酪牛肉汉堡。然后蹒跚走到竖琴街，最后进入突尼斯糕点店。回家的路上，走到拉丁电影院前停下来，一张电影票就可以看两部色情片。有时他在电影院前面待上半个钟头，装做研究公共汽车线路图，目的是等待一个女人或一对男女进去，但每次都以失望告终。不过通常他最后还是买一张票进去。一进到放映厅里他就感觉好一些了，女引座员绝对小心谨慎。男人相互间都坐得挺远，中间总要隔开几个座位。他们一边静静地手淫，一边看《淫荡的女护士》《没穿内裤拦车搭乘的女乘客》《大腿叉开的女教员》《舔吮女郎》等等影片。惟一尴尬的时刻是散场出来，因为电影院的门直接朝向圣米歇尔大街，随时都可能劈面碰到学院的一个女生。布吕诺一般是等待一个人站起来，便立刻紧随其后出来。他觉得与朋友一块去色情电影院不怎么丢人。他一般半夜才归，阅读夏多布里昂或卢梭。

布吕诺每星期总有一两次决定要换个活法，和过去分道扬镳。他的做法是这样的：他先将自己完全脱光，对着镜子端详自己，必须把自己贬得一钱不值为止，充分打量自己下流而鼓凸的腹部，耷拉的面颊和已经下垂的臀部。然后他将灯全部熄灭，双腿并拢，双手交叉放在胸前，头微微前倾，以便能更好地缩脖子。接着慢慢地、深深地吸气，最大限度地让下流的腹部鼓起来。尔后同样慢慢地呼气，同时心里默念数字。每个数字都是重要的，集中的思想绝不能松弛。但最重要的数字是4、8，当然最后一个数字是16。默念到数字16时，尽全力呼气，然后抬起头。这时他成了一个全新的人，终于准备好生活，准备投入生活的洪流之中了，再也不知道胆怯，再也不感到害羞，能够正常地吃饭，正常地与女孩子交往了。"今天是余生的头一天。"

这套小小的仪式对于克服胆怯毫无作用，但对于克服食欲过盛有时倒显得有效。有时要过两天才重新做一遍，他把失败归咎于思想不集中，但很快又会坚定信心。他还年轻嘛。

一天晚上从突尼斯糕点店出来时，他碰到了安妮克。自1974年夏天那次短暂的相会以后，他们还没有再见过面。她变得更丑了，现在几乎称得上肥胖了。那副架子黑色、镜片厚厚的四四方方眼镜，使她的棕色眼睛显得更小，而衬托出她的皮肤病态的苍白。他们一块饮了一杯咖啡，有一会儿两个人相当明显地显得局促。她也是索邦大学的文科学生，就住在旁边一个临圣米歇尔大街的房间。分手时，她给布吕诺留下她的电话号码。

接下来几个星期，他去看过她好几次。安妮克为自己体形难看而觉得丢脸，不肯脱衣服。但头一个晚上她就表示为布吕诺"抽烟斗"。她不提自己的肉体，理由是她没服药片。"请相信，我更喜欢……"她从来不外出，每天晚上都待在房间里。她喝减肥药，试图节食，但一点效果也没有。布吕诺几次试图脱掉她的裤子，她总是蜷缩起来，一声不吭地狠狠推开他。布吕诺只好作罢。他们偶尔也谈各自的学习，但谈得不多。一般情况下。布吕诺总是相当快地离去。安妮克的确一点也不漂亮，布吕诺都难以接受在街上、餐馆或排队看电影时碰上她。他常常吃很多突尼斯糕点，一直吃到想吐，然后去安妮克房间，让她"抽烟斗"，搞完了就走。也许这样更好吧。

安妮克死去的那晚，天气十分和煦。才3月末，却是一个春天的夜晚。布吕诺在经常光顾的突尼斯糕点店买了一个长长的椭圆形糕点，塞满了杏仁馅儿，然后他来到塞纳河河畔。游览观光船的喇叭声充斥在空气中，碰上巴黎圣母院的墙壁反弹回来。他吃完了整整一条涂满了蜂蜜、黏糊糊的糕点，又一次对自己感到强烈的恶心。或许可以在这里试一试，他想道，在巴黎市中心，在人海之中，在他者之间。他闭上眼睛，并拢双脚，两手交叉放在胸前。慢慢地，似是下定了决心，他开始数数，全神贯注。当神奇的16说出口，他睁开眼睛，坚定地抬头。观光浏览船已不见踪影，河边空无一人。天气依然和煦。

安妮克居住的大楼前聚集起一小群人，两名警察在维持秩序。他走上前去。年轻女孩的身体砸在了地上，关节呈诡异的扭曲状。摔折的两条胳膊在她脑袋两边形成两根触角，她面目全非了，仅存的面部机体周围是一摊血；在落地的刹那，出于最后的自我保护本能，她想用双手护住头。"她从八楼跳下来。当场死亡……"站在边上的一个女人告诉他，她的声音中透露出怪异的满足感。恰在此时，救护车赶到了，两人抬着担架从车里下来。他们搬起尸体的时候，他发现她的脑袋开花了，于是别过脸去。救护车伴随着蜂鸣声呼啸离开。布吕诺的初恋就此终结。

1976年夏天也许是他一生中最难以忍受的时期。他刚满二十岁。酷热难当，就是夜里也没有一丝凉意。从这一点来讲，1976年夏天又是历史性的。姑娘们都穿透明的短裙，被汗水黏得贴在皮肤上。他整天整天在外面走，眼睛因为欲望而瞪得大大的，夜里还起来，徒步穿过巴黎，在露天咖啡座前驻足，在迪厅门口窥伺。他不会跳舞。他总是硬邦邦的，好几次在街上试图跟一些姑娘搭讪，但总是讨个没趣。夜里他照镜子，头发因汗水贴在头顶上，前面已开始秃了；衬衣下看得出肚皮的皱褶。他开始经常出入性商店和通过小孔看下流表演，其结果只是加剧了痛苦。他头一回去妓院寻求解脱。

"1974—1975年间，西方社会经历了微妙而具有决定意义的变化。"布吕诺想道。他一直躺在运河边的草坡上，平纹布茄克衫卷起来放在头底下做枕头。他拔出一把草，感受到它的粗糙和湿润。就在他试图投身生活的那几年,西方社会转向了某种阴暗的东西。1976年夏天就已经很清楚,这一切都不会有好结果。在西方,肢体暴力作为个性的完美彰显,紧随欲望之后卷土重来。

10

朱利安和阿道司

当基本教义必须修改或更新时，那些在变革中被牺牲的几代人基本上都对变革漠不关心，还常常直接对立。

——奥古斯特·孔德《对保守派的呼吁》

将近中午，布吕诺才重新上车。行到帕尔特奈市中心，他经过权衡，决定走高速公路。他进一个电话亭给弟弟打电话。对方立刻接了。他告诉弟弟他正返回巴黎，希望今晚就见他。明天不可能了，他要管儿子。今天晚上可以，他觉得这次见面很重要。米歇尔没怎么显得激动，沉默了很长时间才说："如果你愿意……"像大多数人一样，他认为被社会学家和评论家描写得天花乱坠的社会原子化倾向是令人讨厌的；像大部分人一样，他认为保持一定的家庭关系，哪怕要付出小小的代价也是可取的。因此几年来，他总强制自己去玛丽-泰莱丝姑妈家过圣诞节。姑妈与他那可亲而几乎耳聋的丈夫住在勒兰西一幢小屋里安度晚年。他姑父一直投共产党人的票，拒绝参加午夜弥撒，每次总要吵闹一场。米歇尔听老人一边喝龙胆酒，一边谈论劳动者的解放，而他不时大声说一句不痛不痒的话表示回答。然后其他人来了，其中有他表姐布莉吉特。他很喜欢布莉吉特，希望她幸福，可是她丈夫是那样一个蠢家伙，她显然很难过得幸福。她丈夫是拜耳公司的药品推销员，经常想方设法欺骗妻子。他人长得蛮像样，又到处出差，所以经常出轨是可能的。布莉吉特的脸每年凹陷一点。

1990年米歇尔放弃了一年一度的探望。还剩下布吕诺。家庭关系可以维持十几年甚至几十年，实际上比其他关系维持的时间长得多，不过最终也要断绝的。

布吕诺二十一点才来，他已经喝了点酒，希望谈谈理论问题，甚至还没坐下就说道："我对阿道司·赫胥黎在《美丽新世界》里所作的预言的极端准确性一直惊叹不已。一想到这本书是1932年写的，那真叫人难以置信。自那时以来，西方社会不断试图向这个模式靠拢。对生殖越来越精确地控制，总有一天会达到生殖与性彻底分离，而在安全和可靠的遗传条件下，在实验室里繁殖人类。结果家庭关系、父子及血统概念都会消失。借助药品的进步，一生中年龄的差别也将消失。在赫胥黎描写的世界上，六十岁的男人与二十岁的小伙子有着同样的活力，同样的身体外表，同样的欲望。最后当人无法再同衰老斗争时，他便主动选择安乐死，悄悄地，很快地，毫不悲惨地离开人世。《美丽新世界》所描述的社会是一个幸福的社会，在那里没有悲剧，没有极端的观念。在那里有彻底的性自由，没有任何东西阻碍人的发展和快乐。在那里依然有微不足道的消沉、忧愁和怀疑的时刻，但很容易通过药物手段进行治疗；生产抗消沉剂、抗抑郁剂的化学取得了巨大进步。'用一颗药丸，可治好十种感情。'这恰恰是我们今天向往的世界，是我们今天希望生活的世界。"

"我知道，"布吕诺继续说道，同时手一挥，像是要扫掉米歇尔并没有表示的反对意见。"人们一般把赫胥黎的世界描绘成集权的噩梦，企图把这本书说成是恶毒的宣言。这是彻头彻尾的伪善。从每一点来看，如遗传控制、性自由、延缓衰老的斗争、闲暇的文明化等等，'美丽新世界'之于我们，都堪称天堂；实际上这恰恰是我们迄今试图实现的世界，只是没有成功罢了。今天只有一件事情有点与我们的平均主义价值体系，或者更确切地讲与英才教育价值体系相抵触，就是社会分成不同的等级，并且根据它们遗传的血缘分配不同的工作。可正是在这一点上，赫胥黎表现得像个坏先知；也正是这一点会随着自动化和机械化的发展而几乎变得无用。阿道司·赫胥黎无疑是很蹩脚的作家，他的句子冗长，一点也不雅，他的人物乏味僵化。但他有这种直觉，根本的直觉，即人类社会的演变，几个世纪以来就受到，而且以后会越来越惟一受到科学技术演变的引导。另外他可能不那么精细，缺乏心理分析和文采，可是较之于他的出发点他直觉的正确性，这些就无足轻重了。在作家包括科幻作家之中，他是头一个明白在物理学之后，现在是生物学要发挥原动力作用了。"

布吕诺停下来，这才发现他的兄弟稍微瘦了一点，人显得疲倦，忧心忡忡，甚至有点心不在焉。事实上几天来，米歇尔东西也忘了出去买。不二价超市前面有许多乞丐和报贩子。这才是夏天，正常情况下在这个季节贫困并不那么紧迫。"如果发生了战争那会出现什么情况呢？"米歇尔透过玻璃幕墙观察着慢步踟蹰的流浪汉，心里这样想道，"战争会何时爆发？开学时会怎么样？"布吕诺斟一杯酒喝了，他开始感到饿了，却有点吃惊地听见他的兄弟用低沉的声音这样对他说：

"赫胥黎属于英国一个伟大的生物学世家。他的祖父是达尔文的朋友，写有许多论著捍卫进化论的观点。他的父亲及兄弟朱利安也是著名的生物学家。实用主义、自由主义、怀疑主义的知识分子，乃是英国的一个传统，与启蒙运动时代的法国很不相同，更多地是建立在观察和实验方法的基础上。赫胥黎年轻的时候，有机会见过他父亲邀请到家里来的许多经济学家、法学家，尤其是科学家。他那一代作家之中，他肯定是惟一能预见生物学即将取得进步的作家。如果不出现纳粹主义，这一切进步本来要快得多。纳粹主义的意识形态弱化了优生学和改善种族这类思想的影响力。不得不多花几十年时间才得以恢复。"米歇尔说到这里站起来，从书架上拿了一本题为《我敢想的事情》说："这本书是阿道司的哥哥朱利安·赫胥黎写的，出版于1931年，比《美丽新世界》问世早一年。这本书提出了关于遗传控制、改善包括人类在内的各类生物的种种观点，而他弟弟将这些观点运用到了小说里。在这本论著里，这一切作为人们希望达到的目标，阐述得非常明确。"

米歇尔重新坐下，擦擦前额，接着说："战后，朱利安·赫胥黎于1946年被任命为刚刚建立的联合国教科文组织总干事。同年，他弟弟发表《重返美丽新世界》。在这本书里他把自己的第一本书说成是一种揭露，一种讽刺。几年后，阿道司·赫胥黎成了嬉皮士实验理论的背书人。他从来就是彻底性自由的支持者，在应用幻觉剂方面起了先锋作用。伊莎兰所有创立者都认识他，都受到他的思想影响。后来，新时代就是承袭了伊莎兰创立者的观点。事实上阿道司·赫胥黎是本世纪最有影响力的思想家之一。"

他们去街道拐角一家餐厅吃饭。餐厅向他们推荐两百七十法郎两个人吃的中国涮肉火锅。米歇尔三天没出门了。"我今天还没吃东西。"他这样说着，自己也略有点吃惊。他手里还拿着那本书。

"赫胥黎1962年出版了《岛》，这是他最后一本书。"他一边翻动盘里的糯米饭一边继续说，"他把情节置于一个天堂般的热带岛屿上。书里描写的植物和景物可能取材于斯里兰卡。

在这个岛上，发展出了一种远离 20 世纪商业大潮的独特文明，在技术方面非常先进，又尊重自然，彻底摆脱了家庭的紧张关系，摆脱了犹太-基督教造成的压抑。在那里全身赤裸是自然的，自由地寻欢做爱。这本平庸但易读的书，对嬉皮士们，并通过他们对'新时代'的门徒产生了巨大影响。仔细阅读就会发现，《岛》所描写的那个和谐大家庭，与《美丽新世界》里所描写的大家庭有许多共同点。事实上，赫胥黎本人在可能患了老年痴呆症的状况下，似乎没有意识到这种相似性。但《岛》一书中所描写的社会近似《美丽新世界》，就像极端自由主义的嬉皮士社会近似自由主义资产阶级社会，或者不如说，同样近似瑞典民主社会这个变体。"

米歇尔停了停，将一块虾肉在辣椒酱里蘸了蘸，放下筷子。"阿道司·赫胥黎像他的哥哥一样，是乐观主义者……"他似乎有点反感地最后说道，"形而上的变化产生了唯物主义和现代科学，又导致两个重大后果，这就是理性主义和个人主义。赫胥黎的错误，就是没有正确估计这两种后果之间的力量对比。他的错误尤其是低估了对死亡越来越清醒的意识所产生的个人主义的增长。个人主义产生了自由，自我感觉、出类拔萃和出人头地的需要。《美丽新世界》所描写的那种理性社会里，斗争可能缓和。经济竞争，表现为对空间的争夺，在富裕的社会中没有存在的理由了，因为经济流通已经被掌握。性竞争，表现为通过繁殖来掌控时间，也不会存在了，因为性和生殖完全分离了；可是赫胥黎忘记了把个人主义考虑进去。他并没有理解性一旦与生殖分离，其作为快乐因素继续存在的理由就会变弱，相较于作为突出自我的自恋因素而继续存在的理由。对财富的欲望也是这样。为什么瑞典的社会民主模式从来没有成功地胜过自由主义模式呢？为什么它甚至从来没有在性满足方面积累什么经验呢？因为现代科学引起的形而上变化会随之产生个性、虚荣、仇恨和欲望。欲望本身与快乐相反，是痛苦、仇恨和不幸的根源。这一点，所有哲人，不仅仅是佛教的哲人，不仅仅是基督教的哲人，而是无愧于哲人这一称号的所有哲人，都明白并且教诲过。从柏拉图、傅立叶到赫胥黎这些空想主义者的解决办法，是通过使欲望即时得到满足，消除欲望以及与欲望相联系的痛苦。相反，我们所生活的色情广告社会，则致力以前所未有的比例，筹划和助长欲望，同时保持自我的满足感。为了使社会运转，使竞争继续，就必须让欲望增长、扩大、吞噬人的生命。"米歇尔精疲力竭地擦擦前额，他餐盘里的食物一点都没动。

"存在一些缓解物，一些小小的人道的缓解物。"布吕诺温和地说道，"总之，一些使人忘掉死亡的东西。在《美丽新世界》是抗抑郁剂和抗沮丧剂，在《岛》里则更多的是求助于静思，幻觉剂和印度教的某些模糊的成分。实际上现在人们有点试图将二者结合起来。"

"朱利安·赫胥黎在《我敢想的事情》里，也涉及了宗教问题,"米歇尔以更加反感的情绪反驳道,"他这本书整个第二部分就是谈这方面的问题。他显然意识到,科学和唯物主义的进步破坏了所有传统宗教的基础;他同时意识到任何社会舍弃宗教就不可能存在下去。他用了一百多页的篇幅,试图为一种能与科学现状相容的宗教奠定基础。不能说其结果那么令人信服,也不能说我们的社会会朝着这个方向演变。实际上,由于任何融合的希望都因物质死亡而注定破灭,虚荣和残忍必然会蔓延。作为补偿,"他奇怪地归结说,"同样靠爱情。"

11

布吕诺那次来访之后,米歇尔整整躺了两个星期。"事实上,"他寻思道,"一个社会怎能没有宗教而存在下去呢?在一个人来讲已经显得困难了。"几天里他总是盯住位于床左边的暖气片。冬季这些凹槽片里就灌满了热水,这真是一个有用而巧妙的东西。可是,什么宗教也没有了,西方社会还能存在多长时间呢?小时候,他喜欢给菜园子里的植物浇水。他保留有一张小小的四四方方的黑白照片,就是他在祖母的监视下拎着洒水壶在浇水,那时他大概六岁。后来他又喜欢买东西,用买面包剩下的零钱,他可以买一根棒棒糖,再后来他去农场买鲜奶。手里晃荡着一个铝制奶罐,里面装了还温热的鲜牛奶;天黑了,沿着两边荆棘丛生的洼路走,心里真有点害怕。现在每往超级市场跑一趟,对他来讲都是活受罪。然而商品层出不穷,一排排为单身者准备的快速冷冻食品不断翻花样。最近在不二价超市的肉类部,他头一回看见了大块的鸵鸟肉。

为了能够繁殖,构成脱氧核糖核酸细胞的两个小枝,在各自还没有吸引到补充的核苷酸之前就分离了。这个分离的时刻是危险的时刻，可能突然发生难以控制的、往往是有害的变化。不吃不喝令精神异常兴奋，第一个星期结束时，米歇尔有一种直觉，只要脱氧核糖核酸分子是螺旋形状，理想的繁殖便不可能。为了确保分子经过无数代复制都不会衰变，载有遗传信息的结构可能必须具有紧密的拓扑结构，譬如莫比乌斯环或圆环。

从小他就不能忍受物品的自然损坏、断裂、磨损。因此多年间他一直保存着修复胶、胶带、一条断成两截的白色塑料小尺子。他用胶带修复了一遍又一遍。由于胶带不断加厚，尺子都不直了，甚至不能用来画线，不能当尺子使用了。然而，他还是保存着，再断了又再修，粘上一层胶带，重新放进文具盒。

多年以后，弗雷德里克·乌布泽雅克写道："杰任斯基天才的一个特点，就是善于超越自己的直觉；根据这种直觉，有性生殖本身是有害突变的根源。""几千年来，"乌布泽雅克还强调说，"人类的各种文化都打上了这种直觉的烙印，即或多或少认为性与死亡之间存在密不可分的关系。一位研究者运用从分子生物学得出的无可辩驳的论据确立了这种关系，一般都不得不到此止步，认为他的任务完成了。然而杰任斯基却预感到必须超越有性生殖的范畴，转而研究细胞分裂的拓扑条件。"

从夏尼小学一年级开始，米歇尔就对男生的残忍大为吃惊。

诚然他们都是农民子弟，常常亲近自然界的小动物。但是当他们用圆规或蘸水钢笔尖刺蛤蟆时所表现出的那种快乐、本能的天性，着实令人吃惊。紫色墨水在那可怜的动物皮肤下扩散，使它慢慢窒息而死，而他们都围成一圈，眼睛兴奋得发光，欣赏它垂死的情状。他们最喜欢的游戏之一，就是用剪刀剪断蜗牛的触角。蜗牛的全部感觉都集中在触角上，末端有小小的眼睛。没有了触角，蜗牛就变成了一块软物，痛苦、不知所措。米歇尔很早就明白，他和这些小野蛮人应该保持距离。相反，女生却没有什么可怕的，她们温和一些。对世界的这种直觉，后来被每星期三晚上播放的《动物的生活》所接替。在卑劣、邪恶、不断残杀的动物本性之中，代表忠诚和利他主义的惟一迹象，是母爱或保护的本能。总之是某种难以觉察的、逐步趋向母爱的东西。雌枪乌贼，一种二十厘米长的小东西，会毫不犹豫地攻击接近它的卵的潜水者。

三十年之后，他仍然只能得出同一个结论：女人显然比男人好。她们更娇媚，更多情，更有同情心，更温存，不那么粗暴，不那么自私，不那么表现自我，不那么残忍。此外，她们也更理智，更聪颖，更勤劳。

"实际上男人有什么用呢？"米歇尔观察着阳光在窗帘上颤动，心里这样问道，"先前的时代，到处都是熊，孔武有力的男子汉特性能够起到特殊的、不可代替的作用。可是几个世纪以来，男人明显地几乎没有什么用了。他们有时打几场网球来排遣无聊，这倒还没什么坏处。可是，有时他们认为'推动历史前进'是有益的，就是说主要是发动革命和战争。而革命和战争，除了带来荒唐的痛苦之外，还摧毁过去最好的东西，每次都是彻底破坏再重建。人类的演变本来就没有纳入上升进步的正常进程之中，这样一来又要遭受一轮混乱，结构被破坏，失去稳定，充满暴力。这一切应该直接完全由男人负责（都是由于他们对冒险和赌博的兴趣，他们可笑的虚荣心，他们的缺乏责任感、他们本性的粗暴）。一个由女人组成的世界，无论从哪方面讲，都会是一个无比优越的世界。它虽然发展会慢一些，但稳定，不会倒退，不会陷入有害的纷争，而会向着共同幸福的状态发展。"

8月15日早晨他起了床，出门走走，希望街上没有人。情况基本上是这样。他记了一些笔记，十余年之后当他创作最重要的著作《理想复制绪论》时，才重新把它们拿出来。

布吕诺在这个时候正把儿子送回前妻那里。他感到疲惫绝望。安娜刚结束"新疆界"探险旅行；那是在复活节岛还是在贝宁，他记得不准确了。她也许会见了一些朋友，交换了地址，与他们再见上两三次面就厌倦了，不过她不会会见男人。布吕诺的印象，凡与男人有关的她都弃绝了。她会把他叫到一旁两分钟，了解"情况怎么样"。他会回答："不错。"用一种平静、自信的语调，就是女人喜欢的那种。不过他会以略微不同的幽默语气补充说："维克多倒是看了不少电视哩。"他会很快感到不自在。安娜戒烟之后，就不能容忍别人在她家里抽烟。她的套间装修得颇有情趣。临别时他又会感到遗憾，心里再一次嘀咕，究竟该怎样做才能使事情变得不同。他会匆匆亲一下维克多，然后上路。这样与儿子在一块的假期就过完了。

实际上这两个星期是活受罪。布吕诺躺在床垫子上，一瓶美国威士忌酒放在伸手可及的地方，侧耳听着儿子在隔壁房间弄出的响声：他小便之后拉水箱冲水的声音，遥控器的吱吱声。只是他不知道，他同母异父的兄弟在同一时间和他一样呆头呆脑地几小时望着暖气片。维克多睡在客厅里的沙发床上，每天看十五个钟头电视。早晨布吕诺醒来时，电视机已调到M6动画片。维克多戴着耳机听。他并不粗暴，不生事讨人嫌。但他与父亲之间已经绝对无话可说。每天两次布吕诺热好饭菜，父子俩面对面吃，但基本上不说一句话。

事情怎么弄到了这种地步呢？维克多已经十三岁零几个月。仅仅几年前，他画了图画总拿给父亲看。他临摹马韦尔·高米克的人物，如法塔利、方塔斯蒂克、未来的法老，并配上原画没有的场景。有时他们玩一局"千界"，或者星期天上午去卢浮宫博物馆参观。为了祝贺布吕诺生日，维克多十岁那年在一页康松纸上用彩色粗体字写了"爸爸我爱你"。现在完了，真正完了。布吕诺心里明白，事情还会恶化。他们会从彼此冷漠渐渐发展到互相憎恨。顶多再过两年,儿子就会试图与自己年龄相仿的女孩子外出;那些十五岁的女孩子,布吕诺对她们也有着欲望。他们将接近竞争状态——人的自然状态。他们像动物一样,在时间这同一个笼子里互相厮斗。

布吕诺回家时,在一家阿拉伯人食品杂货店里买了两瓶茴香酒,在喝得烂醉如泥之前,给同母异父的兄弟打了电话,说第二天要去看他。他到达米歇尔家时,米歇尔因几天没吃东西,突然饿得不得了,正狼吞虎咽吃意大利香肠,同时大杯大杯灌酒。"吃你的吧,吃你的吧……"布吕诺含糊地说。他觉得米歇尔几乎没听见。他像是跟一位精神病科医生或一堵墙说话,不过他还是要说。

"好几年间我儿子转向了我,要求我爱他。当时我意志消沉,对自己的生活不满意,没有接受儿子的要求,只是等待情况好转。我那时不知道这种岁月竟如此短暂。七岁至十二岁之间,孩子有趣极了,又可爱又乖又天真烂漫,非常懂事,生活在快乐之中,心灵里充满爱,别人愿意给他爱他就高兴。然后呢,一切都变糟了。无法挽回地变糟了。"

米歇尔吃完最后两片香肠,又喝了一杯酒。他的双手颤抖得非常厉害。布吕诺继续说道:"实在难以想象什么人比一个没成年的男孩子更愚顽,更好斗,更不可忍受,更充满憎恨,尤其是当他与其他年龄相仿的男孩子凑到一块时,一个没成年的男孩子是一个怪物加笨蛋,他那样随波逐流,让人几乎难以置信。没成年的男孩子仿佛是男人身上一切恶劣东西骤然的、不祥的(而且是不可预见的,如果你观察男孩子的话)结晶。这时怎么能不怀疑性是一种绝对有害的力量呢?而人们怎能够忍受与一个未成年的男孩子生活在同一个家庭里?我的观点是,人们能够做到这一点,仅仅因为他们的生活绝对是空虚的。我的生活也空虚,可是我就没能做到。不管怎样,大家都在说假话,大家都可笑地说假话。两个人离了婚,依然是好朋友,每两周有一个周末把儿子接到自己身边。真是无耻,彻头彻尾的无耻。实际上,男人从来不关心自己的孩子,从来不对自己的孩子怀有爱;更一般地讲,男人不可能怀有爱,爱是一种与他们毫不相干的情感。他们所具有的只有欲望,原始状态的性欲,还有男性之间的竞争。而许多年以后,在婚姻的范畴,过去他们可能会对自己的伴侣怀有某种感激之情——当她为他们生了孩子,把家务料理得井井有条,是好厨师又是好情人,那么他们还会高兴地和她们睡在同一张床上。这可能并不是女人们所希望的,其中可能有一个误解,但这可能会是一种很强烈的感情,即使他们感到不时相互抚摩一下的刺激已不那么强烈,但没有妻子他们已根本无法生活,万一不幸失去了妻子,他们就会开始酗酒,并且很快死去,一般要不了几个月。孩子们嘛,按惯例是地位和家业的继承人。各封建阶层当然是这种情况,实际上商人、农民、手工业者,社会上所有阶级都是这种情况。如今这一切都不存在了。我是拿工资的，租房子住，没有任何东西可让儿子继承，没有任何职业要传承给他，甚至不知道他以后可能干什么。我所了解的习俗对他无论如何没有用处了，他将生活在另一个世界。接受不断变化的观念，就是接受把一个人的一生严格限制为个人的存在，过去和未来的一代代人在他眼里不再有任何重要性。我们就是这样生活的，如今有一个孩子，对一个男人来讲没有任何意义。女人的情况不同，因为她们继续感到需要有一个人可以爱——这不是，也从来不是男人的情况。声称男人也会感到需要照料自己的孩子，和他们玩，给他们爱抚，那是虚伪的。多年来人们一直这样说也无济于事，仍然是虚伪的。一旦离了婚，家庭的框架被砸碎，与孩子的关系就失去任何意义。孩子是个陷阱，我们深陷其中，孩子是我们不得不继续供养、在我们死后还活着的敌人。"

米歇尔站起来，到厨房里去倒杯水喝。他看见一些彩色的轮子在半空中旋转。他开始想吐。头一件事情是让他的双手停止颤抖。布吕诺说得对，父爱是一种虚构，一种谎言。"谎言是有用的，当它能够改变现实时。"他想道，"可是一旦改变失败，就只剩下谎言、痛苦和对谎言的醒悟了。"

他回到客厅里。布吕诺蜷缩在沙发里，一动不动像死了一样。夜色降临塔楼之间，又一个闷热天结束后，气温又变得可以忍受了。米歇尔突然注意到，他那只金丝雀生活过几年的笼子已空无一物。应该把这笼子扔掉,他不想换一只别的鸟。霎时他又想起对面那位女邻居,那位《芳龄二十》的女编辑。他有好几个月没见到她了,也许她搬家了吧。他强迫自己把注意力集中到双手上,发现颤抖已稍稍减轻。布吕诺依然一动不动。他们之间继续沉默了几分钟。

12

"我是1981年遇到安娜的。"布吕诺叹息一声接着说,"她并不那么漂亮,但我手淫都搞腻了。总算还不错的是,她的乳房很大。我一直喜欢大乳房……"他又长长地叹口气。"我那位漂亮的大乳房新教徒老婆……"他眼睛里噙满了泪水,这使米歇尔大为惊异。"后来她的乳房瘪了,我们的婚姻就破裂了。我把她的生活搞得一团糟。这是一件我永远忘不掉的事情。我把这个女人的生活搞得一团糟。你还有酒吗?"

米歇尔去厨房找来一瓶酒。这一切真有点不寻常。他知道布吕诺咨询过一位精神病科医生,然后又中断了。实际上人总是低估了痛苦。只要忏悔能感到痛苦减轻了些,人就会把心里话倒出来,尔后就沉默寡言,万念俱灰,形影相吊。布吕诺再次感到需要回顾他一生的失败,这大概是他希冀某种东西,希望一个新的起点,这可能是好兆头。

"倒不是因为她长得丑,"布吕诺继续说,"的确她的脸长得一般,一点不妩媚,皮肤从来就不细腻,不像有些女孩子给人那么水灵的感觉。她的腿也粗了点,无法叫她穿迷你裙。不过我让她穿非常短的紧身衫,不戴胸罩,从下面看去,那对大乳房真够刺激的。她有点不好意思,但最终接受了。她对色情,对内衣店的事,一无所知,毫无经验。我对你谈她,我想让你认识她。"

"我去参加了你的婚礼……"

"没错。"布吕诺现出惊异得有点目瞪口呆的神情说道,"记得我对你到来还感到意外,我当时以为你不再愿意和我保持关系了呢。"

"我当时是不再愿意和你保持关系了。"

米歇尔重新想起那个时刻,寻思是什么原因促使他去参加那个不吉利的仪式。他眼前又浮现出讷伊教堂,大堂几乎毫无装饰,简朴得令人沉闷,坐满了一大半不想炫耀富有的人。新娘子的父亲在金融界工作。"他们都是左派,"布吕诺说,"再说当时大家都是左派。他们认为我在结婚之前就与他们的女儿一块生活完全正常。我们结婚是因为她怀孕了,总之是习以为常的那一套。"米歇尔记得牧师的话清晰地在冷冰冰的大堂里回荡。其中说到作为真正的人和真正的上帝的基督,他的子民通过上帝缔结新的婚姻。总之,到底说了一些什么他也听不明白。三刻钟的仪式结束时,他都昏昏欲睡了,听到这样一句箴言才突然清醒过来:"愿以色列的上帝祝福你们,怜悯两个孤苦的孩子。"起初他如坠五里雾中，难道我们是在犹太人那里吗？琢磨了一分钟才明白，实际上是同一个上帝。牧师巧如舌簧、越来越充满信念地说下去："爱妻子即爱自己。任何男人都不曾憎恨自己的肉体，相反总是供养它，照料它，一如基督对待教会。我们是同一个肉体的手足，同一个肉体的肌肉和骨头。这就是为什么男人可以离开父母，但依恋妻子，两个人融为一个肉体。这个奥秘是伟大的。我谨以基督和教会的名义加以确认。"这句话的确说到了点子上："两个人融为一个肉体。"

米歇尔琢磨了一会儿这种前景，看了一眼安娜。安娜显得平静，全神贯注，似乎屏住了呼吸，人因此而几乎显得美丽了。牧师大概受到圣保罗的箴言的激励，更加铿锵有力地继续说："主啊，请你以大慈大悲看看你的女仆吧，在以婚姻的形式与其丈夫相结合时，她祈求你的保护。让她在基督的荫泽下，永远是一个忠实、纯洁的妻子，永远遵循圣女们的榜样，在丈夫面前像拉结一样可爱，像利百加[1]一样贤慧，像撒拉弗[2]一样忠实。让她保持信仰，遵守戒律，与丈夫同心同德，避开一切不正当的关系。让她克制持重，赢得尊重。让她谨守廉耻，受人尊敬。让她了解上帝的事情，多生儿女，夫妻俩子孙满堂，甚至第三、第四代绕于膝前。让他们获得幸福的晚

---

[1]拉结和利百加均为基督教《圣经》中人物，前者为雅各第二妻，后者为伊萨迦之妻。
[2]基督教《圣经》中守卫上帝宝座的六翼天使。

年，到天国享受上帝选民的安息。谨以我主耶稣基督之名义，阿门。"米歇尔从人群中挤到神坛前，引得两旁的人对他怒目而视。他停在隔有三排座位的地方，观看新人交换戒指。牧师抓住新郎新娘的手，低着头，其精神之集中感人至深。教堂里鸦雀无声。一会儿他抬起头，以既有力又绝望的洪亮声音，以令人惊愕的强烈语气，狂怒般喊道："但愿人不要分开上帝结合的东西！"

后来米歇尔走到正在收拾圣事器具的牧师身边对他说："我对你刚才所说的话挺感兴趣……"牧师彬彬有礼地笑一笑。米歇尔于是援引阿斯佩实验和爱因斯坦-波多尔斯基-罗森佯谬说："两个粒子相结合便形成一个不可分割的整体，我觉得这与融合为一个肉体是完全联系得上的。"牧师微笑的脸微微抽动一下。"我的意思是说，"米歇尔兴奋地接着说道，"从本体论方面来讲，可以在希尔伯特空间，给它们配合一个惟一状态的媒介。我的意思你明白吗？""当然，当然……"基督的仆人咕噜道，一边朝周围溜一眼。"请原谅。"牧师说着突然转向新娘的父亲。他们长时间握手拥抱。金融家激动地说："仪式主持得很棒，很精彩……"

"你没有留下参加婚宴……"布吕诺回忆说，"这使我有点尴尬，我一个熟人也没有，无论如何这是我的婚礼呀。我父亲到得很迟，总算还是来了。他胡子没刮干净，领带系歪了，十足一个放荡的糟老头子模样。我敢肯定，安娜的父母不喜欢这个亲家。不过还好，左翼新教徒资产者不管怎样，对教育还是抱有某种尊重。我取得了大学和中学教师资格，而安娜只获得中学教师资格证书。叫人难以忍受的是，她的小妹很漂亮。她小妹长得与她相当像，乳房也很大，只是一张脸长得不一般，妩媚动人。倒不是有什么特别之处，只不过轮廓、细部生得好。那真叫人难受……"布吕诺又叹口气，自斟一杯酒。

"1984年开学时，我在第戎卡尔诺中学获得了头一个职位。安娜已怀孕六个月。得啦，我们成了教师，夫妇俩都是教师，这样我们就得过正常生活了。

"我们在瓦纳利街租了一套房子，距学校只有几步路远。'这租金可没有巴黎贵，'中介姑娘说，'生活也不是巴黎的生活了，但你们会看到，夏天这里很快活，有旅游者，巴罗克音乐节时有许多年轻人。'巴罗克音乐？"

"我立刻明白我受到了诅咒。'生活也不再是巴黎的生活了'，我倒没有任何东西可失去的，在巴黎我时刻感到不幸。仅仅因为我渴望所有女人，就是不渴望自己的妻子。在第戎像在所有外省城市一样，有许多时髦的女孩子，比在巴黎更糟糕。这些年时尚变得越来越性感。那真叫人难以忍受啊，所有那些女孩子和她们娇小的容貌、短短的裙子、轻轻的笑声。我整天看见她们上课，中午在学校旁边的帕那地酒吧看见她们与男孩子一块讨论问题，而我得回妻子那里吃午餐。星期六下午，在市里的商业街我又看见她们在买衣服和唱片。我和安娜在一起，她看婴儿服装。她的妊娠平安，她显得不可思议地幸福，睡得很多，爱吃什么吃什么，不再做爱，我想她对这一点甚至没有意识到。在产前辅导课上，她与其他女人挺合得来。她人随和，随和而讨人喜欢。这是一个对生活要求不高的女人。当我知道她怀的是男孩子时，我受到了可怕的打击。一下子出现了最坏的情况，我将不得不经历最糟的情况。我本应感到幸福，我才二十八岁，却感到自己已经死了。

"12月份生下维克多。还记得在圣米歇尔教堂举行的洗礼，那真激动人心。牧师说：'受洗礼者变成活的石头，用于建设一座精神的大厦，献身于一种神圣的职业。'维克多裹在带花边的白色襁褓里，脸红红的，皱巴巴的。这是一次集体洗礼，就像在早期教会里一样，有十来户人家参加。牧师说：'许多人一起在教会行洗礼，使我们变成基督之躯的一部分。'安娜抱着维克多，他有四公斤重，很乖，一点也没哭闹。牧师又说：'从今以后，我们一些人不就是另一些人的一部分了吗？'父母们互相打量，似乎存有疑虑。牧师往我儿子头上浇了三次洗礼水，又给他敷了圣油。'由主教贡献的这种香油，'牧师说，'象征着圣灵之天赋。'接着牧师直接对维克多说：'维克多，你现在成了一名基督徒。敷了这圣灵之油，你就是基督躯体的一部分了。从今以后你就要投身于基督先知的、圣职的、壮丽的使命。'这次洗礼使我深受感动，我情不自禁报名参加了'信仰与生活会'。这个团体每星期三聚会一次。其中有一个年轻的韩国姑娘，很漂亮，我恨不得立刻与她做爱。但事情有些微妙，她知道我结了婚。一个星期六，安娜在家里招待所有会友。韩国姑娘坐在长沙发上，穿着短裙。整个下午我一直看着她两条腿，但谁也没觉察到。

"2月份放假时，安娜带维克多回她父母家去了，我独自留在第戎。我再一次尝试成为天主教徒：平躺在艾佩达牌床垫子上，诵读《圣婴的奥秘》，一边喝茴香酒。贝玑[1]的文字很美，的确是大手笔，但这阅读最终把我彻底搞垮了。所有那些罪恶和赦罪的故事，上帝对一个罪人迷途知返，比对一个个遵守教规的人得救还高兴……我希望成为罪人，可是做不到。我觉得有人偷走了我的青春。我所希望的，就是让嘴唇肉感的年轻婊子吮我。在迪斯科舞厅，有许多嘴唇肉感的年轻婊子。安娜不在家期间，我去过好几次'石楼'和'地狱'。可是那些年轻婊子与别人出去而不同我出去，吮别人而不吮我，这简直叫我无法忍受。那时网络色情很火爆，大家都痴迷了，我整夜整夜挂电话。维克多睡在我们房里，但他夜里睡得很好，没有问题。第一张电话费单寄来时我很担心。我从信箱里拿到，在去学校的路上才拆开信封来看：一万四千法郎。幸好我还有一

---

[1] 贝玑（1873—1914），法国诗人、散文家，自皈依天主教之后，作品带有宗教思想。

个学生时代的银行存折,我把它全部转到我们的户头上,安娜一点都不知道。

"生活的可能性是从别人的眼神里看出来的。我渐渐发觉,我的同事们即卡尔诺中学的教员投向我的目光里,丝毫没有憎恨和刻薄。他们并不觉得我在和他们竞争,我们都承担着同样的任务,我是他们中的一员。他们教我懂得了事物的普通意义。我考到了汽车驾驶执照,开始对房屋布置的产品名录感兴趣。春天到了,我们有时在吉尔玛家的草地上度过下午。他们夫妇俩在封泰勒-第戎住的房子相当难看,但有一片很有趣的大草地,还有树。吉尔玛是数学教员,我们差不多教相同的班。他修长,瘦削,驼背,头发呈棕黄色,胡子耷拉着,有点像德国会计。他与妻子一块准备了一副露天烤肉架。下午的时光流逝着,我们谈论假期,有点无聊。我们一般是四五对教师夫妇。吉尔玛的妻子是护士,有着超级下流女人的名声,事实上她在草地上坐下时,裙子底下什么都没有。他们在阿格德角度假,属于自然主义派。我相信他们去过波舒哀广场为成对男女开设的芬兰式蒸汽浴室。总之,这是我听说的。我从来没敢对安娜讲,不过我觉得他们讨人喜欢,他们有社会民主党人的一面,完全不像 70 年代围着我们的母亲瞎混的那帮嬉皮士。吉尔玛是一位好老师,下课后会毫不犹豫地留下帮助困难的同学。我想他也帮助那些有生理缺陷的人。"

布吕诺突然住了嘴。等了片刻，米歇尔打开落地窗，到阳台上呼吸夜间的空气。他认识的人大部分都过着与布吕诺相仿的生活。除了某些水准很高的领域如广告业和时装业，从外貌上讲，被职场接受相对来说是容易的，着装规范有限且含蓄。工作几年之后，性欲消失，人们重新转向美食和美酒。有些比他年轻得多的同事已经开始在给自己建酒窖了。布吕诺倒不属于这种情况，他对酒——11.95法郎一瓶的老教皇牌酒——从来不在意。米歇尔忘了同母异父兄弟在屋里，扫一眼一座座楼房，靠在阳台栏杆上。现在天早就黑了，几乎所有灯光也都灭了。今天是8月15日即周末最后一天的晚上。他回到屋里，在布吕诺身边坐下；两个人的膝盖靠得很近。不可以把布吕诺视为个人吗？器官的变坏是属于他个人的事，他是作为个人去经受身体衰弱和死亡。从另一方面讲，他对生活所抱持的享乐主义观念，他的意识和欲望所构成的能力范围，又属于整个他这一代人。布置实验装置的准备工作并选择一个或数个观测对象，可以为一个原子系统规定一种特定的运动状态——时而是微粒的，时而是波动的。同样，布吕诺可以作为个人出现，但从另一个观点看，他只不过是一个历史性运动展开过程中被动的一分子。他的动机，他的价值观、他的欲望，所有这一切都不表明他与他的同时代人有什么区别，哪怕是些许的区别。受挫的动物的头一个反应，一般是更努力地试图达到其目的。例如一只饥饿的母鸡，被一道铁丝网阻拦不能去进食，它会越来越疯狂企图钻过这道铁丝网。不过渐渐地,这种行为会被另一种表面上没有目的的行为所取代。例如鸽子在得不到它们渴望得到的食物时,便经常啄地面,即使地里并没有任何可吃的东西。它们不仅不分青红皂白地这样啄,而且还常常用喙梳理它们的翅膀。这种不合时宜的行为,往往发生在受到挫折或遇到冲突的情况下,被称为"替代行为"。1986年初,刚过三十岁的布吕诺开始写作了。

13

杰任斯基大概在多年以后指出:"任何形而上的变化,如果没有整整一连串较小的变化作为先兆、准备和予以促成,是不可能实现的。而这些较小的变化在其发生的历史性时刻,往往不被人们注意。就个人而言,我觉得自己就像这样一种较小的变化。"

在欧洲人之中流浪的杰任斯基,在世时不被世人理解。"在没有具体对话者的情况下发展起来的思想,"乌布泽雅克在《克利夫登笔记》序言中指出,"有时可能避开特异或谵妄的陷阱,但在表达时,却无一例外都不可避免地选择可以驳斥的推论方式。我们可以补充说,杰任斯基直到最后,首先是把自己看成科学家。他对人类发展的主要贡献,在他看来是由他的生物物理学著作构成的,而且都是非常传统地置于自身的可靠性和可辩驳的习惯标准之下。包含在他最后一些论述中的哲学成分,在他自己看来,都是一些大胆的,甚至有点痴狂的建议,理应从个人动机而不是从逻辑方式加以解释。"

杰任斯基有点困了。月亮在沉睡的城市上空悄悄移动。他知道，只要他说一句话，布吕诺就会站起来，穿上茄克衫，消失在电梯里。在拉莫特匹克[1]总可以叫到出租车。在衡量我们生活中出现的事变时，我们总是在相信偶然性和强调决定论之间摇摆不定。然而一涉及过去，我们就没有任何犹豫了，认为一切都以实际应该发生的方式发生了。这种感知方面的幻觉关联到客体及属性的本体论，同时与高度客观性的公设相依存，杰任斯基很大程度上超越了这种幻觉。大概正因为这个缘故，他没有说简单的、惯常的话，那样早就使这个颓丧落泪的人停止倒出他的心里话了。这个人与他有着一半共同的遗传血统，今天晚上躺在长沙发上，早就把人在交谈时暗暗需要保持的体面置之度外了。他既不觉得受到同情心的支配，也不觉得受到尊重的支配，然而他心里有一种微弱但确实的直觉。透过布吕诺这次伤感而拐弯抹角的叙述，流露出一个信息；一些话说出了口，而这些话可能头一回具有决定性的意义。米歇尔站起来，把自己关在洗手间里，一个人悄悄地、不声不响地呕吐起来，然后掬点水抹了把脸，就回到了客厅。

"你没有人情味，"他抬眼看着米歇尔，温和地说，"看到你是如何对待安娜贝尔的，我当初就有这种感觉。然而你是生活提供给我的对话者。我想当时你收到我关于约翰-保罗二世的文

---

[1] 位于巴黎第15区。

章,并不感到吃惊吧。"

"所有文明,"米歇尔忧伤地说,"所有文明都曾经不得不面对这种情况,即必须为父母的牺牲辩解。考虑到历史的情况,你没有选择的余地。"

"我的确仰慕约翰-保罗二世!"布吕诺争辩道,"记得那是1986年。同样在那几年,创办了Canal+频道和M6台,推出了刊物《环球》,开设了爱心餐厅慈善机构。对西方正在发生的事情,约翰-保罗二世是惟一的,惟一能理解的人。令我惊愕不已的是,我的文章受到第戎'信仰与生活会'的冷遇,他们批评教皇在流产、避孕以及种种蠢事上所持的立场。不错,我的确也没有做过多少努力去理解他们。记得曾在不同的夫妇家里轮流开会。大家带来一个混合色拉、一个冷盘、一盒糕点。开会的晚上,我总是傻笑、摇头、喝酒,至于人家说什么根本不听。相反,安娜很热忱,报名参加了扫盲班。这些晚上,我在维克多的奶瓶里搀进一些安眠药水,然后一边手淫一边浏览色情网站,可是我从来没遇上知音。

"4月份安娜生日那天,我给她买了一件饰有银丝的束身衣。她抱怨了几句,还是同意穿上了。她在试图扣上搭扣的时候,我喝完了剩下的香槟酒。不一会儿听见她用有点颤抖的声音低声说:'我准备好了……'我进到卧室里,立刻明白完蛋了。她下垂的臀部被吊袜带兜着,乳房因为喂奶而松弛了。必须切除脂肪,注入硅胶,一整套手术,她绝对不会答应。我闭上眼睛将一个指头伸进她的兜带，而我自己软软的。正在这时，维克多在隔壁房间里叫喊起来，他的叫声又长又尖，难以忍受。安娜披件浴衣，赶紧跑过去。等她回来时，我只要她为我'抽烟斗'。她吮得不好，能感到她的牙齿。我只好闭上眼睛，想象二年级班里一个加纳女孩的嘴。想象着那个女孩子玫瑰色的、略有点粗糙的舌头。我无意再要孩子。就在第二天我写了关于家庭的那篇文章，也就是发表的那篇。"我还保留着呢。"米歇尔插话说。他站起来，到书架上找出那期杂志。布吕诺略有点意外地翻着，找到了那一页。

在某种程度上还存在着家庭
（不信神者中间信仰的火星，
恶心深处爱情的火花），
不知道怎样
这些火星闪耀。

不可理解的组织工作中的奴隶，
我们的创造和生活的惟一可能性，
就是性
（还仅仅对那些性是允许的人而言，
仅仅对那些性是可能的人而言）。

今天婚姻和忠实切断了
我们一切生存的可能性，
不是在办公室和教室里
我们能够重新找到我们身上
这种要求游戏、光明和舞蹈的力量；
因此我们力图通过越来越困难的爱情
回归我们的命运
我们力图出卖
这越来越疲惫、结实、不听话的肉体
我们消失在忧愁的阴影里
直到真正绝望，

我们沿着荒僻的路朝下走
直到一切都漆黑的地方，
没有儿女没有妻子，
我们进到湖里
在深夜里
（浸泡我们衰老躯体的水，那样冰凉）。

　　写完这篇东西之后，布吕诺立刻陷入了酒精中毒般的昏迷状态，两个钟头后才在儿子的嚎叫下醒来。人类的孩子两岁到四岁间，自我意识越来越强烈，由此表现得以自我为中心。他们的目标是把自己的社会环境（一般是由父母构成的）统统变成他们的奴隶，对他们稍许表现出的欲望都能百依百顺。他们的自私是没有限度的。这是个人存在的结果。布吕诺从客厅的人造地毯上爬起来。儿子的嚎叫越来越厉害，显示出疯狂的愤怒。他拿了两颗安眠药，加上一点果酱，端到维克多房里。孩子拉了屎。安娜干什么去了？给黑人们上的扫盲课结束得越来越晚了。他抓起弄脏的垫子往地板上一抖，满屋子臭气熏天。孩子毫无困难地吃完药片果酱糊，直挺挺往床上一躺，就像挨了一棰。布吕诺穿上茄克衫，前往绍德劳纳利街上的麦迪逊酒吧。他用蓝卡刷了法郎买了一瓶东佩里尼翁香槟酒，与一位很漂亮的金发姑娘一块喝。到了楼上的房间里，那姑娘为他手淫了很长时间，不时停顿一下抑制欲望的高潮。她叫爱莱娜，本地人，学习旅游专业，芳龄十九岁。分别时他吻了她的嘴唇，并坚持给她一笔小费——他身上所剩的三百法郎现钞。

随后那个星期，他下决心把自己写的那篇东西拿给一个同事看。此人是一位五十岁上下的文学教员，很精明，有同性恋的名声，名叫法雅迪。他喜出望外，说："受到克洛岱尔的影响……或者也许不如说是受贝玑的影响，受贝玑的自由诗的影响。这恰恰正是别出心裁之处。这样的作品现在不多见了。"关于该怎么办的问题，他认为毫无疑问应交给《无限》杂志，

"正是这家杂志刊载今天的文学。应该把你的作品寄给索莱尔斯[1]。"布吕诺有点惊讶,请对方重复一遍这个名字,发现自己将它与一个床垫牌子搞混了。事后他把作品寄了去。三周之后他打电话给德诺埃尔出版社。大大出乎他的意外,接电话的是索莱尔斯,提出要和他见面。他逢星期三没有课,一天来回一趟倒也容易。在火车里他试图让自己沉浸在《奇特的孤独》中,又相当快地放弃了,不过还是静下心来阅读了几页《女人们》,主要是关于臀部的那几页。约会地点是大学街一家咖啡馆。主编迟到了十分钟,手里挥舞着烟斗,那大概是他的体面所在。"你在外省?这可不好。应该立刻来巴黎。你有才华。"他告诉布吕诺,他将在下一期《无限》杂志上发表关于约翰-保罗二世那篇文章。布吕诺感到愕然。他不知道索莱尔斯正在反对天主教的改革,到处发表拥护教皇的言论。"贝玑嘛,让我上头!"主编冲动地说,"萨德!萨德!尤其要读萨德……"

"我那篇关于家庭的文章……"

"好,也很好。你反动,这好嘛。所有大作家都反动。巴尔扎克、福楼拜、波德莱尔、陀思妥耶夫斯基,这么多反动家伙。不过,吻也该接吧,嗯?应该参加放荡聚会,这挺重要。"

索莱尔斯五分钟后就告别了布吕诺,把他留在一种轻微的

---

[1] 索莱尔斯(1936—2023),法国当代著名小说家、评论家、思想家,下文提到的《奇特的孤独》《女人们》都是他的作品。

自我陶醉状态中。归途中他渐渐平静下来。菲利普·索莱尔斯似乎是一位有名气的作家，然而阅读《女人们》使他明显感到，他只能搞一些属于文化圈子里的老婊子；那些妙龄女郎显然更喜欢歌手们。在这种情况下，干吗还要愚蠢地把诗作拿到一本糟糕的杂志上去发表呢？

"《无限》杂志出版时，"布吕诺继续说，"我还是买了五本。幸好他们没有发表关于约翰-保罗二世那篇。"他叹口气，"那篇东西真写得不好……酒还有吗？"

"还有一瓶。"米歇尔又去厨房里拿来那箱老教皇牌酒的第六瓶，也是最后一瓶。他真的开始感到累了，便问道："我想你明天还得上班吧？"布吕诺没有反应。他盯住地板上某一个确切的点，但是地板上那个地方什么也没有，没有任何确切的东西，只有一点凝结的污垢，听到开瓶塞的声音，他才回过神来，伸过酒杯。他饮得很慢，小口地呷着。现在目光调过来了，在暖气片上移动。他似乎根本不准备再谈下去了。米歇尔犹豫片刻，打开电视机，正在播放动物节目，是关于兔子的。他关掉声音。实际上可能是关于野兔的，他老搞混。听到布吕诺的声音又响了起来，他不免吃惊。

"我刚才试图回忆我在第戎待了多长时间。四年？五年？人一旦进入职场，就年年相似，你惟一感觉得到的事变是医学方面的——孩子们一天天长大。维克多在长大，会叫我爸爸了。"

布吕诺突然哭起来。他蜷缩在长沙发上，大声地抽泣着，一边吸鼻子。米歇尔看看表,已经四点钟稍过。屏幕上一只野猫嘴里叼只死兔。

布吕诺掏出一块纸巾,擦擦眼角。眼泪仍不停地流。他想到儿子。可怜的小维克多,他会画一些稀奇古怪的东西,而且爱他。可是他给予他的幸福时刻那样少,给予他爱的时刻那样少。现在他快十五岁了,对他来讲幸福时光结束了。

"安娜可能希望再生几个孩子,实际上家庭主妇的生活非常适合她。是我逼得她回巴黎地区去找工作。当然她没敢拒绝。女人必须通过职业生活才能得到充分发展,当时大家都是这样想的或者假装这样想的。她特别希望和大家一样想问题。我心里很明白,我们回巴黎实际上是为了平平静静地离婚。在外省,不管怎样人们低头不见抬头见,相互说话的机会多的是。我不希望我的离婚引起人们议论,哪怕是赞同的、心平气和的议论。1989年夏天我们去了地中海俱乐部,这是我们最后一次一块度假。记得她们愚蠢地赌喝开胃酒,几小时待在沙滩上想气死那些女孩子。安娜与其他家庭主妇聊天。她翻身俯卧时就露出她的蜂窝组织炎,她翻身仰卧时又露出肚皮上的妊娠纹。那是在摩洛哥。当地人既讨厌又好斗,太阳又太热。在这里患上皮肤癌可就不值得了。我每天晚上在小屋里手淫。维克多倒是充分利用了这段时间,在迷你俱乐部玩得特别欢……"布吕诺的嗓音又哽住了。

"我是个混蛋。我知道我是个混蛋。正常的情况下父母应做出牺牲。这是正常的为人之道。我不肯接受自己的青春结束了,想到儿子要长大了就忍受不了,不愿看到他变成青年占据我的位置,甚至他的一生将会成功,而我的一生一败涂地。我渴望恢复单身。"

"一个单子[1]……"米歇尔低声说。

布吕诺没接话,喝干杯里的酒。"瓶里没了……"他有点不知所措地指出,随后站起来,穿上茄克衫。米歇尔送他到门口。"我爱我儿子,"布吕诺又说,"如果他发生什么意外,遇到什么不幸,我可受不了。我爱这孩子胜过一切。可是我从来就没很好地接受他的存在。"米歇尔点点头。布吕诺向电梯走去。

米歇尔回到书房,在一页纸上写了:"记录血液相关事宜。"他然后上床躺下,觉得需要思考一下,可是几乎立刻就睡着了。几天之后,他找到那页纸,在那行字下面又写上:"血统定律"。茫然地呆了十几分钟。

---

[1] 旧哲学术语。意大利的布鲁诺认为单子是物质和精神的统一体,并具内在创造力。德国的莱布尼茨则把单子看成精神的实体,并认为上帝是最高级的单子。

14

9月1日早晨，布吕诺在火车北站等待克丽丝蒂亚娜。克丽丝蒂亚娜在努瓦永坐大巴到亚眠，然后换乘直达巴黎的火车。这天天气很好，火车十一点三十七分抵达。她穿长连衣裙，上面有小花，袖口有花边。布吕诺将她紧紧搂在怀里，他们的心脏跳得很剧烈。

他们在一家印度人开的餐馆吃午餐，然后回布吕诺家去做爱。布吕诺给地板打了蜡，花盆里插了花；被单洗得干干净净，散发着香味。他搞了好长时间，等待着享受快乐的时刻。阳光从窗帘的缝隙间射进来，把她的黑发照得发亮，其中可分辨出几丝灰白的闪光。她达到了第一次高潮，紧接着第二次，阴道经历了强烈的收缩；这时他在她身上快乐极了。完事之后他立刻躺在她怀里睡着了。

两个人醒来时，太阳已从高楼之间西沉，已经七点钟光景。布吕诺打开一瓶白葡萄酒。从第戎回来后这几年的情况，他从来没对人讲过，现在准备讲述了。

"1989年开学的时候,安娜在孔多塞中学谋到了一个职位。我们在洛迪埃街租了一套房子,一套相当阴暗的小三居室住房。维克多上幼儿园。这一来我白天就自由了。就是从这时起我开始光顾妓女。这个街区有好几家泰式按摩沙龙,如新曼谷、金荷花、妹琳等。姑娘们彬彬有礼,面带微笑,做得很好。也是在同一时期,我开始咨询一位精神病科医生。记得不很清楚了,他好像长着胡子,但我可能和电影人物搞混了。我开始讲述我的青少年时代,对按摩沙龙也谈得很多。我觉得他看不起我,这倒使我感觉不错。不过1月份我还是换了一位精神病科医生。新的这一位人挺好,在斯特拉斯堡-圣德尼附近看病。我从他那里出来可以去色情表演的地方转一圈。他叫做阿祖莱大夫,他的候诊室里总摆有《巴黎竞赛画报》。简而言之,他给我的印象是个好医生。对我的情况他并不怎么感兴趣,不过我也不因此就记恨他。的确,我的情况非常普通,只不过是一个沮丧而又正在衰老的蠢货,对妻子不再有欲望。大约同一时期,他作为专家,参与到一场诉讼案中,起诉对象是一个恶魔少年帮。那个少年帮把一个弱智女孩切成许多段吃掉了。这种事当然给人印象深刻。每次诊断结束时,他总建议我多做体育锻炼,这是一个他死抱住不放的想法。可应该说,他本人倒开始有点大腹便便了。总之,每回去他那里看病还是愉快的,只是气氛沉闷了点。惟一能稍许使他兴奋起来的话题,是我与父母的关系。2月初,我有一件的确很有意思的小事要对他讲。

事情发生在妹琳的等候室里,我进到里面坐在一个人身旁。那人的相貌好像隐隐约约有点熟,很模糊,只是有一点很淡漠的印象。不一会儿,他被请上楼去了,我也紧随在他后面上去。按摩室是由一块塑料帘子隔开的。一共只有两间,我当然只能进到那人旁边的一间。当那姑娘摩擦我的小腹时,我突然醒悟过来,旁边小间里正在做肉体贴肉体的那个人是我父亲。他老了,现在真像个退休人员了,但这是他,不存在任何疑问。这时我听得出他在享受了,有轻微的声音。我自己也享受过后,等了几分钟才穿上衣服。我不想再在门口碰到他。不过那天我对精神病科医生讲了这件小事后回到家里,就给老头子打了电话。听到我的声音他显得吃惊——不如说高兴。他果然退了休,卖掉了戛纳那家诊所他所占的份额。最近几年他损失了不少钱,但还算过得去,还有其他人更值得同情。我们同意最近某一天见一次面,但并没有立刻做到。

"3月初,我接到学区督察办公室的电话。一位教员提前请产假,直到学年末有个空缺职位,是在莫市中学。我有点犹豫,毕竟我对莫市留下了很坏的回忆。总之我犹豫了三个钟头,最后才明白我也无所谓。这大概就是老态吧。感情上的反应都变迟钝了。心里既不存多少怨恨,也不存多少快乐,所关心的主要是各个器官的运转,及其不稳定的平衡。下了火车随后穿过城市时,令我吃惊的是这个城市的平庸和丑陋——绝对缺乏情趣。小时候我每个星期天黄昏到达莫市时,总感觉是钻进了一个巨大的地狱。啊，不，这是一个很小的地狱，没有任何特点。房屋、街道，一切都不能唤起我任何联想，即使学校已经现代化。我参观了住宿生宿舍楼，这些宿舍楼早关闭了，变成了地方历史博物馆。在这些房间里，其他男孩子曾经揍过我，侮辱过我，随心所欲地往我头上吐痰、撒尿，把我的头按进马桶里，可是我丝毫激动不起来，只有淡淡的一点忧伤——泛泛而谈。上帝本人只能使过去发生的事情不再重复。不记得是哪位天主教作家在什么地方这样说过。然而看看我的童年在莫市所留下的东西，似乎并不难。

"我在市里溜达了好几个钟头，甚至去了沙滩酒吧。记起了卡洛莉娜·叶萨杨、帕特莉西雅·奥韦耶。不过老实说，我从来不曾忘记她们，但街上没有任何特别的东西令我想起她们。我碰到许多移民，尤其是黑人，比我少年时代多得多，这的确是一大变化。后来我到学校报了到。校长了解到我是这里的老学生很高兴，想去找我的档案，但我尽扯些别的事情，使他没有这样做。我教三个班的课：一个二年级的班，一个一年级Ａ班，另一个一年级的Ｓ班。最糟糕不过的是，我立刻了解到，一年级Ａ班有三个男生和三十来个女生。三十来个十六岁的女生，有金发的，褐发的，棕色头发的，有法国的，马格里布[1]的，亚洲的，个个妙不可言，令人垂涎。她们和男生睡

---

[1] 马格里布是指摩洛哥、阿尔及利亚、突尼斯三国。

觉,这看得出来,她们和别人上床,经常换男生,她们知道利用自己的青春。每天我从避孕套售卖机面前走过,她们当着我的面买避孕套,一点也不觉得难堪。

"一切的起因,是我开始想也许我会有机会,这些女生之中应该有许多是父母离了婚的,我很可能在她们中找到一个寻求慈父形象的女孩子。这是可行的,我觉得这是可行的。但必须是一个阳刚之气十足,给人以信心,肩宽背阔的父亲。我留起胡子来,又报名参加了健身俱乐部。胡子嘛只成功一半,长得稀稀拉拉,使我显得有点不三不四,就像萨尔曼·拉什迪。相反,我的肌肉收效甚佳,几个星期下来,三角肌和胸肌就练得挺像样了。问题,新问题是我的生殖器。现在看来这可能显得发疯,但在70年代没有人真正关心男性生殖器的大小。少年时代我对身体任何部位都觉得难为情,就是对这个东西不觉得。不知道是什么人开始谈论的,大概是男性同性恋者吧。总之,美国惊险小说里也谈过这个问题,相反在萨特的作品里完全没有。不管怎样,在健身俱乐部的淋浴室里,我意识到自己的太小。我发现了一个新的痛苦根源,而这是一点办法也没有的。这是一个根本的、终生的不利条件。就是从这时起我开始憎恨黑人了。不过这所中学黑人还不多,大部分在皮埃尔·德库伯丁技术中学。在那里,就连大名鼎鼎的德弗朗士[1]也要用脱

---

[1] 贝尔纳·德弗朗士(1945—),法国哲学家,主攻儿童教育心理学、教育哲学。

衣舞的那套教哲学，奉承迎合年轻人。在我教的三个班里，只有一年级 A 班有一个黑人男生，是一个健壮结实的大个子，大家叫他本。他总是戴顶鸭舌帽，穿耐克鞋。我肯定他的生殖器非常大，所有女孩子显然都拜倒在这只狒狒面前。我试图让她们研究马拉美[1]已没有任何意义。'西方文明看来该这样完蛋了。'我痛苦地想道，'像埃及狒狒一样重新拜倒在粗大的生殖器面前。'我养成了习惯，来上课时不穿裤衩。那个黑人男生总是恰恰带走我想为自己挑选的那个女生。她娇小，头发金黄，一张未脱稚气的脸，有一对像苹果一样的漂亮乳房。他们总是手拉手走进课堂，凡是要在课桌上做作业时，我总让窗子关着，女生们感到热，就脱掉羊毛衫，她们的乳房粘在汗衫上。还记得那天我让他们评论《盖尔芒特家那边》中的一句话：

> 几代人以来只有法兰西历史上最高贵的人之中才能遇到这种纯洁的血统，他的作风完全摒弃了被平民人士称为"风度"的那些东西，而赋予他十足的纯朴。

"我看看本。他在挠头，挠睾丸，嚼口香糖。他能理解什么呢，这只大猴子？再说，其他所有人又能理解什么呢？我本人也开始难以理解普鲁斯特到底想说什么。这十来页书所阐述

---

[1] 马拉美（1842—1898），19 世纪法国著名诗人。

的，是关于血统的纯洁、与种族高贵相比较而言的禀性高贵，以及医学大教授的特定圈子等，所有这一切在我看来干脆粪土不如。今天，人们生活在一个明显简单化了的世界上。盖尔芒特伯爵夫人手里的五法郎硬币，比可爱的小狗史努比[1]手里的少得多；可爱的小狗史努比又比比尔·盖茨手里少得多，而后者把更多的女孩子拉下水。两个参数，没有更多。当然也可以写一本普鲁斯特式的小说《富翁环球旅游团》，对名望和财富进行比较，对在广大公众中享有声望的人士和有名望而不事声张的少数幸运者加以比较。这会索然无味，文化方面的荣誉，只不过是真正的荣誉即大众传媒荣誉一个平庸的代用品。这种大众传媒荣誉是与娱乐业联系在一起的，而娱乐业所吸收的大量金钱，比人类其他任何活动都更为可观。一位银行家、部长或企业领导人，与一位电影演员或摇滚明星相比算什么？从金钱上讲，从性方面讲，从一切角度讲，都等于零。普鲁斯特那样精妙描写的非凡某某，今天已没有任何意义。将人视为等级划分的动物，或视为建立等级制度的动物，其中的联系，就像拿现代社会和18世纪类比，拿CB21大楼[2]和小特里亚农宫[3]类比。普鲁斯特始终是彻头彻尾的欧洲人，与托马斯·曼一样，是最后的欧洲人之一。他所写的东西，与任何现

---

[1] 著名卡通角色。
[2] 1974年完工的法国第二高楼。
[3] 建于18世纪，位于凡尔赛宫的庭院中。

实都不再有任何关系。关于盖尔芒特伯爵夫人那句话，无疑依然是很美丽的，不过这一切还是有点令人沮丧。我最终转向了波德莱尔。忧愁、死亡、羞耻、陶醉、怀旧情趣、失去的童年……全都是无可争辩的主题，可靠的话题。不过还是挺奇怪。春天，炎热，所有这些诱人的女孩子。我朗诵起来[1]：

> 乖一点，我的痛苦，更安静些。
> 你索求夜晚，瞧，它不是降临了吗：
> 一种黑暗的氛围笼罩了城市，
> 使一些人宁静，另一些人忧虑。
>
> 当凡夫俗子，众多卑贱者，
> 在快乐这无情的刽子手鞭打下，
> 去摘取卑躬屈膝狂欢日的悔恨时，
> 我的痛苦，把手伸给我，从这儿来……

"我停顿一下，这首诗触动了她们，这我感觉得出来。教室里鸦雀无声。这是最后一节课，再过半小时，我就要去搭火车，回到妻子身边。突然，从教室后面传来本的声音：'你脑子里有着死亡的本原，唉，老头儿！'他说话声音很大，但确

---

[1] 朗诵的片段出自波德莱尔的《沉思》。

实不能算放肆,他的语调甚至有点欣赏的成分。我压根儿没有完全明白,他这话是对波德莱尔说的还是对我说的。说到底,作为对课文的评论,还是不错的,然而我必须干预。我简单地说:'出去。'他没有动,我等了半分钟,害怕得直冒汗,觉得再过一会儿我连话也说不出来了,不过我还是鼓起勇气重复道:'出去。'他站起来,慢慢收拾好他的东西,向我走过来。在一切激烈的对抗中,仿佛都有上天开恩的一瞬,奇迹般的一瞬,悬而未决的对峙达到了平衡。本走到我面前停住了,他比我足足高一个头。我满以为他要扇我一个耳光呢,可是他最终没有,朝门口走去了。我取得了胜利。一个小小的胜利。第二天他就重新来上课了。他像醒悟到了什么,捕捉住了我的一个目光。因为他开始在课堂上乱摸他那个娇小的女同学,将手尽量往上升,放在她的大腿很高的地方,然后面带微笑非常镇静地看着我。我非常渴望那个女孩子。周末我几乎始终处于勃起状态,写了一篇带种族主义色彩的抨击文章。星期一我给《无限》杂志打电话。这回索莱尔斯在他办公室接待了我。他显得活泼、狡黠,像在电视里一样,甚至比在电视里还成功。'你真是种族主义者,这感觉得出来,这使你来劲啦,好,嗯,好嘛!'

"他的手很优雅地稍稍挥动一下,掏出一页纸来,他已在边上标出了其中一段:'我们羡慕和欣赏黑人,因为我们希望像他们那样,重新变成动物,变成拥有粗大生殖器的动物,而大脑像爬行动物那样小小的附属于生殖器。'他诙谐地晃动着那页纸：'这辛辣，精彩，很风雅。你有才华，有时也敏捷。我不太喜欢这个副标题：《人并非生来是种族主义者，而是变成种族主义者的》。转移话题，降格以求，总是有那么点儿……唔……'他脸色变得阴沉，但他手里捏着烟斗，踮起一只脚让身体转了一圈，重新露出微笑。一个真正的小丑，非常和蔼可亲的小丑。'再说没有过分仗势欺人，根本没有恃强凌弱的意思。例如你就不仇视犹太人。'他指着另一段：'只有犹太人并不因为不是黑人而感到遗憾，因为他们长期以来选择了智慧、负罪和屈辱的道路。西方文化中没有任何东西能赶上，甚至接近犹太人从负罪和屈辱出发而实现的东西。正因为如此，黑人特别憎恨他们。'他一副很愉快的样子，身体更深地陷到沙发里，两手交叉在脑后，我以为他要把双脚搁到办公桌上了，没有，最终还是没有。他又身体前倾，挪动了位置。

"'怎么样？咱们怎么办？'

"'我不知道，你可以发表我的文章。'

"'啊，哈哈！'他大笑起来，好像我开了一个大玩笑似的。'在《无限》上发表？可是，老伙计，你不了解……我们不再是塞利纳[1]那个时代了，你知道。今天对某些主题，不能爱

---

[1] 塞利纳（1894—1961），法国作家，主要作品有《茫茫暗夜游》，因支持纳粹，反对犹太人而被判刑。

写什么写什么了……一篇这样的文章，会实实在在给我带来麻烦。你以为我麻烦事还不够多吗？因为我是在伽利玛出版社，你以为我就可以做我想做的一切吗？有人监视我，你知道。有人挑错。不，不，这可难办到。你还有什么别的东西吗？'

"我没有带来别的文章，他的确感到意外。我呢，因为使他失望而感到遗憾。我很希望成为他的'老伙计'，让他带我去跳舞，去王家桥请我喝威士忌。出来之后走在人行道上，我一度强烈感到失望极了。圣日耳曼街上女人熙来攘往，快近黄昏的下午挺热，我明白我永远成不了作家，也明白对此我根本不在乎。可是怎么回事呢？性已经花掉我一半的工资，不可思议的是，安娜居然还什么都没有发觉。我本可参加国民阵线，可是何苦与那些蠢家伙一块去吃腌酸菜呢？无论如何，右翼的女人并不存在，她们都与跳伞运动员接吻。这篇文章是荒谬的，前面遇到一个垃圾桶我就把它扔了。我必须保持'人道主义的左派'立场，这是我惟一解脱的机会，这一点我心里深信不疑。我到艾斯库拉尔咖啡馆露天座坐下，感到阴茎又热又痛又胀。我喝了两杯啤酒，然后徒步回家，穿过塞纳河时，想起了阿吉拉。这是我二年级班上一个马格里布女孩子，很漂亮，很细腻，是个很认真的好学生，跳了一级，她有张又聪颖又甜美的脸，没有丝毫嘲笑人的神色；她很想把学习搞好，这看得出来。这些女孩子往往生活在一些粗鲁的家伙和杀人犯之中，只要对她们亲切一点就够了。我又开始相信是这样。接下来两星期，我与阿吉拉说话，请她到黑板前面来。她回应我的目光，并不觉得有什么奇怪。我必须抓紧时间，已经6月初了。当她回座位上去的时候，我看见她的小屁股被牛仔裤绷得紧紧的。我那样喜欢她，都停止去找妓女了。我想象把自己这玩意儿伸进她黝黑、柔软的长发里的感觉，甚至在她的一篇作文上抹擦。

"6月11日星期五那天，她来上学时穿了条短短的黑色裙子。课六点钟结束。她坐在头一排。她将座位下的两腿交叉架起来时，我都差点晕过去。坐在她旁边的那个金发胖女生，一听见铃响很快就走了。我站起来，把手搁在她的课本夹上。她仍然坐着，一点也没有急着走的样子。所有学生都出去了，教室里一片寂静。我拿起她的课本夹，甚至看清了里面某些字：'归并……地狱……'我在她旁边坐下来，把课本夹放回课桌上。但我没能与她说话。我们就这样默默地坐着，至少有一分钟。我好几次凝视着她黑色的大眼睛，同时注视着她每个细小的动作、她的乳房最轻微的颤动。她半侧身对着我，两腿微微分开。我是不是完成了下面这个动作已经记不清了。印象中只是个半有意识的动作。接下来片刻，我觉得我的左手掌放在她的大腿上，但印象模糊了。我眼前浮现出卡洛莉娜·叶萨杨。我羞愧得要死。二十年后犯的是同一个错误，不折不扣同一个错误。像二十年前卡洛莉娜·叶萨杨一样，阿吉拉呆了几秒钟一动没动，只是脸有点红。尔后她轻轻推开了我的手，但并没有站起来，没有做任何要离开的动作。透过装有铁栏的窗户，我看见一个女生穿过院子，匆匆朝火车站方向走去。我用右手拉开裤子前面的拉链。她睁大眼睛看着我，从她那眼神我知道我可以搞她，但同时意识到，她总得做个动作表示两相情愿才成。我的右手向她的手伸过去，但没有勇气伸到头，却换成一个恳求的动作。她笑了起来，我想我也笑了。在她收拾东西准备出去时，我继续笑，继续晃动那玩意儿。她走到门口，回过头来最后看了我一眼；我只听见门砰地关上的声音和她远去的脚步声。我一阵眩晕，仿佛被一根大棒猛击了一下。在火车站给阿祖莱挂通了电话。怎样坐火车和地铁去他那里，现在我一点也不记得了。阿祖莱八点钟接待了我。我止不住直打哆嗦，他立刻给我注射一针镇静剂。

"我在圣安娜过了三夜，然后被转到维利埃-勒布伊松一家隶属于教育部的精神病诊所。阿祖莱明显感到不安。这一年记者们开始大肆谈论猥亵少女。据说他们曾相互传递一句话：'向猥亵少女者发动持续进攻，爱弥尔。'这一切是出于对老年人的憎恨，出于对衰老的憎恨和厌恶。这正在成为一个全国性话题。那个女生十五岁，我是教员，对她滥施了我的权威，而且她是马格里布人。总之，一份足以解职然后私刑处死的理想材料。半个月后，情况开始有所缓和，已经到了学年末，阿吉拉显然什么也没说。材料又换成了更传统的措辞：一位精神抑郁有点想自杀的教员，需要重建自己的心理……但这在莫市中学的校史上都是令人吃惊的事，因为莫市中学并没有特别苛刻的名声。但是医生提出了童年时代的精神创伤作为挡箭牌，指出我回到故地又受到了刺激，总之他这件事处理得很好。

"我在这家诊所待了六个月多一点。我父亲来看过我好几回，他越来越显得和善、疲劳。我服了那么多镇静剂，一点性欲也没有了。但女护士不时把我搂在怀里。我紧贴着她们，一动不动待一两分钟，然后又重新躺下。这对我益处很大，所以精神病科主任医生建议她们这样做，如果她们不感到有什么不碍的话。主任医生怀疑阿祖莱并没把一切都告诉他，但他有许多更严重的病人，如精神分裂症患者、危险谵妄病人等，没有太多的时间来过问我。他认为我有一位负责治疗的医生，这是关键。

"书显然是教不成了。不过1991年初，教育部找到理由，把我安插进了法语教学大纲委员会。我失去了教师的自由时间和每学年的假期，但工资没有减少。不久后，我与安娜离了婚。双方达成了传统的处理方式，即支付生活费和轮流监护儿子。律师无论如何也不让你做选择，这实际上是一个模板协议。我们排在等候队伍的前面几对。法官宣读得很快，整个离婚案总共持续了不到一刻钟。我们一块出来走到司法大厦的台阶上，正午刚过。正是3月初，我不久前刚满三十五岁。我知道我的前半生结束了。"

布吕诺停了下来。现在天完全黑了。他和克丽丝蒂亚娜都没穿衣服。他抬眼看着她。克丽丝蒂亚娜做了一件出乎意料的事：她靠近他，搂住他的脖子，在他两边面颊上亲了亲。

"随后几年，一切照旧。"布吕诺又低声叙述道，"我做了头发移植术，做得很好。外科医生是我父亲的一位朋友。我也继续去健身俱乐部。至于度假，我去新疆界试了试，地中海俱乐部、体育运动中心联盟也试过，有几回艳遇，总之很少。整个来讲，与我年龄差不多的女人都没有多少接吻的欲望了。当然她们声称完全不是这样。她们有时确实想要重新找回一分激情，一分爱情，一分欲望，但这些我没有办法去激发。以前我从没遇到一个像你一样的女人，甚至不敢希望存在像你一样的女人。"

"需要……"她用有点变了的嗓音说，"需要有点慷慨精神，需要某个人开头。如果我处于那个马格里布女生的位置，我不知道自己会怎样反应。不过你大概有某种动人之处，我敢肯定。我想，总之我觉得我会接受让你快活的。"她重新躺下，将头搁在布吕诺的两条大腿之间，"我很想吃点东西……"她突然说道，"已经凌晨两点钟了，不过在巴黎这应该没问题吧，不是吗？"

"当然。"

"我现在让你享受一下，你还是更希望去出租车里？"

"不，现在。"

15

麦克米伦假设

他们搭一辆出租车去雷阿勒[1]，进一家通宵营业的啤酒馆吃夜宵。布吕诺点了几个醉白鲱卷作为前餐，心想现在什么都可能发生。但他立刻明白他夸大了。是的，在他的头脑里，什么可能性都有。例如他可以把自己视为一只沟鼠，一个盐罐，抑或一个能量场。然而实际上，他的肉体一直处在慢慢毁灭的过程中；克丽丝蒂亚娜的肉体也一样。尽管夜夜交替轮回，但一种个人的意识将顽强地存在于他们各自的肉体之中，直到最后。几个醉白鲱卷无论如何不成其为一种解决办法，就是一条茴香烧狼鲈也无济于事。克丽丝蒂亚娜保持着一种困惑的，更确切地说是一种神秘的沉默。他们品尝着蒙贝利亚手工制作的腊肠腌酸菜。布吕诺处于愉快的放松状态，因为人家刚刚多情而快乐地让他享受过，他转念想到自己的职业前途，简

---

[1] 巴黎的一个区域，属于核心地带。

而言之就是：保尔·瓦莱里[1]在科学领域的法语培训中可能发挥什么作用？他吃完了腌酸菜又叫了明斯德干酪，感到自己相对地倾向于回答："发挥不了任何作用。"

"我一无是处，"布吕诺灰心丧气地说，"不会喂猪，对生产腊肠、餐叉、移动电话什么的毫无概念。周围所有这些东西，我用的和吃的所有这些东西，我都不会生产，连生产它们的流程都一窍不通。如果生产陷于停顿，各专业的工程师和技术员消失了，我没有本事使任何工作重新启动；我处在经济工业体系之外，连自己能否活下去都保证不了，不知道吃什么，穿什么，拿什么来御寒。我个人的专业技能比尼安德特人要低得多。我完全依赖周围的社会，而我对社会几乎没有用处。我会做的事情，就是对过时的文化产品发表模棱两可的评论。然而我领取一份工资，甚至一份丰厚的工资，远远高于中等水平。我周围大部分人也属于同样的情况。说实话，我所认识的人之中惟一有用的，就是我的兄弟。"

"他做了什么不同凡响的事情？"

布吕诺将餐盘里那块奶酪转动了一会儿，想找一个足以让人惊讶的回答。

"他创造了新品种的奶牛。总之，这只不过是一个例子，我记得根据遗传学的观点，他的工作使得生下来的奶牛改变了，

---

[1] 保尔·瓦莱里（1871—1945），法国象征派诗人。

产奶量更高，奶的营养价值也更高。他改变了世界。我呢，什么也没做，什么也没创造。我绝对没给世界带来任何东西。"

"可是你也没干坏事……"克丽丝蒂亚娜脸色变得阴沉了。她很快吃完了冰淇淋。1976年7月间，她在旺图坡迪莫拉的庄园里度过了两个星期，前一年布吕诺、安娜贝尔和米歇尔也去过那里。今年夏天她对布吕诺谈起这件事时，他们两个都觉得这种巧合挺有意思。事后她立刻感到非常遗憾。如果他们俩在1976年就相遇，当时他二十岁，而她十六岁，她想那样他们的生活就会完全不同。从这头一个迹象，她就已经承认自己堕入了情网。

"实际上这是一次巧合。"克丽丝蒂亚娜说，"但并非令人惊愕不已的巧合。我愚蠢的父母属于极端自由主义阶层，在50年代约略算垮掉的一代吧，你母亲也同这些人接触。甚至他们相互认识呢，不过我根本不想知道。我蔑视那些人，甚至可以说我憎恨他们。他们代表恶，制造了恶。我所处的地位使得我完全有资格谈论他们。我还清楚地记得1976年夏天。迪莫拉在我到达后半个月就去世了。他患了全身性癌症，看上去的确对什么都不感兴趣了，不过他还是试图勾引我。当时我长得很不错。但他没有坚持，我估计他开始感到肉体痛苦了。二十年来，他一直装扮成老哲人，对人进行宗教启蒙，以此勾引女孩子。应当承认这个角色他一直扮演到底了。我抵达半个月后他服了毒，服了一种毒性很温和的东西，几个小时后才发生作用。他接待所有上家里来的人，给予每个人几分钟时间。俨然是苏格拉底式的死法，你知道。况且他读过柏拉图，也谈到《奥义书》[1]、老子，总之老一套把戏。他还大谈了阿道司·赫胥黎。说他认识赫胥黎，并回顾了他们的谈话。他可能有点添枝加叶，但无论怎样，这个人正在死去。轮到我时，我感受相当强烈，然而事实上，他只是要求我解开衬衫，打量我的乳房，尔后他想说点什么，但我没有听懂，他说话已经有点困难。突然他在沙发上挺直了腰，双手伸向我的胸部，我没有拒绝。他将脸贴在我两个乳房之间待了一会儿，然后又倒在沙发里。他的双手哆嗦得厉害。他摆了摆头，叫我离开。从他的目光里，我没有读到任何宗教的启迪，任何明哲；从他的目光里我读到的只有恐惧。

"他天黑时去世的，留下话要求在山丘上为他堆起焚尸的柴火。大家捡了一些树枝，仪式便开始了。是大卫点燃了他父亲的焚尸柴堆，他眼睛里闪烁着一种古怪的光芒。对他我毫不了解，除了知道他是搞摇滚乐的。与他在一起的人多半令人不安，是一些骑摩托车的美国人，个个纹身，穿皮衣。我与一个女同学一块去的，夜色不怎么令人放心。

"火堆前面有几个达姆达姆鼓手，从庄严的节奏开始慢慢地击鼓。参加的人跳起舞来，火烤得挺厉害，他们按习惯开始脱

---

[1]印度教古代吠陀教义的思辨作品，为后世各派印度哲学提供了依据。

衣服。火化原则上是要用香料和檀香的。大家只捡了一些掉在地上的树枝，可能还混有当地的杂草，如百里香、迷迭香、风轮菜等。所以半个钟头后，那气味使人想起了露天烤肉，这是大卫的一个同伴指出的。那是一个胖子，穿皮坎肩，长长的头发油乎乎的，没有门牙。另一位，好像是一位嬉皮士，介绍说在许多原始部落，吃去世的首领是一种紧密团结的仪式。缺门牙那一位摇摇头，开始冷笑。大卫走近另外两人身边，与他们商量起来。他完全脱光了衣服，在火光映照下他的身体的确很矫健，我想他正在进行肌肉锻炼。我觉得事态会急转直下，便赶紧离开，去睡觉了。

"不久来了一场暴风雨。不知为什么我从床上爬起来，返回火堆那里。他们还剩下三十来个人在雨中跳舞，个个一丝不挂。一个家伙粗暴地抓住我的肩头，把我拉到焚尸火堆前面，非要我看烧剩的尸体不可。只见还连着眼眶的头盖骨，没有燃烧尽的肌肉，一半混和在土里，像一小堆烂泥。我叫喊起来，那家伙松开我，我就逃走了。第二天我就与女同学离开了那里，从此以后再也没有听说过那些人。"

"你没有读过《巴黎竞赛画报》上那篇文章？"

"没有……"克丽丝蒂亚娜显得愕然。布吕诺收住话头，先要了两杯咖啡才准备往下说。随着岁月的流逝，他滋生出男性那种无耻而粗暴的人生观。宇宙是一个封闭的场域，一个禽兽栖息之地；这一切都被圈在一道封闭而坚硬、清晰可见但无法逾越的地平线之内，即被圈在道德法的地平线之内。然而又白纸黑字写着，爱情包容法律，实践法律。克丽丝蒂亚娜用专注而温柔的目光盯着他；她的目光里流露出倦意。

"这是一件非常肮脏的事，"布吕诺疲倦地说道，"记者们没有谈论得更多，我都觉得有点奇怪。总之，这事儿发生在五年前，案子是在洛杉矶审理的。当时崇拜魔鬼的教派在欧洲还是个新话题。大卫·迪莫拉是被控告的十二人之一。我立刻认出了这姓氏；他是两个没被警察抓住的人之中的一个，可能逃到了巴西。控告他的罪名很严重。在他的住所搜查出约一百盘残杀和拷打的录像带，都经过仔细分类并贴了标签。某些录像带上出现了没有伪装的他。审讯中所放的录像带，拍的是折磨一位名叫玛丽·马克·纳拉汗的老妇人和她还是婴儿的孙女的场面。迪莫拉当着老妇人的面，用利钳肢解了婴儿，然后用手指抠出老妇人的一个眼球，同时利用遥控器将一个变焦镜头对准她的脸。老妇人蹲在类似停车位的地方，被金属项圈紧紧拴在墙上。影片最后，她躺在自己的粪便之中。录像带放映长达三刻多钟，但只有警察全部看完了，因为刚放映十分钟法官们就要求停止。

"《巴黎竞赛画报》所刊载的文章，大部分是加利福尼亚州检察官丹尼尔·麦克米伦的答记者问。他认为，这次不仅仅是审判一伙人，而是审判整个社会。在他看来，这个案件显示了美国社会自50年代末以来所陷入的社会学和伦理学的沦丧。法官好几次请他不要超出所指控的事实的范围。法官认为，他拿这个案件与曼森[1]案件进行比较是不合适的，尤其因为在所有被告之中，只有迪莫拉可以说与垮掉的一代或嬉皮士的演变似乎有一些联系。

"翌年，麦克米伦出版了一本书，名为《从淫乐到杀人：一代人》。法语译得相当笨拙，书名译成了《杀人的一代人》。这本书使我感到意外，我本来以为它会像往常的书一样，是宗教基础理论研究者关于基督教卷土重来以及学校恢复祈祷此类话题，东拉西扯一通。事实上这本书叙述准确，资料翔实，对许多事情进行了细致的分析。麦克米伦特别感兴趣的是大卫的情况，描述了他的整个生平，这需要做大量的调查研究工作。

"大卫在其父1976年去世后，立刻卖掉了庄园及连带的三十公顷土地，而在巴黎几座老楼房里购买了多套公寓，其中只保留了维斯孔蒂街一个单间供自己住，其余的全都进行了改造，以便出租，老套间全都隔开，女佣房有时倒连起来，安装上小厨房和淋浴设备。一切完工之后，共有二十来套小单间公寓，仅仅这些公寓就可确保他有一笔可观的收入。他一直没有放弃在摇滚乐方面寻求突破，心想自己也许能在巴黎抓到机遇。可是他已经二十六岁了，在去各录音棚转一圈之前，他决定将自己的年龄减去两岁。这很容易，当人家问他年龄时，只

---

[1] 他所控制的邪教组织犯下多起谋杀案。

需回答二十四岁就成了。当然谁也不会去核实。很久之前,布莱恩·琼斯[1]就产生过同样的念头。据麦克米伦搜集到的一份证明材料说:一天晚上,在戛纳的一个晚会上,大卫遇到了米克·贾格尔[2]。他像遇到了毒蛇一样,向后跳了两米远。米克·贾格尔是世界上最大牌的明星,富有,备受吹捧,厚颜无耻,正是大卫梦想成为的人物。他之所以那样有魅力,因为他就是邪恶——他象征着十足的邪恶,群众所赞扬的首先是未受惩罚的邪恶形象。一天,米克·贾格尔遇到了权力问题,也可以说,团体中的自我意识问题,而且恰恰是发生在他与布莱恩·琼斯之间。但一切都解决了。因为有个游泳池。诚然这不是正式的说法,但大卫知道米克·贾格尔把布莱恩·琼斯推到了游泳池里。他可以想象自己也这样做。就这样,通过初次谋杀,他成了世界上最伟大的摇滚乐乐队的领袖。对于以此基础所建立的一切,大卫充满信心。在这个1976年末,他觉得自己已准备好,需要把多少人推进游泳池,就把多少人推进去。可是在随后那些年里,他仅仅作为候补低音贝斯手,参与录制了几张唱片,而且这些唱片没有任何一张取得些许成功。相反,他总是讨女人喜欢。他在色情方面的要求越来越高,养成了同时跟两位女郎睡觉的习惯,尤其喜欢同时跟一位金发和一位褐

---

[1] 布莱恩·琼斯(1942—1969),滚石乐队创始成员之一。
[2] 米克·贾格尔(1943—),滚石乐队创始成员之一。

发女郎睡。大部分女郎都接受，因为他的确长得很帅，属于那类性能力极强，阳刚之气十足，几乎像野兽一样的男人。他为之感到自豪。

"1981年初，一个路过巴黎的加利福尼亚人告诉他，有人正在寻找金主，为查理·曼森制作重金属乐唱片。他决定再碰一回运气，卖掉了所有单间公寓，在这期间房价几乎上涨了四倍。然后他去了洛杉矶。这时他实际上已经三十一岁，自己说是二十九岁，这还是太大。在去拜访美国生产商之前，他决定把年龄再减少三岁。从外貌上看人家完全会认为他只有二十六岁。

"生产拖了很久，曼森在苦役犯监狱里提出过分的要求。大卫突然改变了方向，开始出入崇拜魔鬼的圈子。加利福尼亚向来是各种崇拜魔鬼小团体特别偏爱的地方，从最早的小团体如由安东·拉韦1966年在洛杉矶创办的'撒旦的教堂'、1967年在旧金山海特·阿希伯利区建立的'进行最后的审判'教派等开始，一直是这样。这些小团体当时还存在，大卫与它们接触。他们一般只举行酒神节狂欢仪式，有时以几头动物作为牲礼。但通过他们，大卫接触了一些封闭得多也残忍得多的团体，特别是认识了约翰·德吉奥尔诺。此人经常组织流产聚会，手术之后将胎儿碾碎，与面和在一起搅拌，然后分给与会者食之。大卫很快就明白，最激进的魔鬼崇拜者根本就不相信魔鬼，他们像他一样是绝对的唯物论者，很快就放弃了有点造作的各种仪式，比如五角星符、烛光和黑长袍。这些仪式的目的，实际上主要是帮助刚加入者克服精神上的抵触情绪。1983年，他残害了一个波多黎各婴儿的性命，接受了第一次杀人洗礼。当他用锯刀割下婴儿的生殖器时，约翰·德吉奥尔诺挖出婴儿的眼球嚼食。

"那时大卫几乎放弃了当摇滚明星的希望，尽管有时看到米克·贾格尔出现在电视上，他的心揪得特别难受。想依附于查理·曼森的计划不管怎样是告吹了，即使他说自己只有二十八岁（实际上大五岁），也开始真正感到自己老了。在主宰世界和拥有无上权利的妄想中，他现在有时竟然把自己比作拿破仑。他钦佩那个人，后者曾经把欧洲置于血与火之中，造成了千百万人的死亡，而他不需要任何意识形态、任何信仰、任何信念作为借口。拿破仑与希特勒相反，与其他独裁者也相反，只相信他自己，将自己和世界的其余部分彻底区分开来，把其他人视为纯粹是为他的主宰意志服务的工具。大卫每每想到自己的祖籍是热那亚，就不禁想象自己与这位独裁者有某种亲缘关系。那位独裁者拂晓时分在战场上溜达，打量着成千具肢体残缺、肚腹被捅穿的尸体，漫不经心地说过：'唔……到巴黎过一夜，这些人数就恢复啦。'

"随着岁月的流逝，大卫和其他几个参加者在制造残忍和恐怖方面越陷越深。有时，他们戴上面具，把自己杀戮的场面拍摄下来。他们之中有一个是录像带制造商，能够帮忙制作拷贝。一部好的杀人片价钱可以谈得非常贵，一部拷贝达两万美元上下。一天晚上，大卫应邀到一位律师朋友家里参加放荡聚会，他认出了一间卧室的电视机所播放的片子。在这部一个月前拍摄的录像片里，他正用切割机切割一个阳具。他非常兴奋，把一个十二三岁的女孩子，即主人女儿的女朋友拉过来贴在他的椅子前面。那女孩子挣扎了几下，就开始吮他。而在屏幕上，他正将切割机移近，轻轻接触一个四十来岁男人的大腿。那人双臂反剪，被五花大绑捆得牢牢的，发出恐怖的嚎叫。大卫抓住女孩子的头发，粗暴地让她转过头，强迫她看那定格住的血淋淋的画面。

"所搜集到的有关大卫的证据到此为止。警察局偶然截获了一部拷打人的录像带的母带，但大卫可能得到了消息，总之他及时逃跑了。丹尼尔·麦克米伦终于又提到他的论点。他在书中毫不含糊地指出，所谓的魔鬼崇拜者，其实既不信上帝，也不信魔鬼，也不信任何超尘世的力量。还有，他们在举行仪式时说些亵渎神明的话，只不过像淫秽的趣话一样，很快就变得毫无趣味了。事实上，他们像他们的老师萨德子爵一样，是绝对的唯物论者，是追求越来越强烈刺激的享乐者。丹尼尔·麦克米伦认为，60、70、80年代以及随后的90年代，道德价值逐渐被摧毁是一个合乎逻辑的、不可抗拒的过程。摆脱了一般道德约束的个人，在享受尽了性快乐之后，便转向了更加广泛的暴力乐趣，这是可以理解的。两个世纪之前，萨德就经历了一个相似的进程。从这个意义上讲，90年代的连环杀人犯乃是60年代的嬉皮士的私生子。人们可以从50年代的维也纳行动分子身上找到他们的共同祖先。维也纳行动分子如尼奇、穆赫尔或施瓦茨克格勒等人，打着艺术效果的幌子，肆意在公开场合屠杀牲口，当着惊呆的公众的面，掏出、撕碎各种器官和脏腑，把手伸进肉和血之中，使无辜的牲口痛苦达到极点。而与此同时，一个无关紧要的人拍摄下这屠杀的场面，把获得的资料拿到艺术画廊去展览。这种释放兽性和邪恶的愿望，是由维也纳行动分子传授的，在后来的几十年间再度表现出来。按照丹尼尔·麦克米伦的说法，1945年之后西方文明发生的这种倒转，是暴力崇拜的回潮，是对数百年来在道德和法律名义下逐渐确立的准则的拒绝。维也纳行动分子、垮掉的一代、嬉皮士和连环杀人犯，是相互接替的，他们都是彻底的极端自由主义者，面对全部社会准则，面对他们所说的由道德、情感、正义和同情心所构成的全部伪善，主张全面肯定个人权利。从这个意义上讲，查理·曼森根本不是对嬉皮士经验的极端偏离，而是嬉皮士经验合乎逻辑的结果。大卫·迪莫拉只不过在坚持并实现他父亲所主张的个人解放价值观。麦克米伦属于保守派，但他对个人自由的某些抨击也让同一阵营某些人恨得咬牙切齿，不过他那本书有着巨大的影响。靠版税所得发了财，他便完全投身政治，翌年当选为众议院议员。"

布吕诺不再往下说了。他的咖啡早已喝完，现在是凌晨四点了，大厅里没有一个维也纳行动分子。事实上，赫尔曼·尼奇因强奸幼女遭到逮捕，现在蹲在奥地利的监狱里。此人已年过六十岁，可望很快死去，世界上将因此消除一个邪恶的根源。在这一点上，没有任何理由感到紧张。现在一切静了下来，只有一个侍者在餐桌间来回走动。只剩下他们两个顾客，但啤酒馆二十四小时营业，这写在门面上，也印在菜单上，实际上必须像契约一样遵守。"他们不再来烦人啦，这些同性恋者。"布吕诺不经意地说道。在我们当代社会里，一个人一辈子必然历经一个或几个危机阶段，必然强烈地否定自己。因此，在欧洲一个大都市的市中心，至少有一家啤酒馆通宵开门让人光顾，这是正常的。他要了一个覆盆子蛋糕和两杯樱桃酒。克丽丝蒂亚娜一直认真听他讲述，她的沉默有某种痛苦的成分。现在应该重新享受简单的快乐了。

16

为了一种良好意愿的审美观

"曙光初露，姑娘们便去采摘玫瑰。一股智慧之风吹遍条条山谷、座座都市，拯救最热情奔放的诗人们的才智，吹掉对摇篮的保护，吹掉青年人的花冠，吹掉老年人对不朽的信念。"

——洛特雷阿蒙[1]：《诗集》第二卷

布吕诺一辈子所交往的人，大部分都是专门寻欢作乐的，当然如果把顾影自怜也归入快乐概念的话，这些事物与别人的尊敬和仰慕密切相关。于是，众人各寻途径，这就是人间百态。

然而就这一规律而言，布吕诺的同母异父兄弟应该算一个例外。快乐这个词本身似乎就很难用在他身上。不过说实在的，米歇尔是否受到什么东西驱使呢？在没有摩擦或外力作用

---

[1] 洛特雷阿蒙（1846—1870），法国诗人。

的情况下，一种直线匀速运动会没完没了持续下去。他的同母异父兄弟的生活，有条不紊，符合理性，从社会学角度讲，在高级别中处于中不溜的位置，迄今为止，似乎过得没有任何摩擦。在分子生物物理研究这个封闭的场域中，可能进行着争夺影响力的可怕暗斗。然而布吕诺表示怀疑。

"你的人生观很阴暗啊……"克丽丝蒂亚娜终于打破令人感到压抑的沉默说道。"尼采式的，"布吕诺明确说道，"更确切地说是格调不高的尼采式的。"他觉得有必要这样补充一句："我来给你朗诵一首诗吧。"他从口袋里掏出一个小本，朗读了下面这首诗：

> 总是同一句陈旧的废话
> 永远重复个没完，
> 我吃着草莓冰淇淋
> 在扎拉杜斯塔露天咖啡座。

"我知道该怎么做，"克丽丝蒂亚娜又沉默一阵之后说道，"去阿格德角自然主义者中心参加放荡聚会。那里有荷兰护士，德国公务员，大家都很得体，都是资产阶级，是北欧国家或荷比卢的那一类。为什么不与卢森堡的警察一块参加放荡聚会呢？"

"我的假期要结束啦。"

"我也一样。星期二就要回去上班了,可是我还需要假期。教书我都教腻啦,孩子们都是笨蛋。你也还需要假期,需要享乐和许多不同的女人。这是可能的,我知道你不相信,但我肯定地告诉你:这是可能的。我有一个朋友是医生,他会给我们开一张病假条。"

他们星期一早晨到达阿格德角火车站,然后搭出租车去自然主义者中心。克丽丝蒂亚娜行李极少,她没有来得及回努瓦永。"我得给我儿子寄些钱。他看不起我,但我还得忍受他几年。我怕的就是他变成暴力分子。他接触的尽是一些古怪的人,纳粹分子……如果他骑摩托车摔死了,我会难过的,但我想我会感到更自由。"

已是9月份,他们很容易租到了一套房子。阿格德角自然主义者建筑群分为五个居住区,是70年代和80年代初建设的,总接待能力为一万张床位,这是一项世界纪录。他们所租的套房为二十二平方米,包括一间兼客厅的卧室,里面有一张沙发床,一间美式小厨房,一上一下的两个单人铺位,一间水房,一间单独的厕所和一个阳台。其最大容量为四个人,通常提供给有两个孩子的一家人。他们立刻感到很舒适。朝西的阳台面向游船港口,可以坐在最后的夕阳下喝开胃酒。

阿格德角自然主义者中心拥有三个商业中心、一个迷你高尔夫球场和一个出租自行车的地方,但它首先是靠海滨浴场和性这种基本的快乐，吸引前来度暑假的游客。归根结蒂，它构成一个特殊的社会学试验基地。尤其令人吃惊的是，它似乎脱离了一切往昔制定的规章，找到了个体自发聚集这样一个简单基本的标准。布吕诺写了一篇文章，综合记叙了他在乡间度过的两周假期，题目是：**"马赛杨海滨浴场的沙丘：为了一种良好意愿的审美观。"** 这篇文章差点被《思想》杂志拒绝。

"在阿格德角，首先给人以深刻印象的，"布吕诺指出，"是普通消费场所——欧洲所有海滨浴场随处可见、绝对相同的消费场所——与明显为放荡和性而开设的商店并存。例如，我吃惊地发现，与一家面包店和一家小型超级市场并排的一家商店，所卖的东西主要是透明的迷你裙、乳胶内衣和设计袒胸露腚的连衣裙。我还吃惊地看到带孩子或不带孩子的女人和成对男女在柜台之间闲聊，在不同的商店之间闲逛，而毫不感到难堪。咄咄怪事还有呢，报刊亭除了按惯例提供一些日报和杂志的样刊以外，还提供内容特别广泛、可供交换的黄色刊物，以及各种各样的色情小玩意儿，而所有这一切并没有引起任何消费者的丝毫不安。

"社会事业性质的度假中心根据传统可能偏向家庭型（迷你俱乐部、儿童俱乐部、奶瓶加热器、婴儿换尿布台），或者青年型（滑水运动、为迟睡者组织的热闹晚会，十二岁以下者不让参加）。阿格德角自然主义者中心的核心顾客是家庭式的，而性消遣在这里占有重要地位，但脱离了往常那种'勾引'的环境，因此，它在很大程度上摆脱了上述两种模式。它与传统的自然主义者中心同样分道扬镳了，这又给了游客一个惊喜。传统的自然主义者中心强调'健康'的裸体观，排除任何直接的性介入；有机食物受到追捧，烟草基本被排除。参加者常常出于生态学方面的感悟而聚到一起，从事瑜伽、丝绸画、东方体操等活动。他们情愿凑合着住在荒野之中简陋的房子里。相反，阿格德角出租的套房，其舒适程度达到一般度假中心的标准还绰绰有余。大自然在这里主要是以草坪和花坛的形式存在。餐饮业倒是传统型的，呈现出比萨饼店、海鲜餐馆、炸食摊子和冷饮店并存的局面。裸体本身在这里可以说也似乎具有不同的性质。在传统的自然主义者中心，每当气候条件允许时，就必须裸体，但受到严格监管，任何观淫癖行为都受到强烈谴责。相反在阿格德角，在超级市场亦如在酒吧，异常多姿多彩的穿着和平共处，从全身裸露到传统型穿着，也有色情的穿着（线网迷你裙、内衣、长统袜）。观淫癖在这里得到默认。在海滨浴场，男人停下来观看呈现在他们眼前的女性是常有的事。即使你没有参加中心特定的活动，这一切也为你创造出非常奇特的气氛。这种气氛既不同于意大利迪斯科舞厅那种自恋和色情的气氛，也不同于大都市那些色情街区特有的暧昧气氛。总之，我们遇到的是一个传统的，更确切地讲天真无邪的海水浴度假站，只不过性快乐在这里占有重要位置并得到承认。尤其值得一提的是，这里有某种类乎'社会民主党人'的性气氛，因为光顾这里的外国人主要是德国人，也有大批荷兰人和斯堪的纳维亚人。"

第二天，布吕诺和克丽丝蒂亚娜就在海滨浴场认识了一对夫妇：鲁迪和汉纳洛尔。他们能够引导他们从社会学角度更好地理解这个地方的运作。鲁迪是卫星导航中心的技术员，主要是控制地球同步通讯卫星阿斯特拉的位置。汉纳洛尔在汉堡的一家大书店工作。十余年来他们习惯了来阿格德角度假。他们有两个孩子，但今年宁愿把他们留给汉纳洛尔的父母照看，两口子出来一个礼拜。当天晚上，他们四个人在一家鱼肉餐厅晚餐。这家餐厅提供美味可口的普罗旺斯鱼汤。晚餐后，他们去这对德国夫妇的房间。汉纳洛尔身材很美，丰满而结实，显然是靠运动锻炼来进行保养的。接下来，他们进行了一场不分彼此的共同游戏，汉纳洛尔建议喝杯樱桃酒结束这个晚上。

中心内的两家迪斯科舞厅，在这对德国夫妇的放荡生活中，事实上所起作用甚微。"克娄巴特拉"和"天主"这两个舞厅遇到了"狂喜"的激烈竞争。"狂喜"开设在自然主义者中心区域之外，是在马赛杨镇的地盘上，拥有可观的设施（黑房间、窥视房、热水游泳池、雅趣池、新近开设的朗格多克-鲁西荣镜子房间）。它远没有躺在70年代初所取得的成就上睡觉，加之有一个令人着迷的管理团队为它效劳，因此它保留了"神秘主义夜总会"的地位。然而，汉纳洛尔和鲁迪提议他们第二天晚上去"克娄巴特拉"。照他们的看法,"克娄巴特拉"要小一些,其特点是气氛融洽、热烈,对新来的一对男女,是一个极好的出发点。它真的是位于这个站的中心,为饭后朋友间无拘无束地喝一杯提供机会,也为女人在友好的气氛中试穿刚得到的色情服饰提供机会。

鲁迪又让一瓶樱桃酒传来传去。四个人之中没有任何人重新穿衣服……他稍许有点醉了,无意识地重复道:"吃吧,吃吧……"他们分手时都已半醉,但心情挺好。布吕诺向克丽丝蒂亚娜提起《五人俱乐部》,还有凭他向来的印象,她与克洛德[1]颇为相像。照他的说法,她只差一条名叫"达弋"的勇敢的狗子了。

第二天下午,他们一块去海滨浴场。天气晴朗,已是9月份,还挺热。"四个人赤条条地沿着水走,好惬意。"布吕诺想道,"知道性的问题已经解决而没有丝毫分歧,好惬意。知道每个人都尽最大可能给他人带来快乐,好惬意啊!"

阿格德角天体海滨浴场长三公里,缓缓地倾斜下去,因此在这里沐浴没有危险,包括年幼的孩子。况且其中最长的一段是供家庭沐浴和体育游戏的(帆板、羽毛球、风筝)。鲁迪介

---

[1]《五人俱乐部》中的主要人物,全名叫"克洛蒂娜",绰号"克洛德",她有条名叫"达弋"的狗。

绍说，大家达成了默契，凡是追求放荡的成对男女，都集中在浴场东边的地段，即在马赛杨小酒店那边一点点。由栅栏加固的沙堆在那里形成小小的沙丘。站在沙丘顶上望去，一边是缓缓向海里倾斜的沙滩，另一边是相当起伏不平的地带，有沙堆也有凼子，间忽生有一丛丛紫杉。他们在沙滩这边安顿下来，刚好在沙丘下面。大约两百对男女集中在一块相当狭窄的地方。只有几个单身男人搀杂在成对的男女之中。另外一些男人沿着沙丘走来走去，交替地注视着两边的情况。

"我们在逗留的两个星期期间，每天下午都去那沙滩上。"布吕诺在他的文章里写道，"当然可能会死，可能会考虑死，也可能以严厉的目光注视着人类的快乐。如果抛弃这种极端的立场，马赛杨海滩的沙丘——这是我竭力想论证的——是一个适宜于人道主义命题的地方，即力求使每个人获得最大快乐，而不给任何人造成不堪忍受的痛苦。性快乐（人所能感受到的最强烈的快乐）主要是建立在触觉，尤其是对特定的表皮部位的刺激的基础之上。这些表皮部位附有克劳泽终球，而这些终球本身关联到下丘脑引发释放大量内腓肽的神经元。随着一代代文化传承，形成了一种更加丰富的精神结构，需要借助幻觉和爱情（主要在女人身上），在神经皮层与上述的简单体系相迭合。马赛杨海滨的沙丘——这至少是我的设想——不应该被视为莫名其妙地加剧幻觉的场所，相反应被视为使性赌注恢复平衡的场所，试图回到正常状态的地理依托——主要建立在良好意愿的原则基础上。具体地讲，集中在沙丘边沿和海水边沿之间地带的每对男女，可以主动进行公开的性接触；通常是女性为同伴手淫或口交，男性也回之以礼。旁边一对对伴侣非常认真地观察这种抚爱，走拢来以便看得更清楚，慢慢地模仿起来。从最初的一对开始，爱抚和欲望如海浪在海滩上迅速扩散，具有不可思议的刺激性。性疯狂越趋强烈，许多对伴侣凑到一起，进行集体的性接触，不过值得指出的是，要想凑拢来，必须事先征得同意，往往要明确表示同意才行。例如当一个女人想摆脱不符合她的欲望的爱抚，她就简单地表示出来，简单地摇一下头，男人就会立即客套地、几乎滑稽地表示歉意。

"如果你越过沙丘，往内陆去，男性参与者矫枉过正得令人印象深刻。事实上，这个地带传统上是供男人寻欢的。这里最初也可能先来一对伴侣，互相亲密地爱抚。这对伴侣很快会看到他们被一二十个单身男人包围了。他们有坐着的，站着的，蹲着的，一边欣赏着眼前的场面。有时，事情到此为止，那对伴侣重新像开始时一样相互拥抱，欣赏者便渐渐散去。有时，那女人招招手，那些男人就依次轮流上前，决不会争先恐后地拥挤。女人希望停止的时候，也是做一个简单的动作。彼此不说一句话。可以清楚地听见风在沙丘间打着唿哨，把一丛丛草刮弯了腰。有时风息了，周围就完全安静下来，只听见快感的喘息声。

"我绝不是试图把阿格德角自然主义者度假站描写成充满田

园诗情调的某个傅立叶法轮斯泰尔[1]。在阿格德角像在其他地方一样，一个体态年轻、匀称的女人，一个富有魅力和阳刚之气的男人，会发现周围的人向自己提出种种迎合奉承的建议。在阿格德角像在其他地方一样，一个身体发福、开始衰老、缺乏风度的男人，注定只能独自手淫——不过，这种在公共场所一般被禁止的行为，在这里却受到友好善意的对待。这里的性行为，与任何一部色情影片里所表现的一样丰富多彩，而且刺激性强烈得多，但进行起来并未产生任何暴力，也未发生好奇的过失，这无论如何都令人吃惊。再次提及'社会民主党人性特征'这一概念，从中我倾向于看到守纪律和遵守契约这些品质。正是这些品质，使德国人发动了两次杀害了无数生灵的世界大战，而在相隔一代人以后，又在一个废墟的国度之上重建起一个出口力强劲的经济体。因此拿阿格德角实行的社会主张和传统上崇尚上述文化价值观的国家（日本、韩国）的国民作一比较，该很有意思。这种尊重他人，循规蹈矩的态度，确保每个人有许多安静地享受快乐的时刻，如果每个人都履行契约的话。这种态度似在任何情况下都具有强大的信念力量，因为它也能毫无困难地被来到本站的少数派成员（朗格多克阵线的小资产者、阿拉伯轻罪犯、雷米尼的意大利人）所接受，而不需要任何明确的规则。"

---

[1]法轮斯泰尔，是法国空想社会主义者傅立叶幻想要建立的社会基层组织。

布吕诺的文章写到逗留一个星期之后就打住了。还想说而没说的话更具柔情，更加微妙，也更没有把握。他们形成了习惯，在海滩上度过下午，七点钟回去喝开胃酒。他斟一杯金巴利，克丽丝蒂亚娜一般要一杯白马提尼。凝望灰泥墙上太阳的运动——太阳中心呈白色，外面略呈玫瑰色。他很喜欢看克丽丝蒂亚娜光着身子在室内走动，去拿冰块和橄榄。他感觉奇特，很奇特：他的呼吸变得更轻松了，有时他待上好几分钟什么也不想，也不那么害怕了。他们到达一周之后的一个下午，他对克丽丝蒂亚娜说："我现在感到幸福。"克丽丝蒂亚娜立即站住了，手里端着冰盘，深深地吐了口气。他接着说：

"我很想和你一块生活。我觉得这就足够了，我们之前过得够不幸了，时间太长了。以后还会生病，丧失活动能力，死亡。但是我觉得，最终一块生活是能够幸福的。无论如何我很想试一试。我觉得我爱你。"

克丽丝蒂亚娜哭了起来。后来在海神餐馆吃海鲜时，他们试图从实际方面考虑这个问题。她可以每个周末来，这容易做到。而要她调到巴黎，肯定很困难。鉴于生活费用高昂，布吕诺的工资不足以维持两个人的生活。再说，克丽丝蒂亚娜还有儿子，在这方面也需要等待。不过可能性还是存在的；这么多年来，头一回看来某件事情是可能办到的。

第二天，布吕诺给米歇尔写了一封充满激情的短信，宣布自己挺幸福，遗憾的是他们从来没有充分地互相理解。他祝愿米歇尔在可能的情况下，也获得某种形式的幸福。他在信末署名为："你的哥哥布吕诺"。

17

信到达米歇尔手里时,正是他理论上一筹莫展的危机时期。按照马格瑙[1]的假设,我们可以把个人意识比作福克空间的一种可能性场域,而福克空间是作为希尔伯特空间的直接总和确定的。这种空间,原则上建立在神经元层面的基本粒子事件上。从此,正常行为可以理解为场域的弹性畸变,自由行动可以理解为一种断裂——不过是在什么样的拓扑结构中呢?希尔伯特空间的自然拓扑结构能否阐明自由行动的产生,这是根本不清楚的;甚至无法肯定,如果不使用异常隐晦的语言今天是否能提出这个问题。然而米歇尔深信,一个新的概念框架正变得必不可少。每天晚上,他在关掉电脑之前,都要通过因特网申请获取当天公布的试验结果。这些结果第二天早上他就能看到了,然后发现遍布世界的研究中心似乎都越来越在毫无意义的经验主义中盲目前进。没有任何结果可以作出任何结论,甚

---

[1] 马格瑙(1901—1997),德裔美国物理学家,科学哲学家。

至没有任何结果可以提出任何理论的假设。个人的意识突然出现在动物谱系中间，而没有明显的理由，毫无疑问它是远远先于语言的。达尔文主义者抱着不自觉的目的论，像通常一样，提出个人意识的出现关系到物竞天择，像通常一样这什么也解释不了，只不过是讨人喜欢的神话重新构建。不过既然如此，人种学的原则也不大可能更具说服力。世界给了他能欣赏它的眼睛，能理解它的头脑。是啊，那又怎样呢？这丝毫无助于对现象的理解。自我意识，线虫根本没有，在普通蜥蜴如捷蜥蜴身上却表现得很明显；这种自我意识很可能意味着存在一种中枢神经系统，并且还存在某种东西。这某种东西始终绝对神秘莫测；意识的出现似乎不可能与解剖学、生物化学或分子学方面的已知条件有什么联系，如此说来，令人失望。

如果是海森堡会怎样做呢？如果是尼尔斯·玻尔又会怎样做呢？退一步去思考，到田野里漫步，听音乐。新东西的产生绝不是简单地插入旧东西之中；信息像一把把沙子一样增加，其性质是由限定经验场域的概念框架事先确定的；今天它们比任何时候都更需要一个新角度。

白天炎热而短暂，过得令人烦闷。9月15日夜里，米歇尔做了一个异常愉快的梦。他陪伴着一个骑马在森林里行走的小姑娘。小姑娘被蝴蝶和鲜花簇拥着（醒来之后，他才记起来，事隔三十年复活的这个形象，是属于《蓝宝石王子》[1]里的那类形象，那是他每星期日下午在祖母家里看的一部连载漫画，一部能让人完完全全敞开心扉的作品）。一会儿之后，他独自行走在山谷开阔的草地上，四周的野草长得高高的。他看不到地平线，美丽灿烂的浅灰色天空下，一座座绿草如茵的山丘连绵不断。然后，他不断前行，既不犹豫，也不着急。他知道在他脚下几米深的地方，流淌着一条地下河流，他的脚步不可避免地、本能地引导他沿着河流行走。风刮得他周围的野草波浪般起伏。

醒来后他感到心情愉快，充满活力，两个月前离职后从来没有过这样的感觉。他出了门，拐进爱弥尔·左拉街，在椴树下漫步，虽孤单一人，并不感到孤独，一直走到包工头街才停下来。左拉卡洛商店已经开门，一个个亚洲女店员坐在各自的柜台后面。大约九点钟光景。博格勒奈尔的塔楼之间的天空格外清朗，而这一切都没有出路。他也许应该去见见他家对面的女邻居——和那位《芳龄二十》的编辑谈谈。她是一家大众杂志的职员，了解社会上的情况，很可能知道踏入社会的门路，心理方面的问题对她来讲应该也不陌生。那位姑娘也许能教给他许多东西。他快步流星，几乎是跑步往回赶，一口气爬上通到女邻居门口的楼梯。连续三次久久地按门铃。没有人回应。

---

[1]日本漫画家手冢治虫的作品。

他不知所措地跑下楼梯，往自家的住宅楼走去。到了电梯前面，他问自己：他是否抑郁？这个问题是否有意义？几年来，这个小区里招贴画越来越多，号召人民提高警惕，与国民阵线进行斗争。他对这个问题表现出横竖极不关心的态度，这本身就是一个令人不安的迹象。抑郁者向来表现出的头脑清醒，往往被描绘为对人的忧虑漠不关心，首先表现为对确实没有多少趣味的问题缺乏兴趣。你可以勉为其难想象一个抑郁的坠入情网者，但抑郁的爱国主义者简直不可思议。

回到厨房，他意识到作为民主的自然基础，相信自由而理性地决定人的行为，尤其是自由而理性地决定个人的政治选择，可能是混淆了自由与不可预见。桥墩附近的旋涡从结构上讲是难以预料的，但谁也不会因此而想称这些旋涡是自由的。米歇尔自斟一杯白葡萄酒喝了，拉上窗帘，躺在床上思考起来。混沌理论方程式在物理之中没有起到参考作用；但它无所不在，在流体动力学、人口遗传学、气象学和群体社会学等方面得到应用。混沌理论方程式的形态学模型化能力不错，但其预断能力几乎等于零。相反，量子力学方程式则能非常准确地预判微观物理学各种体系的行为，甚至能够完全准确地预判，如果放弃回归物质本体论的任何希望的话。要在这两个理论之间确定一个数学的会合点，至少是为时过早，也许不可能。然而，米歇尔深信，想要解释人类的观点和行为，关键就是神经元和神经元突触的演变网构成的引力因素。

他在寻找最近一本出版物的影印件时，才想起已经一个多星期没有拆阅邮件了。邮件中自然主要是广告。TMR公司雄心勃勃地想通过科斯达·罗曼蒂加号下水，创立一套崭新的豪华游轮标准。这艘游轮被描写成一座真正的浮动乐园。下面这段话就是介绍海上旅游是如何开始的，而这完全取决于这艘船："你首先进入充满阳光的大厅，大厅上面是一个巨大的玻璃圆顶。你乘俯瞰海面的电梯抵达上甲板。透过船尾宽大的玻璃，你可以眺望大海，仿佛在一个巨大的屏幕上一样。"米歇尔把这份资料放在旁边，打算以后更深入地加以研究。在上甲板上踱步，透过透明的幕墙眺望大海，在总是碧蓝的天空下航行几个星期……为什么不呢？而在这期间，西欧可能毁于炸弹之下。他们一个个皮肤光滑黧黑，下船踏上一片新大陆。

眼下需要生活，人们可以愉快、聪明、负责任地生活。最近一期《不二价超市导购信息》前所未有地强调公民事业的概念。小册子编辑又一次抨击了固有偏见，认为美食与形式互不相容。不二价自创立以来，凭借其生产流水线、其品牌、其精挑细选的态度，恰恰表明了相反的信念。编辑毫不犹豫地断言："平衡对所有人来讲都是可能的，并且立即是可能的。"除了第一页显示出好斗甚至政治倾向性，这本小册子的其余部分都是开心地提出聪明的忠告、富有教育意义的游戏和"值得知道的东西"。因此，米歇尔能够很有兴趣地计算他每天消耗的热量。最近几个星期，他没有扫过地，没有熨过衣服，没有游过泳，没有打过网球，没有做过爱。实际上他可以标出的仅有如下三项活动：坐着，躺着，睡觉。总的算起来，他每天需要的热量为一千七百五十卡路里。从来信看，布吕诺似乎游了很多泳，做了很多爱。米歇尔根据这些数据又算了一遍：布吕诺每天需要高达两千七百的卡路里。

第二封信，是克雷西-昂布利镇公所寄来的。由于需要扩建旅游大巴停车场，镇公墓的墓园必须重新安排，某些坟墓要挪动，其中包括他祖母的。按照规定，遗骸迁移时要有一个家庭成员在场。他可以在十点半至十二点钟之间与殡仪馆约定迁墓的时间。

18

重　逢

开到克雷西-拉夏佩勒的火车已被郊区列车所取代。村子本身也发生了很大变化。米歇尔在火车站广场收住脚步，惊奇地向四周看去。克雷西村口洛克勒克将军路建了一座卡西诺超级商场，他的四周到处是崭新的小楼和大厦。

"变化始于欧洲迪士尼的开放。"镇公所职员向他介绍说，"尤其是快速地铁 RER 延伸到了马恩河谷之后。许多巴黎人选择来这里居住。地皮价格几乎上涨了三倍，最后的农户都卖掉了自己的农庄。现在镇上有了一间健身房、一间多功能厅、两个游泳池。存在一些犯罪问题，但并不比其他地方严重。"

然而，米歇尔沿着老房屋和保留完好的水渠向墓地走去时，心绪不宁中带有一些伤感，这是人们回到自己度过童年的地方时都有的感觉。穿过巡查道，到了磨坊对面。他和安娜贝尔放学后爱坐的那条长凳依然在那里。有大条的鱼在幽暗的水里逆流而游。阳光迅速穿过云层。

那人在墓地入口附近等待米歇尔。"你是……""是的。"在现代语里"掘墓人"怎么叫法?那人手里捏把铁锹,拎一个装垃圾用的黑色塑料大口袋。米歇尔跟随他往墓地走去。"你不一定要看……"那人一边向敞开的墓穴走去,一边嘀咕道。

死亡真是难以理解,人不得不想象自己死了确切是个什么样子,但总是很不情愿。二十年前米歇尔见过祖母的遗体,还最后亲了她一次。然而当他第一眼看见墓穴里的东西,不禁吃了一惊。祖母安葬的时候是放在棺材里的,但在刚掘开的墓穴里,只看见一些木头碎片,一块朽烂的木板和一些难以辨认的白色东西。当他明白映入眼帘的是什么东西时,他便赶紧转过头,向相反的方向望去。但为时已晚,他已经看清了那个沾有泥土的头颅,空洞洞的眼眶,垂在两边的一绺绺白发,还看见了与泥土混在一起的散乱的脊椎骨。他明白了。

那人一边将遗骨往塑料口袋里塞,一边瞟一眼沮丧地站在他身旁的米歇尔。"总是这样的……"他嘀咕道,"叫他们别看他们硬要看。就让他们看吧。一副棺材哪能经受二十年!"他的嘀咕声中带点怒气。在他把口袋里的东西送到新的墓址时,米歇尔始终相隔几步跟在他后面。活儿干完之后,那人走到米歇尔身边问道:"行吗?"米歇尔点点头。"墓石明天再搬过来,请你在这张登记表上签个字。"

原来是这个样子。过了二十年就成了这个样子。与泥土混在一起的遗骨，还有那把白头发，竟那样多，那样活生生，真不可思议。他眼前浮现出祖母坐在电视机前绣花或向厨房走去时的模样。现在竟成了这个样子。经过体育酒吧时，他才发现自己在发抖。他进到酒吧里，要了一杯茴香酒。坐下来之后，他才注意到，这家酒吧内部的装修与他记忆中的情形大不相同。这里有一张美式台球桌，两台游戏机，连接音乐电视网的电视机正在播放短片。贴在广告牌上的《新风貌》杂志封面，与扎拉·怀特[1]的倩影和澳洲大白鲨相映成趣。米歇尔渐渐陷入了微醺状态。

是安娜贝尔头一个认出了他。她付了烟钱，正向门口走去，看见他蜷缩在凳子上。她犹豫了片刻，才走到他身边。他抬起头。"这是个意外的惊喜……"她温和地说着，在他对面的包仿皮漆布凳上坐下。她几乎没有什么变化，一张脸不可思议地还是那样光润、白皙、头发金黄发亮，谁也想不到她已年届四十，顶多以为她才二十七八岁。

她来到克雷西的原因与他差不多。"我父亲一个星期前去世了，"她说，"死于肠癌。拖的时间很长，不堪忍受，非常痛苦。我留下来是为了帮妈妈点忙。不然，其余时间我生活在巴黎。像你一样。"

---

[1] 20世纪90年代的知名色情女星。

米歇尔垂下眼睛。一阵沉默。邻桌两个青年在谈论空手道比赛。

"三年前我偶然在一个机场见到过布吕诺。他告诉我说你成了研究员,是在本专业得到承认的一个重要人物。他还告诉我说你没有结婚。我嘛,没你那么出色,在一家市立图书馆当图书管理员。我也没有结婚,经常想念你。你不回我的信,我痛恨过你。已经二十三年了,但有时我还想起这件事。"

安娜贝尔送米歇尔到火车站。已是黄昏时分,差不多六点钟了。他们停在穿过大莫兰河的桥上。河岸边有水生植物,栗树和垂柳。河水平静、碧绿。柯罗喜欢这里的风景,来过这里几次作画。花园里一个一动不动的老头像稻草人。"现在我们处在同一个点上,"安娜贝尔说道,"距死亡一样远。"

在火车开动前一刻,她跨上踏板,吻了一下他的面颊。"我们会再见面的。"米歇尔说。安娜贝尔附和道:"会的。"

第二周的星期六安娜贝尔请米歇尔吃晚饭。她住在勒让德街一间小小的一室公寓中。整个空间都得到精心利用,但有一种热烈的氛围。天花板和墙壁镶着深色木头,像一间船舱。"八年来我一直住在这里,"安娜贝尔说道,"通过图书管理员考试之后就搬来了。以前我在法国电视一台联合摄制部工作,在那里干腻了,不喜欢那种环境。调了工作之后,我的工资只有以前的三分之一,这样更好。我现在在十七区区图书馆少儿读物组。"

她烧了一个咖喱小羊肉,一个印度扁豆。吃饭的时候,米歇尔话不多,只就安娜贝尔的家庭提了一些问题。她哥哥接过了父辈的企业,结了婚,已有三个孩子:一个男孩,两个女孩。可惜的是,企业遇到了一些困难,在精密光学仪器领域,竞争变得异常激烈,好几次他们差点递交了资产负债表。他靠茴香酒和投票给极右党派来消愁。二哥则进入了欧莱雅市场部。最近他被任命为北美市场总监。他们见到他的机会不多。他离了婚,没有孩子。两种不同的命运,但差不多都挺典型。

"我没有得到幸福生活。"安娜贝尔说,"我觉得我过分看重了爱情,过于轻易地委身于人,男人一达到目的,就不要我了,使我陷入痛苦之中。男人并非因为产生了爱情而做爱,而是因为冲动。这么明显而司空见惯的现象,我却花了好多年才闹明白。我周围的所有人都是这样生活的,我在一个解放的环境中成长,但并没感到刺激和引诱的任何快乐,甚至最终对性生活产生了反感。我再也不能忍受我脱衣服时他们得意的微笑,不能忍受他们享受快感时那副蠢相,尤其不能忍受完事之后他们粗野的语言。他们都平庸、懦弱却又自命不凡。被人视为可以相互替换的牲口,说到底,实在让人难受,即使我被认为是一匹美丽的牲口。从美学观点讲,我是无可挑剔的,他们都以带我上餐厅为荣。只有一次我以为遇到了真爱:我与一个男人同居了。他是演员,外表很令人感兴趣,就是无法崭露头角，因此连房租也主要是我付的。同居了两年，我怀了孕。他要求我做人工流产。我照办了，但从医院回到家，我就知道完蛋了。我当晚就离开了他，住了一段时间旅店。我当时三十岁，已经做过两次人工流产，实在受够了。那是1988年，大家都开始意识到艾滋病的危险，这对我来讲不啻是一种解脱。我与数十个男人睡过觉，没有一个值得我留恋。今天我们觉得处在一个大家都外出寻欢作乐的时代；尔后呢，我们就面临了死亡的情形。我认识的所有男人都惧怕衰老，时时想到他们的年龄。这种忧思开始得很早，我发现有些二十五岁的男人就受这种忧思折磨，以后日甚一日。我决定停止，摆脱这种游戏。现在我过着平静的、没有欢乐的生活，晚上看书，泡茶，做热饮料喝，周末去父母家，悉心照顾我的侄子和两个侄女。有时我的确感到需要一个男人，夜里一个人感到害怕，难以成眠。虽然有镇静剂和安眠药，但不能完全解决问题。实际上，我希望人生快快结束。"

米歇尔沉默不语，他并不感到意外。大部分女人在青少年时代都是很冲动的，对男孩子和性非常感兴趣，然后就渐渐厌倦了，再也不愿意张开大腿，不愿意弓背撅臀。她们寻求充满柔情的交往，但找不到，说实话，这种情感她们再也感受不到了，于是对她们来讲困难的岁月开始了。

沙发床一展开，就把空余的地方几乎占满了。"这张沙发床我是头一回用。"安娜贝尔说道。他们紧挨着躺下,搂抱在一起。

"我好久不用避孕套了,我家里没有。你有吗?"

"没有……"想到这个他露出了微笑。

"你愿意放在我口里吗?"

他想了想最终回答:"好吧。"

很舒服,但快感不很强烈(实际上从未强烈过;性快感对某些人来讲很强烈,对另一些人来讲都不太强烈,甚至没多少感觉。这是教养问题、神经接触问题,还是什么问题?)这次口交毋宁说令人心情激动,因为这是重逢的象征,是他们中断的命运的象征。尔后,当安娜贝尔转过身来准备入睡时,他把她搂在怀里,那真是妙不可言。安娜贝尔的身体软软的,柔柔的,暖暖的,非常滑润,腰肢细,胯部宽,一对乳房小但坚挺。他把一条腿伸到她的两条腿之间,一只手贴在她的腹部,一只手贴在她的胸前,在融融的温暖中,仿佛处于人世之初,几乎立刻进入了梦乡。

他首先看见一个人,一部分被空间盖住了,只有面部露在外面。面部中央一对眼睛闪闪发光,眼神难以言状。那人对面有面镜子,他往镜子里看一眼,就觉得仿佛要堕入真空。但是他站稳了,坐了下来;他端详自己的形象,觉得它就像一个意念中的形状,独立于他本身之外,可以与其他形象沟通。过了一分钟,他便不在意了,但他把头转开了片刻,一切又得重做。必须从头来过,痛苦难熬,就像要适应某个亲近的对象一样,要推翻对自我形象的认知。这个我是一种断断续续的神经官能症,一个还远远没有康复的人。

接着,他看见一堵白墙,墙里面显现出一些文字。渐渐这些文字有了厚度,在墙上形成一种活动的浮雕,以令人恶心的节奏律动着。首先现出的是"和平"两个字,接着是"战争"两个字,尔后又是"和平"。后来这种现象突然停止了,墙壁的表面又变得光滑如初。一种电波穿过空气,使之液化了;太阳巨大无比,黄澄澄的。他看见了时间之根形成的地方。那根在宇宙中伸展,在中心附近伸出一些多节的、黏糊糊的、顶端新鲜的卷须。这些卷须缠绕、缚住、黏合空间的各个部分。

他看见了空间的一部分,死人的大脑,它也容纳了空间。

最后,他看见了空间的精神集合体及其反面。他看见了组成空间的精神冲突以及这种冲突的消失。他看见空间像一根细线分开两个球体。在第一个球体里是生命及别离;在第二个球里是非生命及个人的消失。他平静地、毫不犹豫地转过身,走向第二个球体。

他抽出身体,在床上坐起来。安娜贝尔在他身旁均匀地呼吸。她有一个立方形的索尼牌闹钟,时钟指向三点三十七分。他还能再睡着吗?他应该能再睡着。他有安眠药。

第二天早晨,安娜贝尔煮了咖啡。她自己喝茶,吃烤面包。

天气晴朗，但已有点寒冷。她打量米歇尔赤条条的身体。他总是那么瘦长，显得异常年轻。他们都四十岁了，真难以想象。然而，她不可能有孩子了，胚胎畸形的概率很高，米歇尔的阳刚之气也大大衰弱了。从传宗接代的角度讲，他们是两个正在衰老的人，遗传能力平平。她经历了人生，吸过可卡因，参加过放荡聚会，住过豪华宾馆。她因为容貌美丽而处于道德解放运动的中心，这正是她青年时期的特点，为此她特别痛苦过，并因此而差点断送了一生。而他呢，由于漠不关心而处于这场运动的边缘，也处于人生的边缘，处于一切的边缘，所以他只受到表面的伤害；他只满足于做他那个小区不二价超市的忠实顾客，只满足于整合分子生物学方面的研究。这两种如此不同的生活，并没在他们各自的身体上留下多少明显的痕迹，但生活本身起着破坏作用，慢慢削弱细胞和器官的再生能力。作为有智力的动物，他们本来应该相爱的，在这个秋天早晨明亮的光线中，他们相互端详。"我知道太迟了，"安娜贝尔说，"不过我还是想试一试。我还保留着1974—1975学年，也就是我们一块上中学最后一年的火车月票。每次拿出这张月票来看，我就想哭。我真不明白事情为何落到了这步田地。我无法接受。"

19

在西方自我毁灭之时，他们显然毫无幸运可言。然而他们还是继续每周见一两次面。安娜贝尔又去看过妇科医生，重新开始服避孕药。米歇尔能够进得去，但更喜欢睡在她身边，感受她那充满活力的肉体。有一夜他做了一个梦，梦见鲁昂有一个游乐园，位于塞纳河右岸。一个巨大的、几乎毫无依托的轮子，在灰色的天空中转动，下面有几艘搁浅的货轮，金属船体锈迹斑斑。他在一座座木板屋之间朝前走。这些木板屋的颜色既暗淡又刺眼。一股夹带雨水的刺骨寒风抽打着他的脸。到达游乐园出口时，他遭到一些穿皮衣、手里挥舞着剃刀的青年人攻击。他们狠狠揍了他几分钟才让他走。他两眼鲜血淋漓，知道自己从此将双目失明，他的右手被截断了一半。然而他知道，尽管他浑身是血，疼痛难忍，但安娜贝尔仍将伴随着他，永远用她的爱包围着他。

诸圣瞻礼节的那个周末，他们一块去苏拉克，住在安娜贝尔哥哥的度假别墅里。到达后的第二天上午，他们双双去海边。他感到疲倦，遇到一条长凳便坐下来，而安娜贝尔继续朝前走。大海波涛汹涌，滚动的浪涛显得模糊、灰暗又泛着银白色。极目地平线，波涛撞碎在沙岸上，在阳光下形成闪烁美丽的水雾。安娜贝尔穿着浅色茄克衫，她那几乎看不见的身影贴近水边移动着。一条年老的德国牧羊犬在泳场咖啡屋的白色塑料桌椅之间穿行，它的身影也难以辨认，仿佛被那薄雾、水汽和阳光抹去了。

晚餐，安娜贝尔要了一条烤狼鲈。他们所生活的社会尚能给予他们富足多余的食物，超出了他们日常所需，因此，他们可以尝试生活下去，但实际上他们已经没有多少欲望。米歇尔对安娜贝尔怀有同情，他能感觉到她身上跃动但被生活糟蹋了的深厚爱情；他怀着同情，这大概是他心里尚能产生的惟一的人类情感。至于其他，他的身心都已冷如死灰；事实上他无法再爱。

回到巴黎之后，他们有过一些愉快的时刻，恰如香水广告里的情形（两个人一块跑下蒙马特高地的台阶，或者搂在一起一动不动站在艺术桥上，突然被桥头的游艇探照灯照亮）。他们也经历过星期天下午半争吵的时刻，身体蜷缩在被褥之间默不作声的时刻，还有生活乏味时去河滩边默默、无聊地漫步的时刻。安娜贝尔的单间公寓光线很暗，下午四点钟就得开灯。

有时他们很忧郁，尤其心情沉重。两个人都明白他们是最后一次经历充满人情味的关系，这种感觉使他们所度过的每分钟都肝肠寸断。两个人彼此抱着极大的尊重和深深的怜悯。然而某些日子，他们仿佛受到出乎意料的魔力的恩宠，度过一些空气清新和阳光明媚的时刻，但他们更经常感到一个灰色的阴影在他们头顶上扩大，在承载他们的大地上空扩大，一切在他们眼里都意味着末日。

20

布吕诺和克丽丝蒂亚娜也回到了巴黎，不回巴黎是不可想象的，去上班的那天早晨，他想到那位素不相识的医生送给他们的那份前所未有的礼物：两个星期的病假休息。想到这里，他便重新踏上去格雷纳勒街办公室的路。到了办公室所在的那层楼，他意识到自己肤色黧黑，精神焕发，觉得这种情况十分滑稽；他同时意识到自己对此毫不在乎。他的同事们，他们的研究讨论会，青少年的人文主义教育，向其他文化开放……这一切在他心目中已经毫无意义。克丽丝蒂亚娜和他口交，在他生病时照顾他，克丽丝蒂亚娜才重要。此时此刻他也意识到，他永远不会再见他儿子。

克里斯蒂亚娜的儿子帕特里斯离开时，把套间弄得一塌糊涂，地板上有些地方烧焦了，到处是一块块踩瘪的比萨饼，可乐拉罐和烟头。克里斯蒂亚娜犹豫片刻。差点去住旅店，不过还是下决心把房间打扫干净，重新安顿下来。努瓦永是一座肮脏、乏味、危险的城市，她习惯每到周末就来巴黎。几乎每星期六，他们都去一家情侣夜总会，如"2＋2"，"克丽丝和马奴"，"桑德尔夫妇"等。他们在"克丽丝和马奴"度过的头一个晚上，给布吕诺留下了异常强烈的印象。舞池旁边有好多个房间，笼罩着奇特的淡紫色光线，排列着一张张床铺。他们周围尽是一对对相互亲嘴、抚摩和口交的男女。大部分女人都一丝不挂，有一些留着胸衣和裤衩没有脱，或者仅仅撩起裙子。最大的房间里有二十来对男女。几乎没有人说话，只听见空调的嗡嗡声和快达到高潮的女人的喘息声。布吕诺坐在一张床上。旁边是一个高个儿女人，棕色头发，乳房硕大，正在舔她的是一个没脱衬衫和领带的五十来岁的男人。克丽丝蒂亚娜解开布吕诺的裤扣，一边打量四周。一个男人凑过来，将一只手伸进她的裙子。她解开裙带，裙子滑落在地板上，她裙子里面什么也没穿……

接下来几个星期，他略略能自我控制了。这是一个美好时期，一个幸福时期的开端。他的生活现在有了意义，但仅仅在与克丽丝蒂亚娜一块度过周末的时候。他在书店里面卫生健康分类的书架上发现了一本书，是一位美国性学专家写的，旨在教男人如何通过一系列循序渐进的练习控制射精。主要是锻炼紧贴睾丸下面的一小块肌肉，即耻骨尾椎肌肉的弹性。在性高潮到来之前让那块肌肉剧烈收缩，同时伴随深呼吸，一般可避免射精。布吕诺开始练习，这是一个目标，值得坚持下去。每次外出，他都吃惊地看见有些比他年龄还大的男人能够连续搞。同时，他不无尴尬地注意到，大部分男人那玩意儿比他的粗大得多。克丽丝蒂亚娜一再对他说，这没关系，她一点也不在乎。他相信她说的是真话，她显然坠入了情网，但他感觉到在这类夜总会里与他交媾的大部分女人，都感到有点失望。没有任何人提出指责，每个人的礼貌都堪称典范，环境既友好又礼让。可是有些人的眼神明白无误，他渐渐明白了，在性方面他的能力也不算强。然而有时候，他感受到前所未有的、触电般的快感，几乎晕过去，从心底里发出叫喊。但这与阳刚的强盛是两码事，毋宁说是器官的微妙和敏感所致。再说他很善于抚摩。克丽丝蒂亚娜常这样说，他知道的确是这样。他不能使一个女人达到性高潮的情况极少见。大约12月中旬，他发现克丽丝蒂亚娜瘦了点，脸上布满了红斑。她说是她的背疼不见好，她增加了用药量，消瘦和红斑都是药的副作用所致。她很快转移了话题，布吕诺觉察出她有些尴尬，心里不痛快。为了不让他担心，她无疑会说假话的，因为她是那样温柔，那样可爱。一般情况下，星期六晚上她下厨做饭，他们美美地吃一顿，然后去夜总会。她穿分衩很高的裙子，透明的紧身上衣，系上吊袜带，有时穿裆间开口的紧身内裤。那是些妙不可言的夜晚，他从来不曾奢望的夜晚。有时，克丽丝蒂亚娜被他紧紧搂住做爱时，会感到心慌，心脏跳得有点过快，突然之间大汗淋漓。布吕诺感到担心，便停下来。她蜷缩在他怀里吻他，抚摩他的头发和脖子。

21

这里自然也没有出路。光顾情侣夜总会的男士和女士很快就放弃寻求这种快乐了（这种快乐要求细腻、敏感和缓慢），转而进行带幻想的性活动。这种性活动一般无真情可言，因为它是直接模仿 Canal＋频道播放的"时髦"色情片中的集体淫乱场面。援引马克思曾提出的高深莫测的概念，"利润率趋于下降"，在布吕诺和克丽丝蒂亚娜新近加入的自由团体中，可以说，享乐率也趋于下降；这观点也许是粗略的，不确切的。欲望和快乐作为次要的文化和人类学现象，说到底几乎根本说明不了性特征。它们远远不是一种决定因素，相反完全取决于社会学的观点。在讲求爱情和浪漫的一夫一妻体系中，在他们的单一原则里，他们只有通过一个被爱的人才能感知到爱。在布吕诺和克丽丝蒂亚娜生活的自由社会里，官方文化（广告、刊物、社会和公共卫生机构）所推荐的性模式，是艳情的模式。在这样一种制度内部，欲望和快乐是引诱过程的结果，其所强调的是新奇、个人热情和创造力（这也是职员在自己的职业生活范围内所必须具备的优点）。压抑智力和道德方面的引诱标准，而提倡纯肉体的标准，会渐渐把情侣夜总会的常客引向一种稍许不同的方式，可以视为官方文化允许的幻想，也就是萨德体系。在这类体系中，阴茎无不大得惊人、硬邦邦，填充了硅胶的乳房，剃了毛的猫猫。看违禁录相带的女观众，情侣夜总会的女常客，往往为自己的晚间活动确定一个简单的目标：恣意淫乱。对她们来讲，下一个阶段就是SM俱乐部。快乐乃惯常之事——帕斯卡尔如果对这类事情感兴趣，可能也会这么说的。

实际上，理想的是选择几对男女，邀请他们来家里度过一个夜晚，大家友好地聊天，同时互相抚摸。布吕诺私下里确认，他们会走这条路。他也应该恢复耻骨尾椎肌肉的锻炼，照那个美国性学家的建议去做。他与克丽丝蒂亚娜之间的事情是一件重要而严肃的事情，在他一生中没有任何事比这件事给他带来更多的欢乐。至少，有时他看着克丽丝蒂亚娜穿衣服或在厨房里忙碌，心里是这样想的。然而通常，每周星期天之前她不在身边时，他觉得自己卷进了一场恶作剧，卷进了人生最后一场卑劣的玩笑。只有预想到幸福的实际可能性就在眼前，我们的不幸才会达到顶点。

事故于2月的一天夜里发生，在"克丽丝和马奴"夜总会。布吕诺躺在中央那个房间的一张床垫子上，头靠着几个靠垫，他握住克丽丝蒂亚娜的手,克丽丝蒂亚娜已经连续轮了五个男人,她连看都没看他们一眼,两眼半闭,仿佛在梦中……突然,她短促地叫了一声,只叫了一声……"停!停!"布吕诺嚷道。他觉得自己在喊,但他的声音尖尖的,很微弱,根本听不见。他站起来,猛地推开那个汉子;汉子目瞪口呆,垂着双臂。克丽丝蒂亚娜向一侧倒下去,脸因痛苦而扭曲。"你不能动了吗?"布吕诺问道,她点点头表示"不能动了"。布吕诺冲向酒吧借用电话。过了十分钟,医疗急救队就赶来了。所有参与者都穿好了衣服,全都静静地一声不吭,看着护士们把克丽丝蒂亚娜抱起来,放到担架上。布吕诺上了救护车,坐在克丽丝蒂亚娜旁边。他们离主宫医院很近。布吕诺在墙壁贴漆布的走廊里等了几个钟头,住院实习医生才来通知他:克丽丝蒂亚娜现在睡着了;她的生命没有危险。

星期天抽取了骨髓进行化验。布吕诺六点钟又来了。天已黑,塞纳河上飘着寒冷的毛毛雨。克丽丝蒂亚娜坐在床上,背靠着一堆枕头。看到布吕诺,脸上露出了微笑。诊断挺简单,尾椎骨的损坏达到了无可救药的地步。几个月前她就预感到,这种情况随时可能发生。药物减缓了病情发展,却没能使之停止。现在情况不会再恶化了,也不用担心会出现什么复杂的情形。但克丽丝蒂亚娜的两条腿可能最终瘫痪了。

十天后她出院,布吕诺去接她。现在情形不同了。生活恰似隐约让人感到无聊的漫长海滩,通常是阴沉沉的,尔后突然出现一个岔路口,而这个岔路口看来是终点。克丽丝蒂亚娜从此获得了残疾人抚恤金,永远不需要再工作,甚至可以享受免费的家庭补助。她推着轮椅迎向布吕诺。她还显得笨拙,那需要爆发力,可是她的前臂力量不够。"现在你可以住到我家来了。"布吕诺说,"住在巴黎。"她向他仰起脸,定定地看着他;他承受不了她的目光。"你能肯定吗?"她问道,"你能肯定这是你的愿望吗?"布吕诺没回答,至少有些迟疑。过了片刻,她补充道:"没有谁强迫你。你可以享受生活的时间所剩不多了,没有人强迫你用来照顾一个残疾女人。"当代人的良心和我们必然死亡的事实无法调和。在任何时代,在任何其他文明的条件下,人们从来没有如此长久、如此经常地想到自己的年龄;每个人头脑里对未来的展望是简单的:他一生中可以企盼的肉体享乐的总和少于痛苦的总和(总之,他内心深处感到计数器在转动,而计数器总是向同一个方向转动的)。这种对享乐和痛苦的理性的审视,每个人或迟或早都必然会做,而从某个年龄开始,这种审视会不可避免地导致自杀。在这方面德勒兹和德博尔的例子很有意思:这两位世纪末受人尊敬的知识分子,仅仅因为无法承受自己体力衰减这种前景,都自杀了。这两个人的自杀没有引起任何震惊和任何议论。更广泛地讲,最常见的高龄者的自杀,今天在我们看来是绝对合乎逻辑的。作为一种征兆指标,我们也可以例举公众面对恐怖袭击的反应：几乎在所有的案例中，人们宁愿一下子被打死，而不愿意变成残疾甚至被毁容。当然这部分是因为人们厌倦了生活，但主要是因为在他们看来，任何前景，包括死亡，都没有落个残疾活在世上那么可怕。

他在塞瓦尔教堂那个地方走上了岔道。最简单的是在穿过孔皮埃温森林时，跌进一个树洞里。他多犹豫了几秒钟，可怜的克丽丝蒂亚娜。他又多犹豫了几天才给她打电话。他知道她孤单地和儿子住在那套廉租公寓里，想象她推着轮椅在电话旁转来转去。没有任何因素强迫他照顾一个残疾女人，这话是克丽丝蒂亚娜说的；他知道她死的时候没有怨恨。那张轮椅是在台阶最下面一级的信箱旁找到的，摔得散了架。她满脸青肿，脖子摔折了。布吕诺的名字出现在了"紧急联系人"一栏；她是在送往医院途中死亡的。

殡仪馆位于努瓦永城外不远的地方，在通往绍尼的公路旁边，过了巴博夫拐一个弯就到了。两个穿蓝色工装的职员在一间预制板搭建的房间里等候他。那里面太热，安装了许多暖气片，有点像技术中学的一间教室。玻璃幕墙外面是一个半住宅区现代化的低矮建筑。还没有盖上的棺材，搁在一张支架支起的台子上。布吕诺走拢去，见到克丽丝蒂亚娜的遗体，就感到自己向后倒下去；他的头猛撞在地板上。那两个职员小心翼翼地把他扶起来。"哭吧！应该哭出来……"年龄大的那位急切地说道。布吕诺摇摇头，他知道自己哭不出来。克丽丝蒂亚娜的身体再也不能动弹，不能呼吸，不能说话了。克丽丝蒂亚娜的身体再也不能爱，再也没有任何前途可言；这完全是他的过错。这回所有的牌都打完了，赌注下完了，最后一张牌出了手，以彻底失败告终。他并不比他的父母强，在爱情方面他一样无能。他处于一种失去感觉的奇特状态，身体仿佛漂浮在离地面几厘米的空间，只看见那两个职员用螺旋钻钉好棺盖，看见他们走到"静默的墙根"，一堵三米高的灰色水泥墙壁，上面有一排排棺穴，其中约有一半是空的。年龄大的那位职员看一看登记表，向632号棺穴走去。他的同伴用一辆双轮推车推着棺材跟在后面。空气又潮又冷，甚至开始下雨了。第632号棺穴位于墙壁半中间，离地面一米半光景。两位职员以一个灵活而有效的动作，只消几秒钟，就把棺材举起来，推进了棺穴，用喷枪喷了一点即刻便干的水泥在上面。随后，年龄大的职员让布吕诺在登记簿上签了字，临走时对他说，他可以就在这里默祷，如果他愿意的话。

布吕诺回来时走的是A1高速公路，将近十一点钟到达城郊。他请了一天假，没想到葬仪会这样简短。他出了沙蒂永门，在阿尔贝-索莱尔街找到停车的地方，恰好在他的前妻所住公寓的对面。没等多长时间，十分钟后他就看见儿子背着书包，出现在埃内斯特-莱耶街口。孩子显得忧心忡忡，一边走一边自言自语。他会有什么心事呢？安娜说，他是一个性格孤僻的孩子，不愿与同学们一块在学校里吃中饭，而宁愿回家来，把她早晨出门前留下的剩菜剩饭热了吃。他是因为父亲不在身边而痛苦吗？这是可能的，可是他什么也没提起过。孩子们总是忍受大人给他们营造的世界，尽量去适应它，尔后他们往往重新营造自己的世界。维克多走到门口，按了密码；他距小汽车仅几米远，但他没有看见布吕诺。布吕诺手握车门把手，在座位上半站起来。公寓楼的大门在孩子身后关上了。布吕诺一动不动呆了几秒钟，又沉重地落在座位上。他能对孩子说什么呢？能传达给他什么信息呢？没有任何话可说，没有任何信息可传达。他知道他这辈子完了，但结局怎样他不知道。一切那样凄凉、痛苦、模糊。

  他启动车子，驶上南方高速公路。出了安东尼，离开高速公路朝沃阿朗方向驶去。教育部精神病诊所在距维利埃-勒布伊松不远的地方，紧傍维利埃林子。他记得很清楚位置。他把车停在维克多-孔西德朗街，步行几米远走到大门口，见到值班护士，说道："我回来啦。"

22

终点站萨奥尔日

> 广告营销过分聚焦于青年市场的诱惑力,常常迷失在自己制定的战略中,那种纡尊降贵的态度要么刻板化青年要么嘲笑他们。我们这类社会不会倾听年轻人的心声,为了掩饰上述不足,必须让销售团队的每个合作者成为成年人的"使节"。
>
> ——柯莉娜·梅吉:《成年人的真面目》

也许一切该这样了结,也许没有任何其他办法,没有任何其他出路。也许应该把纠结在一起的东西理清,也许应该把已经开头的事情完成。因此,杰任斯基不得不前往那个叫做萨奥尔日的地方。那个地方位于北纬44度,东经7.3度,海拔略高于五百米。他在尼斯下榻于温莎酒店。这是一家半豪华旅店,里面臭烘烘的,装修出自半吊子艺术家菲力普·佩林之手。第二天早上,他搭乘以优雅著称的尼斯—唐德列车。火车驶过尼斯北郊,那里阿拉伯人的廉租住宅鳞次栉比,到处张贴着色情网络广告和国民阵线获得百分之六十选票的海报。过了佩永-圣太克尔火车站,火车驶进一条隧道,出了隧道,在耀眼的日光中,杰任斯基瞥见右边悬在山崖上的佩永镇那奇特的轮廓。这就是说,旅客们正穿越所谓尼斯腹地。一些从芝加哥和丹佛来旅游的人,目的就是欣赏尼斯腹地的美景。他们随后钻进了狭长的鲁瓦亚河谷。杰任斯基在方同-萨奥尔日站下车。他没有任何行李。时值5月底。杰任斯基下了火车,步行了半个钟头,途中要穿过一条隧道。这里不通行汽车。

据他在奥利机场买的《旅途指南》介绍,萨奥尔日村的房屋一层层垒叠,高踞于一个令人头晕目眩的悬崖边缘,"有点西藏风貌"。这是可能的。他母亲雅妮娜(她后来改名为雅娜)在印度半岛东部的果阿生活了五年多之后,还是选择了这个地方来死。

"她最终选择来这个地方,但肯定不是选择来这里死的。"布吕诺纠正道,"看来,那个老妓女通过神秘的苏菲教派,反正某个荒唐的组织,皈依了伊斯兰教。她与一帮嬉皮士在这里定居下来,生活在村旁一座废弃的房子里。人们借口报纸不再谈论,都当嬉皮士消失了。实际情况恰恰相反,他们的人数越来越多,随着失业率的上升而急剧增加,甚至可以说大量繁殖。我做了一次小小的调查……"布吕诺压低声音,"狡猾的是,他们让人称他们为'新农民',实际上他们什么也不干,只满足于领取救济金和山区农业补贴。"布吕诺诡秘地摇摇头，一口干了杯里的酒，再要一杯。他约了米歇尔在村里惟一的咖啡馆吉鲁见面。这家咖啡馆里有野猪明信片，镶在镜框里的鳟鱼照片和萨奥尔日滚球海报（其指导委员会成员就不少于十四个人），绝妙地显示出"打猎—捕鱼—自然—传统"的气氛，与布吕诺所斥责的新伍德斯托克[1]潮流正好相反。布吕诺小心翼翼地从文件夹里拿出一份传单，其标题是《与布里加的羊群休戚与共！》。"这是我昨天夜里打出来的，"他低声说，"我昨天与牧民们讨论过。他们都找不到出路啦，心里充满了仇恨，他们的羊群全被吃光了。这是生态学家和梅康图尔国家公园造成的。他们重新引进了狼，成群的狼。这些狼吃羊！"他的声音一下子提高了，突然嚎啕大哭起来。布吕诺在给米歇尔的信中，告诉米歇尔他重新住进维利埃-勒布伊松精神病诊所去生活了，可能是永久性的。看来，诊所是偶然让他出来一次。

"就是说，我们的母亲正在死去……"米歇尔打断他，终于忧心忡忡地提到事情本身。

"绝对是这样！阿格德角也一样，据说他们禁止大家去沙丘地段。这个决定是在海岸保护协会的压力下做出的，而这个协会完全控制在生态学家手里。其实谁也不会做坏事，大家参加

---

[1] 1969年举办的伍德斯托克音乐节提倡和平与音乐，是流行音乐史上的重要事件。

放荡聚会都挺斯文的，只不过似乎会惊扰燕鸥。燕鸥是麻雀的一个变种。麻雀真该打屁股！"布吕诺兴奋起来，"他们想阻止我们放荡聚会，阻止我们吃羊奶酪。这是一些真正的纳粹分子。社会主义者是帮凶。他们反对羊，因为羊是右派，而狼是左派。然而狼像德国牧羊犬，是极右派。到底可以相信谁呢？"他阴郁地摇着头。

"你在尼斯住在哪家旅馆？"他突然问道。

"温莎。"

"为什么住温莎？"布吕诺紧张起来，"你现在喜欢豪华了吗？你到底怎么回事？就个人而言（他说话一字一顿，越来越有力），我始终是美居酒店的忠实用户！你是否至少费心打听过？你是否知道美居的'天使湾'会根据季节减价？在淡季，一个房间是三百三十法郎。二星级旅馆的价格！舒适程度笃定是三星级，可以看见英国人漫步大道，餐饮部二十四小时营业！"现在布吕诺几乎在喊叫了。尽管这位顾客的表现有点古怪，老板吉鲁（他是姓吉鲁吗？可能吧）还是认真地听着。钱的问题以及性价比的问题，总是很令人感兴趣的。这也是人的一大特点。

"瞧，杜孔来了！"布吕诺指着刚进入咖啡馆的一个年轻人，高兴地说道，情绪完全变了。那年轻人大约二十二岁，穿军装，里面一件绿色和平组织的圆领衫，肤色发暗，黝黑的头发编成一条条小辫子，总之他追求拉斯塔法里运动[1]的时尚。"你好，杜孔。"布吕诺热情地说，"我介绍你认识我弟弟。咱们这就去看老太婆吗？"对方只点点头，一声不吭。他显然出于某种原因，对挑衅决计采取不理睬的态度。

出了村，道路沿山侧的缓坡而上，朝意大利方向延伸。他们翻过一座高丘，到了一条开阔的山谷里，山谷两旁木林葱茏；十来公里以外就是国境线。朝东望，映入眼帘的是几座雪峰。十足的荒野景色显得广袤而宁静。"医生又来过了，"黑人嬉皮士介绍道，"她不能挪动，总之没有任何办法啦。这是自然规律……"他神情严肃地说。"你相信这种说法？"布吕诺嘲笑道，"你听过这种无稽之谈？'自然'，他们嘴边只挂着这个词。现在她病了，他们就迫不及待看到她死，就像盼望一头野兽掉进洞里。她是我母亲呀，杜孔！"他振振有词地说道，"你注意到她的气色吗？其他人的气色也一样，甚至更差。他们都讨厌透顶。"

"这个地方景色倒挺美……"米歇尔心不在焉地说道。

那座房子宽大、低矮，由粗石建成，顶上盖的是板石，位于一泓山泉旁边。进屋之前，米歇尔从口袋里掏出微型佳能傻瓜相机（38—105mm可伸缩变焦距镜头，在弗纳克联锁商店卖

---

[1] 1930年在牙买加兴起的黑人基督教宗教运动。

一千两百九十法郎一架）。他的身体转了一圈，对了很长时间才按下快门，然后跟上其他人。

正房里除了黑人嬉皮士，还有一个辨认不清的人，头发像荷兰女人一样是浅黄色，坐在壁炉边织披风；还有一个年龄大一些的嬉皮士，一头长发呈灰色，山羊胡子也是灰色的，有一张聪明的山羊般的尖脸。"她在那里……"黑人嬉皮士说着撩起钉在墙上的一块布，把他们领进隔壁房间里。

那个蜷缩在床里边的灰不溜丢的人，米歇尔自然是很关心地打量的。在他们进入房间时，她的目光始终伴随着他们。不管怎么说，这是他第二次见到自己的母亲，而且从一切迹象看来，也是最后一次了。头一眼他就吃了一惊：他母亲瘦得不像样子了，颧骨高耸，双臂扭曲，脸呈深褐色，呼吸困难，显然到了最后的极限，但鹰钩鼻子上面一对又大又白的眼睛在昏暗中闪闪发光。米歇尔小心翼翼地走近那躺着的人形。"别害怕，"布吕诺说，"她说不了话啦。"她也许不能说话了，但神志显然很清醒。她认出他了吗？也许没认出来，也许误认为是他父亲了。这是可能的。米歇尔知道，他与他父亲在这个年龄时样子非常相像。不管怎样，不管怎么说，某些人在你的一生中起着根本的作用，使你的一生完全跨进一个新的阶段，确确实实地把它一分为二。后来改名为雅娜的雅妮娜一生，就分米歇尔父亲之前和之后两个时期。在遇到他之前，她只不过是一个放荡而野性的资产阶级女性；遇到他之后，她的生活就是另一码事了,明显地更具灾难性了。况且,"遇到"一词只不过是一种说法,其实根本谈不上遇到。他们交配了,生了孩子,如此而已。马克·杰任斯基内心的秘密,她不了解,连接近都谈不上。此时此刻她是否在想,她多灾多难的一生何处了结呢?这一点也不荒唐可笑。布吕诺重重地落座床边的一张椅子上。"你只不过是个老娼妓……"他用教训的口气说,"你该死。"米歇尔在他对面床头坐下,点燃一支烟。"你希望被火化?"布吕诺激烈地说,"好极了,你将被火化。我把你烧剩的东西放进一个罐子里,每天早晨醒来时往你的骨灰上撒尿。"他心满意足地摇晃着脑袋。雅娜喉咙发出嘶哑的响声。这时,黑人嬉皮士又出现了。"你们想喝点什么吗?"他冷冰冰地大声问道。"当然,伙计!"布吕诺高声答道,"这还要问吗?开一瓶来,杜孔!"小伙子退出去,拿了一瓶威士忌和两个酒杯进来。布吕诺把杯子斟得满满的,一口喝了头一杯。"原谅他吧,他心里不好受……"米歇尔用几乎听不见的声音说道。"不错,"他的同母异父兄弟肯定道,"让我们在这里伤心吧,杜孔。"他饮尽一杯,咂咂舌头,又斟满一杯。"那些同性恋者都小心提防着我们呢。"他指出,"她把自己所有的一切都留给了他们,而他们都非常清楚,儿女们对遗产拥有不可剥夺的权利。如果我们对遗嘱提出质疑,一定能打赢官司。"米歇尔沉默不语,他不想讨论这个问题。出现了一阵相当明显的沉默,旁边屋子里也没有说话,只听见垂死者沙哑而微弱的喘息声。

"她希望永葆青春。就这么回事……"米歇尔用厌倦而宽容的口气说道,"她希望与年轻人交往,但绝不想与她的孩子们交往,因为她的孩子们会使她想起她属于老一辈人。这不难解释,也不难理解。我现在想走了。你相信她不久就会死吗?"

布吕诺耸耸肩,表示他不知道。米歇尔起身走到隔壁房间里。那里现在只剩下灰发嬉皮士一个人,正忙着削维持生活的胡萝卜。布吕诺试图盘问他,弄清医生到底说了什么。但那个生活在社会边缘的老头提供的情况,不是模棱两可,就是驴唇不对马嘴。"这是个光彩照人的女人,"他手里捏着胡萝卜强调道,"我们相信她准备死了,因为她已达到相当先进的思想水平。"他这话是什么意思?没有必要去细究。很明显,这个老糊涂虫并不真正在说话,而只满足于嘴里发出声音。米歇尔不耐烦地回转身来,又走到布吕诺身边。"这些愚蠢的嬉皮士,"他重新坐下说道,"他们仍然相信宗教是一种建立于默祷、精神追求等等之上的个人行为,而根本无法明白这相反纯粹是一种社会行为,是建立在礼仪、准则和仪式等规矩之上的社会行为。照奥古斯特·孔德的说法,宗教的惟一作用,就是引导人类达到完全团结的状态。"

"你自己就是奥古斯特·孔德吧。"布吕诺怒气冲冲说道,"从人们不相信永生那一刻起,就再也没有什么宗教可言。如果没有宗教就不可能有社会,正如你所认为的那样,那么也就没有什么社会可言。你令我想起那些社会学家,他们认为青春崇拜是50年代产生的一种短暂的时尚，于80年代达到极致。而实际上，人从来就对死亡怀着恐惧，一想到自己会消失，甚至想到自己会衰弱，人从来都诚惶诚恐。人世间的所有财富，肉体的青春无疑是最珍贵的。如今我们只相信人间的财富了。圣保罗坦率地讲过：'如果基督没有复活，我们的信仰毫无价值。'基督没有复活，在与死亡的斗争中他输了。我有一个关于天堂的电影脚本，主题是新耶路撒冷。故事发生在一个岛上，那里居住的全是赤身裸体的女人和个子小小的狗。由于一次生物灾难，男人和几乎全部动物都消失了。时间停止流逝，气候不再变化，永远温暖如春，树上一年到头结满果实。女人总是青春妙龄，花容月貌，小狗总是欢蹦乱跳，活泼可爱。女人经常沐浴，相互抚摩，小狗在她们身边玩耍嬉戏。有多种颜色、多种品种的小狗：有鬈毛狗、狐狸狗、布鲁塞尔长鬈毛狗、西施狗、骑士查理王猎狗、约克郡狗、鬈毛狮子狗、西高地白㹴、猎兔狗等。惟一的一只大狗是拉布拉多猎狗，听话而温顺，对其他狗扮演顾问的角色。男人存在的惟一迹象是一盒录像带，录的是爱德华·巴拉杜讲话的节选；这盒录像带对某些女人和大部分狗有镇静作用。还有一盒《动物的生活》的录像带，是由克洛德·达尔热解说的，从来没人看，而是作为往昔野蛮时代的回忆和证据。"

"就是说他们让你写作。"米歇尔低声说，他并不感到吃惊，"大部分精神病科医生对自己的病人乱涂乱写挺高兴，并非因为这有什么治疗作用，而是他们觉得这总可以使他们专注于一件事情，总比拿剃须刀片拉破自己的手腕子要好吧。"

"不过在这个岛上也会发生小小的意外事故。"布吕诺激动地说，"例如有一天，一只小狗在海里游水游得太远了。幸好它的女主人发现它游得很吃力，跳上一条小船，全力划过去，刚好赶上把它救上来。可怜的小狗喝了很多水，昏了过去，大家还以为它死定了呢，它的女主人用人工呼吸使它活了过来。事情结局不错，小狗又欢蹦乱跳了。"布吕诺突然沉默不语了。现在他看上去平静下来了，甚至有点心醉神迷的样子。米歇尔看了看手表，又扫一眼四周。他母亲无声无息。快中午十二点钟了。氛围异常安静。他站起来，回到厅堂里。灰发嬉皮士不见了，把胡萝卜撂在地上。米歇尔斟了一杯啤酒，走到窗前。举目眺望，数公里冷杉覆盖的山坡尽收眼底。雪峰之间，远方隐约可见一个湖泊蓝色的反光。空气温煦而芳香，这是一个春光明媚的上午。

他伫立在那里，不知待了多长时间。他的注意力脱离了肉体，在峰峦之间平静地漂浮，突然一声嚎叫首先把他唤回到现实。他花了好几秒钟重新聚拢自己的听觉，这才快步向卧室走去。布吕诺仍然坐在床边，扯开嗓门唱着：

他们来了，都在那里，

等他们听到这声叫喊，

她就死啦，啦啦啦，妈妈啊……

冒失；冒失，轻狂，小丑一样，这就是男人。布吕诺站起来，更大声唱下面这节歌：

他们来了，都在那里，

甚至意大利南方的人，

甚至可诅咒的儿子吉奥吉奥，

带着充满不啦啊啊的礼物……

在紧接演唱后的沉默中，大家清楚地听见一只苍蝇在房里的空中飞过，落在雅娜脸上。双翅类昆虫的特点，就是只有一对膜翅插在第二节胸环上，一对平衡翅（用于保持飞行中的平衡）插在第三节胸环上，还有带针刺或吸管的嘴。看到那只苍蝇在垂死者眼睛上乱爬，米歇尔起了疑心。他走近雅娜，不过没有碰她，只打量她一会儿，说道："我想她已经死了。"

医生毫无困难地证实了这个判断。陪同医生来的有乡公所的一位职员，这就生出了一些问题。他们希望把遗体运往何处呢？或许运进家族的一个地下墓穴？米歇尔丝毫没有这种愿望，他已经精疲力竭，不知所措。如果他们善于发展富有热情和亲情的家族关系，他们也就不必来到这里，在乡公所的职员面前丢脸了,尽管这位职员还是彬彬有礼的。布吕诺对眼前的情况完全不关心,他已经开始在便携游戏机上玩游戏了。"那么……"职员又说,"我们可建议萨奥尔日公墓向你们转让一块坟地。这对你们去扫墓是远了点儿,尤其如果你们不是本地人的话。但对于运送灵柩,显然是再方便不过了。今天下午就可以安葬,现在这个时候不至于太拥挤。我估计下葬许可证不会有问题……""没有任何问题!"医生有点过分热情地说道,"表格我都带来了……"他露出愉快的笑容,挥动着一小沓纸。"该死,我输了……"布吕诺低声说道,他的游戏机奏出了欢快的轻音乐。"克雷芒先生也同意下葬吗?"职员拼命提高嗓门问道。布吕诺霍地站起来:"绝不同意!我母亲希望火化。她非常看重这一点。"职员脸一沉。"萨奥尔日没有火化设备。那是一种很专门的设备,从需求量来讲这里并不需要。不,这的确很困难。""这可是我母亲的遗愿……"布吕诺郑重其事地说。一阵沉默。乡公所职员脑子转得飞快。"尼斯倒是有一个火葬场……"他吞吞吐吐说道,"来回运送也可以考虑,如果你们还是同意安葬在本乡的话。当然,费用由你们负担。"谁也不答话。"我去打个电话……"职员接着说,"该了解一次火化要多少时间。"他查了查电话号码本,掏出手机,开始拨号码,这时布吕诺又开腔了:"拉倒吧。"他大大地挥了一下手,"我们就把她埋在这里。她的遗愿,管它呢!钱你付!"他最后权威地冲米歇尔说道。米歇尔二话没说,掏出支票簿。问明一块坟地转让三十年的价钱。"这是一个好的选择。"乡公所职员肯定说,"一块坟地租用三十年,有的是时间来看看嘛。"

公墓位于村子上面一百来米的地方。两个穿蓝色工装的人抬棺材。他们选择了存放于某个乡政府房间里的白杉木做的样品棺材。萨奥尔日的殡仪服务似乎组织得很出色。这是下午行将结束的时候,但阳光还挺温煦,布吕诺和米歇尔并排走在两个抬棺人后面几步远的地方。灰发嬉皮士走在他们旁边,他坚持要把雅娜送到她最后的居所。道路多石,坎坷不平,这大概有某种象征意义。一只猛禽,大概是一只秃鹫,在半空盘旋。"这大概是一个多蛇的偏僻地方。"布吕诺推测道,说着捡了块尖尖的石头在手里。仿佛是为了证实他的话,接近墓园的拐弯处,果然出现了一条蝰蛇,在两丛灌木之间沿着围墙爬行。布吕诺瞄准了,狠狠将石头掷过去。石头在围墙上碰碎了,只差一点点没打中那条蛇。

"蛇在自然界有它们的位置……"灰发嬉皮士有些严肃地指出。

"自然界!伙计,我要往它头上撒尿,往它嘴里拉屎!"布吕诺又怒不可遏了,"他妈的自然界,屁自然界。"他还独自恶狠狠地嘀咕了几分钟。然而在将遗体下到墓穴时,他表现得还算得体,只是发出各种嘀咕声同时摇头晃脑,仿佛这一件事使他产生了一种新奇的但还很模糊,无法明确表达出来的想法。

仪式结束后,米歇尔给两个抬棺人一笔可观的小费——他以为这是当地的习俗。他还有一刻钟去赶火车;布吕诺决定与他同时离开。

他们在尼斯火车站月台上分手。这次分别就永远不会再见面,不过当时他们还不知道。

"在那家诊所里还好吗?"米歇尔问道。

"唔,还好,悠闲自得的地方,我精力充沛。"布吕诺露出狡黠的微笑,"我不打算立刻回诊所,我有一夜自由支配的时间,打算去一家窑子酒吧,这类酒吧在尼斯多的是。"他前额紧蹙,脸色阴沉下来。"精力充沛我也完全硬不起来啦,不过没关系,我还是喜欢这个。"

米歇尔心不在焉地点点头,进了车厢。他订了一张卧铺。

第三部 情感无限

1

回到巴黎，他收到德斯普莱辛的一封信。根据法国国家科学研究中心内部章程第六十六条规定，他应该在到期两个月之前，请求恢复或延长他的离职期限。信写得彬彬有礼，又富幽默感，德斯普莱辛嘲笑行政的条条框框。不过期限已超过三个星期。米歇尔把信往写字台上一撂，心里十分犹豫。一年来他自行制定研究范围，可是取得了什么成果呢？说到底，几乎什么成果也没有。他打开电脑，反感地注意到，他的电子邮箱新增了八十页，然而，他才离开两天。其中一份电子邮件是帕莱佐生物分子研究所发来的。接替他的那位同事开始了一项关于线粒体脱氧核糖核酸的研究计划。与核脱氧核糖核酸相反，线粒体脱氧核糖核酸似乎没有修复被自由基攻击破坏的密码的机制。实际上这并不令人感到意外。来自俄亥俄大学的一份电子邮件更有意思。他们通过对酵母属的研究，已经证明通过性渠道繁殖的品种比无性繁殖的品种进化要慢一些。因此，在这种情况下，随机变化比自然选择显得更有效。试验的思路是挺有意思的，它清楚地驳斥了传统的假设，即性繁殖是进化的原动力。但不管怎么说，这不过是一件轶闻趣事罢了。一旦遗传密码得到彻底破译（这已是指日可待的事），人类就能够控制自己的生物进化；性将显示其本质：一种无用、危险、退化的功能。但是，即使能预测到种种变化的出现，甚至能推算出它们潜在的有害作用，目前也根本不可能阐明其决定论，因此根本不可能赋予它们某种确定的、实用的意义。现在很明显，应该朝这个方向进行研究。

搬掉了书架上的资料和书籍之后，德斯普莱辛的办公室显得很宽敞。"唔是的……"他脸上隐隐露出微笑，说道，"这个月底我就退休了。"米歇尔目瞪口呆。我们与人交往了数年，甚至数十年，渐渐习惯了避而不谈种种个人问题，种种其实很重要的话题，但总是抱着希望，以后会遇到更合适的气氛，能够适当地谈谈这些话题，这些问题。这种前景总是无限期地往后推，企盼着一种更富人情味、更完整的交谈方式。但企盼绝不会完全消失，原因很简单：任何人情交往都不可能囿于狭隘而僵化的范围。因此，一次"真正而深刻的"交谈前景始终存在。它存在数年，甚至数十年，直到一次最终的、突然的变故（往往是死亡方面的）使你明白太迟了，这次你所憧憬的"真正而深刻的"交谈，像其他一些交谈一样，不可能进行啦。在米歇尔十五年的专业生涯中，德斯普莱辛是他惟一希望建立某种联系的人，这种联系超越简单的偶然相处，超越纯功利的、非常无聊的范畴，而这是办公室生活的天然氛围。可是，他没有成功。米歇尔看一眼堆放在地板上装满书的纸箱子。"我看咱们最好还是去什么地方喝一瓶。"德斯普莱辛建议道，他这个建议中肯地概括了此时的气氛。

他们沿着奥塞博物馆走去，在19世纪餐馆露天座找张桌子坐下。邻桌五六个意大利游客在一个劲地叽里哇啦，像一群天真纯朴的鸡鸭。米歇尔要了一瓶啤酒，德斯普莱辛要了一杯不加冰的威士忌。

"现在你打算做什么？"

"不知道……"德斯普莱辛的神态的确是不知道，"旅行……可能搞点性旅游。"他露出微笑；他微笑时那张脸仍很有魅力，一种失去吸引力的魅力。的确，我们面对的显然是一个被毁了的人，但那仍然不失为一种真正的魅力。"我是开玩笑的……实际上我对性已经根本不感兴趣。求知，是的，还剩下求知的欲望……很少人有这种欲望，你知道，甚至在研究人员之中，大部分只满足于干出成就，很快就脱离本行转向行政方向发展。然而在人类历史上这是非常重要的。我们可以想象出一个寓言。在这个寓言里，一小群人，充其量几百人，在地球表面顽强地从事着一项很困难、很抽象、外行人绝对无法理解的活动。这些人永远不被其他人所了解，他们与权力、财富、荣誉无缘,甚至没有人能理解他们的小小活动给他们带来的乐趣。然而他们是世界上最强大的力量,这原因很简单又很不起眼:他们掌握着理性信念的钥匙。一切他们宣称是真的东西,迟早会被所有人承认是真的。任何经济、政治、社会、宗教的力量,都不能面对明确的理性信念。可以说,西方超乎寻常地关心哲学和政治,围绕哲学和政治问题吵得完全失去理智;也可以说,西方酷爱文学和艺术。可是实际上,在西方的历史上任何东西都没有对理性信念的需要这么重要。为了这种理性信念的需要,西方可能最终牺牲一切:它的宗教、幸福和希望,归根到底它的生活。当人们想对西方文明作出总体评价的时候,不能忘了这一点。"德斯普莱辛不往下说了,现出沉思的样子。他的目光在餐桌间移动片刻,然后,落在他的酒杯上。

"我还记得我十六岁时认识的一个中学一年级的男孩子。那是一个很复杂,很焦虑不安的男孩。他来自富裕家庭,更恰当地说是一个传统主义家庭,再说他完全赞同他那个阶层的价值观。一天在一次讨论中他对我说:'决定一个宗教价值的,是这个宗教所能允许建立的道德素质。'我哑口无言,又惊奇又赞赏。我始终不知道这个结论是否是他自己做出的,抑或他是在书里找到的这个论点。总之,这句话给我留下了非常深刻的印象。这个问题我思考了四十年,今天我认为他错了。我认为不能站在纯道德的立场上来看待宗教问题。康德断言,对人类的救世主本人，也应该根据伦理学的普遍标准来加以评价。他是对的。但是我最终认为，宗教首先是试图解释世界。而任何解释世界的企图一旦遇到我们理性信念的需要，就站不住脚了。数学的论证、实验的方法，是人类良智的最终成果。我知道事实似乎与我所说的相反，我知道伊斯兰教——远不是所有宗教中最愚昧、最虚伪、最蒙昧主义的——目前似乎正在占领地盘。这只是一种表面的、暂时的现象。"

米歇尔抬起头。他刚才听得很专注。他压根儿就没想到德斯普莱辛对这类问题感兴趣。德斯普莱辛犹豫片刻，接着又说道：

"中学毕业会考之后我就再也没有见到过菲力普，听说他几年以后就自杀了。总之，我不认为这有什么联系：同时是同性恋者、完整派和保皇派天主教徒，这无论如何不会是一种很简单的混合吧。"

米歇尔此刻才意识到，他自己实际上从来不曾受到这类真正的宗教问题困扰。然而，长期以来他知道，唯物论的形而上学，在消灭了以前各世纪的宗教信仰之后，它本身又被物理学上更新的突出成果摧毁了。他感到奇怪的是，他本人以及他所认识的任何物理学家，从来没有对此抱有任何怀疑和精神上的不安。

"就个人而言，"他在意识到这一点的同时说道，"我觉得我应该坚持以事实为基础的实证主义。一般来讲这也是研究者们所坚持的。事实存在着，它们由种种规律联系在一起，因果概念并不科学。世界就是我们对它认知的总和。"

"我不再是研究者，"德斯普莱辛以充满魅力的爽直态度说道，"大概就是因为这样，我才在晚年受到这类形而上学问题的困扰吧。当然你是对的。应该继续研究，实验，发现新的规律，其他一切根本不重要。还记得帕斯卡尔这段话吧：'大体上应该说：这是由形体和运动构成的，因为这是真实的，但要说是怎样的并且去构造机器，那就可笑了，因为这是无用的，不确定的，而且很难做到。'当然，较之笛卡儿他又一次是对的。总之……你已经决定干什么了吗？是因为……（他摇摇头表示歉意）期限问题。"

"是的。我需要获得任命，去爱尔兰高威遗传研究中心工作。我需要在足够稳定的条件和温度下，迅速安装起简单的试验设备，还需要一整套好的放射性标记物。我尤其需要有一台大功率的计算机，我记得他们有两台并联的克雷牌。"

"你有了新的研究方向？"德斯普莱辛的语气流露出一丝兴奋；他觉察出自己微微一笑，似在自嘲。"求知的欲望……"他轻声说。

"照我的看法，错就错在企图仅仅从天然脱氧核糖核酸做起。脱氧核糖核酸是一种复杂的分子，有点盲目演变，其中有一些没有道理的多余部分，有长长的没有编码的序列，总之什么都有一点。如果真正想测定一般演变的条件，就应该从更简单的自动遗传分子入手，最多加几百个键。"

德斯普莱辛摇晃着脑袋，两眼闪闪发光，再也不掩饰自己的兴奋情绪。几个意大利旅游者走了，现在除了他们，咖啡馆里已没有顾客。

"这肯定是很漫长的。"米歇尔接着说，"首先根本无法区分不稳定的形状。但是，应该有一些与亚原子相适应的结构性稳定条件。如果能够计算出一个稳定的形状，即使是在几百个原子之上，那就仅仅是处理效能问题了……总之我可能正在取得一点进展。"

"不一定……"德斯普莱辛现在声音拖得长长的，充满沉思的意味，正如一个人隐约看见非常遥远的前景，看见未曾见过的、幽灵般的思想形状。

"我需要完全独立的工作环境，独立于研究中心论资排辈的体系之外。有些事物纯属假设，解释起来太啰嗦，太困难。"

"当然。我打算给瓦柯特写封信，研究中心是他领导的。这个人不错，他会让你安静工作的。再说，我想你已经与他们共过事？是一个关于奶牛的问题。"

"是的，一件很小的事情。"

"别担心。我要退休了……（这回他的微笑略带伤感），但这件事我还有权力做。在行政上你将处于超脱地位，可以一年一年延期，你希望延期多长时间就多长时间。不管我的继任者是谁,这项措施都绝无改变的可能。"

他们在过了王家桥稍远的地方分手。德斯普莱辛向米歇尔伸出手。他没有儿子。他的性爱好使他不可能有儿子。他一直觉得,形婚的念头是可笑的。在与米歇尔握手的片刻间,他觉得自己现在的生活方式更高级,尔后又觉得自己已非常劳累;便转过身,顺着河堤沿着旧书摊走去。米歇尔在那里伫立一两分钟,目送这个人在越来越暗的暮色中离去。

2

米歇尔第二天傍晚在安娜贝尔家吃晚饭,清楚、概括、简明地向她说明他为什么要去爱尔兰。现在对他来讲,要完成的计划已经确定,一切都明确地联系在一起。关键是不要把精力全部集中在脱氧核糖核酸上,而要将整个活物作为可自动繁殖的系统加以考虑。

一开始,安娜贝尔没作声,只是嘴唇情不自禁地微微抽动了一下。然后她又为米歇尔斟上酒。这天晚餐她烧了鱼,她的单间公寓比任何时候都更令人联想起船舱。

"你没有准备带我走……"安娜贝尔的话在寂静中震耳欲聋;寂静在延长。"你连想都没想过……"她说话口气像孩子般赌气,表明她感到意外。接着她就嚎啕大哭起来。米歇尔一动不动;此时他如果动一下,她一定会把他推开。只有让人家哭去,除此没有别的办法。"可是我们在十二岁的时候相处得挺好……"她泪汪汪地说道。

安娜贝尔抬起眼睛看着米歇尔。米歇尔的脸显得纯洁,非常美。她不假思索地说："你让我生个孩子吧。我身边需要有个人。你不一定要抚养他，也不一定要关心他，你也不需要承认他。我不要求你爱他，也不要求你爱我。你只要让我生个孩子就成了。我知道我四十岁了，管他呢，我愿意冒这个风险。现在这是我最后的机会啦。有时我后悔不该做人工流产。可是，头一个让我怀孕的男人是个下流坯，第二个是个不负责任的家伙。在十七岁的时候我压根儿没有想到生命如此短暂，各种可能性如此有限。"

米歇尔点燃一支烟，思考起来。"这真是一种怪想法。"他喃喃低语，"不热爱生活却还要繁殖，真是个怪想法。"安娜贝尔站起来，一件一件脱掉衣服。"无论如何我们做回爱吧。"她说道，"至少有一个月我们没做了。两周前我就停止服避孕药了。今天我正处在易受孕期。"她把双手搁在腹部，往上移动到乳房，微微叉开大腿。她美丽，诱人，可爱。米歇尔为什么一点感觉也没有呢？这无法解释。他又点燃一支烟，突然感觉到思考根本无济于事。生一个孩子或者不生，并不属于理性决定的范畴，并不属于一个人可以理性地做出决定的范围。他将烟头在烟灰缸里摁灭，低声说道："我同意。"

安娜贝尔帮他脱衣服，轻柔地为他手淫，米歇尔并没有太大的感觉，他突然意识到交配姿势的几何构图，他很快就不再动了。安娜贝尔将自己的嘴唇贴在他的嘴唇上，伸开双臂搂住他。米歇尔更明显地感到自己在就要射精前的一刹那间，他脑海里异常清晰地浮现出配子融合的情景，是在最初的细胞分裂之后立即发生的。那仿佛是一种向前的流泻，一次小小的自杀。一种意识之波顺着他的阴茎上升，他感觉到自己的精液射了出来。安娜贝尔也感觉到了，长长吐了口气。他们都不动了。

"你应该在一个月前来做一次涂片检查……"妇科医生不耐烦地说道，"不仅不来做检查，你还停服了避孕药，又怀了孕。你不再是个女孩子了嘛!"诊室里的空气凉飕飕，有点黏乎乎的;出来后见到外面6月的阳光，安娜贝尔有点惊喜。

第二天她挂了电话。细胞化验显示"相当严重"的异常。需要做活组织检查和刮宫术。"眼下当然最好放弃妊娠。做事情要建立在好的基础上，不是吗?"医生并不显得不安，只是有点厌烦。

因此，安娜贝尔做了第三次流产。胎儿只有两个星期，很快就吸出来了。在她上次手术之后，设备有了长足改进，整个手术不到十分钟就做完了，大大出乎她的意料。化验要三天以后才有结果。医生显得年纪很大，内行而忧郁。"不幸的是，我想没有任何疑问:你得了子宫癌，处于扩散前期。"他扶了扶鼻梁上的眼镜，重新审查一遍病历，那种内行的印象显著增加了。他实际上并不感到吃惊。妇女往往是在绝经之前的年龄段患上子宫癌，而没生过孩子大大增加了这种危险。治疗手段众所周知，在这一点上没有任何疑问。"必须施行腹腔子宫切除术和两侧输卵管-卵巢切除术。这类手术的操作现在已掌握得很好，病情变复杂的风险几乎不存在。"医生看安娜贝尔一眼。糟糕的是，她毫无反应，完全是一副目瞪口呆的样子。这可能是一次发疯的前兆。医生被告诫要引导病人进行辅助性心理治疗——他准备了一张小小的写有地址的单子——尤其是强调"思想要坚强"，因为不能再生孩子绝不意味着不能再过性生活；相反，有些患者的性欲还明显增强了。

"那么，要切掉我的子宫……"安娜贝尔有点不相信地说道。

"子宫、卵巢和输卵管。为了避免任何扩散的危险。我给你开一个荷尔蒙代替疗法的处方，这种处方现在越来越常用，甚至简单的绝经病例也用。"

安娜贝尔回到克雷西-昂布利父母家里。手术定在7月17日。米歇尔和她母亲陪她去莫市医院。她并不感到害怕。外科手术做了两个小时多一点。安娜贝尔第二天醒来时，从窗户里看见碧蓝的天空和在风中微微摇曳的树枝。她几乎没有什么感觉，很想看看自己下腹部的伤口，但不敢对护士讲。认为自己还是原来那个女人，未免有些奇怪，她的生殖器官都被切除了。"切除"两个字在她的脑海里浮现了一会儿之后，被另一个更粗暴的形象取代了，"他们把我掏空啦，"她想道，"就像掏空一只母鸡一样。"

她一个星期后出院。米歇尔已写信通知瓦柯特他要推迟成行。经过一阵犹豫，他同意住到安娜贝尔家，住在她哥哥过去住的房间里。安娜贝尔发现，在她住院期间米歇尔与她母亲合得来了。自从米歇尔住过来之后，她哥哥也更乐于回来。实际上他们之间没有多少共同语言。米歇尔对小企业问题一窍不通；让-皮埃尔对于分子生物研究的发展所产生的问题完全是门外汉。然而，晚上围绕着开胃酒，两个人之间终于建立起一种男性的串通一气，尽管部分是虚假的。安娜贝尔必须休息，尤其要避免搬重物。不过，现在她可以自己洗脸，正常用餐了。下午她坐在花园里，米歇尔和她母亲摘草莓或黄香李。这就像一个稀罕的假期，又仿佛回到了童年。感到阳光抚摩着她的面颊和胳膊。她通常待在那里什么也不做，有时也绣绣花，或者为侄子和几个侄女织一些长毛绒的小玩意儿。莫市的一个精神病科医生给她开了一些安眠药和剂量相当大的镇静剂。觉她睡得很多，所做的梦全都是愉快的、平静的。精神只要守舍，其力量是巨大的。在床上，米歇尔躺在她身旁，一只手搂住她的腰，感觉得到她的两胁在均匀地起伏。精神病科医生按时来看她，显得不安，嘀嘀咕咕，谈论"失去了对现实的牵挂"。安娜贝尔变得温和了，也有点古怪，常常无缘无故地笑，有时又突然眼里噙满泪水。这时她便加服一片氰美马嗪。

从第三个星期起，她可以外出了，去河边或附近树林子里作短距离散步。时值 8 月份,天气非常好,一天接一天,都一样的阳光灿烂,没有半点风雨欲来的迹象,也没有任何迹象预示末日的来临。米歇尔拉着她的手,他们在大莫兰河畔的一条石凳上坐下。岸边的野草焦枯了,几乎发白;在山毛榉的树阴下,碧绿的河水泛着波澜,不尽地流淌。外部的世界有其自身规律,这些规律无人道可言。

3

8月25日的检查化验显示出向腹腔转移的迹象，一般情况下会继续扩展，癌细胞在扩散。可以试一试放射疗法，说实在的这甚至是惟一可做的事情，不过毋庸讳言，这是一种笨拙的治疗方法，治愈率不超过百分之五十。

晚餐异常沉闷。"会把你治好的，我亲爱的小宝贝……"安娜贝尔的母亲声音有点颤抖地说。安娜贝尔搂住母亲的脖子，让自己的前额贴住母亲的前额；母女俩这样待了将近一分钟。母亲去睡觉之后，安娜贝尔没精打采地走进客厅，拿几本书翻阅着。米歇尔坐在一张沙发里，注视着她，"咱们可以再找别的医生看看……"沉默很长时间之后他说道。"是呀，可以。"安娜贝尔轻松地答道。

她不能做爱，伤口太新太痛，但她久久地拥抱着米歇尔。寂静中她听见米歇尔牙齿咬得咯咯响。有时，她把手伸到米歇尔脸上，发现他满脸被泪水打湿了。她轻轻地抚摩他，这既刺激又镇静。他服一片醋异丙嗪，终于睡着了。

凌晨三点钟光景，安娜贝尔起了床，穿上一件睡袍，下到厨房里。她在橱柜里找出一个碗，上面刻有她的名字，那是她的教母在她十岁生日时送给她的。她把预备好的一管氟硝西泮小心地倒进碗里，加点水和糖。她没有任何感觉，只有一点非常一般性的、几乎是超感觉的忧伤。人生就是这样安排的，她想，她的身体里出了岔子，一种不可预料的、没有道理的岔子。现在她的肉体不再可能是幸福和快乐的源泉，相反它将渐渐地、事实上相当快地变成她自己和其他人的折磨和不幸的根源。因此，必须毁灭她的肉体。一座显得笨重的木制钟带着响声一秒一秒地走着。这钟是母亲从外婆那里继承来的，母亲结婚的时候就有了，是家里最古老的物件。她又往碗里加了点糖。她的态度远非是心甘情愿，人生对她就像一场恶作剧，一场无法接受的玩笑；可是，不能接受也罢，能够接受也罢，反正就是这样。在生病的这几个星期之间，她思想上出乎意料地产生了老年人常有的想法：她不愿意再成为其他人的负担。

她的一生，在少女时代快要结束时开始过得非常快，尔后有一段无聊时期，结束阶段重新又开始过得非常快。

将近黎明时分，米歇尔在床上翻了个身，才发现安娜贝尔不在身边。他穿上衣服，下得楼来，只见安娜贝尔一动不动地躺在客厅的长沙发上。在她旁边的桌子上，她留下一封遗书，开头一句话说："我宁愿死在我所爱的人中间。"

莫市医院急诊科主任三十岁左右，有一头棕色鬈发，一张开朗的脸，立刻给他们留下了非常好的印象。他说安娜贝尔醒来的可能性很小，他们可以待在她身边，他个人觉得没有什么不便。这种昏迷状态很奇怪，不多见。他几乎可以肯定，安娜贝尔完全不知道他们在她身旁。可是大脑始终显示出微弱的电流活动，那应该相当于思维活动，其性质绝对神秘莫测。医疗预断本身也靠不住，曾经有一些病例，病人深度昏迷几个星期，甚至几个月，却突然醒了过来。可惜的是，昏迷往往会突然转化为死亡。安娜贝尔才四十岁，至少可以肯定她的心脏经受得住。眼下也只能这么说啦。

曙光降临城市之上。安娜贝尔的哥哥坐在她身边，摇着头喃喃道："这不可能……不可能……"他不断重复着这句话，仿佛这句话有某种魔力。可是，这是可能的，一切都可能。一位女护士推着小推车从他们面前经过，小车上的血清瓶子碰得砰砰响。

过了一会儿，阳光驱散乌云，天空变得蔚蓝了。这将是晴好的一天，与前几天一样。安娜贝尔的母亲费劲地站起来。"最好休息一下……"她说道，尽量不让声音颤抖。她儿子也站了起来，晃动着胳膊，机器人一样跟在她后面。米歇尔摇摇头，不跟他们走。他一点也不感到疲劳。在随后片刻间，他感知到有个可以观察的世界神奇般地存在。在一条充满阳光的走廊里，他一个人坐在一张塑料编织的椅子上。医院的这一翼非常安静。远处一扇门不时打开，里面出来一位女护士，向另一条走廊走去。几层楼以下城里的声音十分模糊。在一种绝对超脱的思想状态下，他回顾每件事之间的联系，毁灭他们人生机制的不同阶段。一切显然都是注定的，清晰的，不容置疑的。一切都呈现在有限的过去那凝滞的明确之中。今天，一个十七岁的姑娘表现得如此纯贞，几乎是不可能的，如此看重爱情几乎更不可能。安娜贝尔少女时代至少已经过去了二十五年，世事发生了很大变化，如果相信杂志公布的民意测验的话，今天的女孩子变得更谨慎，更理性了。她们所考虑的首先是学业的成功，所争取的首先是确保不错的职业前途。与男孩子一块外出，只不过是一种闲暇时的活动，是大体上一半追求性快乐一半满足自我陶醉的消遣。尔后呢，她们就致力达成一桩深思熟虑的婚姻，其基础是社会、职业条件充分门当户对，并且有某种共同的兴趣。当然，这样她们就切断了一切幸福的可能性，因为幸福需要水乳交融，需要摒弃理性的功利主义，而她们希望能摆脱感情上和精神上的痛苦，前人受尽了这种痛苦的折磨。可是，这种希望很快破灭了，感情上的痛苦倒是消失了，无聊、空虚感以及等待衰老和死亡的焦虑却乘虚而入。所以安娜贝尔一生的第二阶段比第一阶段要忧郁、凄凉得多；第二阶段对她来讲大概完全是不堪回首的。

将近中午，米歇尔将病房门推开。安娜贝尔呼吸非常微弱，盖在她胸部的被单几乎纹丝不动。不过据医生讲，这已足够维持人体组织的氧合作用；如果呼吸继续变弱，就要考虑安装一台辅助呼吸机。现在病人肘部上面一点胳膊上插了一个输液针头，太阳穴上固定了电极，仅此而已。一线阳光透过洁白的被单，照亮安娜贝尔一绺浅色的秀发。她双眼紧闭的脸仅比平常苍白一点，显得非常平静。她似乎摆脱了一切恐惧，在米歇尔眼里从来没有显得这样幸福。不错，米歇尔总是倾向于混淆昏迷和幸福；尽管如此，在他看来安娜贝尔还是显得非常幸福。他抚摩她的头发，亲一下她的前额和温热的嘴唇。显然太迟了，但感觉还是不错。他在病房里一直待到傍晚。到了走廊里，他打开一本埃文斯-温兹博士编撰的佛教静修录的书（这本书他放在口袋里几个礼拜了，深红色封面的小开本书）。

愿所有东方的人，
愿所有西方的人，
愿所有北方的人，
愿所有南方的人，
幸福，永远幸福，
没有敌意地生活。

这不完全是他们的过错，米歇尔想，他们生活在一个艰难的世道，一个充满竞争、斗争、虚荣和暴力的世道；他们没有生活在一个和谐的世道。另一方面,他们也没做任何努力企图改变这个世道,没做任何努力使这个世道变得好一些。他想他应该让安娜贝尔生个孩子;他突然记起他让她怀了孩子,或者更确切地说,他让她开始怀上了孩子,至少他接受了这种前景。这种想法使他心里充满了巨大的快乐。他这才明白这几个星期来安娜贝尔那么平静、温柔的原因。现在他无能为力了,面对疾病和死亡的威力谁都无能为力。不过,至少在过去几个星期,安娜贝尔觉得她获得了爱。

> 如果有人实践爱的思想,
> 不沉沦于下流的行为;
> 如果有人割断情欲的羁绊,
> 将目光转向主的意图,
>
> 既然他能实践这种爱,
> 他将在婆罗门的天国获得新生,
> 他将很快得到拯救,
> 终将到达永恒的领地。
>
> 如果他不杀人也不想害人,
> 如果他不贬低别人抬高自己,
> 如果他实践广博的爱,

他死的时候就不会有恨的念头。

晚上,安娜贝尔的母亲来了。她来看看有什么新情况。没有,情况没有变化。深度昏迷状态可能是很稳定的,女护士耐心地告诉她,有时过了几个星期才能作出预断。母亲进到病房里看女儿,待了一分钟,就啜泣着出来了。"我真不懂,"她摇着头说,"我真不懂人生是怎么搞的。她是乖闺女,你知道。总是很亲热,不惹麻烦,也不抱怨,然而我知道她并不幸福。她没有过上她应该享受的生活。"

一小会儿后母亲就走了,显然很丧气。相当奇怪,米歇尔既不饿也不困。他在走廊里踱步,一直踱到楼下的大堂里。一个安的列斯人坐在接待处玩填字游戏。米歇尔向他点一下头,在自动售卖饮料机前取一杯热巧克力,走近玻璃幕墙。月亮在塔楼之间徘徊;有几辆汽车行驶在夏龙大街上。他有足够的医疗知识,知道安娜贝尔的生命只系于一息。她母亲说不懂是有道理的,人天生不肯接受死亡,无论自己死亡,还是其他人死亡。他走到门卫面前,问能否借给他一张纸。门卫有点意外,递给他一沓带有医院笺头的纸(正是这个笺头,后来帮助乌布泽雅克从他在克利夫登找到的一堆材料中辨认出了米歇尔写的这篇东西)。有些人疯狂地留恋生命,不甘心弃世而去,正如卢梭所说的。他已经感到,安娜贝尔不属于这种情况。

这个女孩为幸福而生，
她将心之宝捧给钟情的人，
她会为他人的生命献出自己的生命，
就在她那床笫的新生婴儿中间。

通过孩子们的呼喊，
通过世系的血缘，
她的梦想永远存在，
留下一道印痕
写在时间里，
写在空间

写在永远牺牲的
肉体里
写在山上，写在空气中，
写在河水里，
写在变幻的天空。

现在你在那里，
躺在垂死者的病榻上，
昏迷中那样平静
永远充满爱。

我们的肉体将变得冰冷，
只存在草丛里
我的安娜贝尔啊
那是个体生命的虚无

在人的形体下
我们很少爱
也许阳光和我们坟头的雨点
风和严寒
将结束我们的苦难。

4

安娜贝尔第三天去世了。对家人来讲这也许好一些。遇到有人去世，人们总是倾向于说这类蠢话。不过，那种不确定的状态久拖下去，她母亲和她哥哥的确难以承受。

在这座白色的钢筋水泥结构的楼房里，也就是在他祖母去世的这座楼房里，米歇尔第二次意识到虚无的威力。他穿过房间，走到安娜贝尔的遗体旁。这具遗体与他了解的那个身体是一样的，只是体温在慢慢消失。现在她的肉体几乎冰凉了。

有些人活到七十岁，甚至八十岁，心里在想总还有新奇事物，正如常言所道，奇遇就在街角呢。实际上最终不得不把他们杀死，或者使他们变成严重残废状态，以便让他们听从理智。但米歇尔·杰任斯基不属于这种情况。他作为人的一生，是孤单单在恒星的空间度过的。他促进知识进步。这是他的天职，是他寻求到的表达他的天赋的方式。可是爱情，他不曾体验过。安娜贝尔尽管容貌美丽，也不曾体验过爱情。现在她死了，她的遗体，今后不再有用，纯粹一个重物，停在半空的日光里。棺盖盖上了。

在遗书里，安娜贝尔要求把她火化。葬仪之前，他们在接待厅的休息室里喝了一杯咖啡。邻桌一个正在输液的茨冈人，与两个前来看望他的朋友谈论汽车。灯光很暗，天花板上难看的装饰中间一盏枝形吊灯像几个大木塞。

他们来到外面的阳光下。火葬楼距医院不远，属于同一个建筑群。火化炉是一个白色水泥立方体建筑，建在同样是白色的空地中央；强烈的反光十分刺眼。炽热的空气像无数小蛇在他们周围波动。

棺材固定在能推进炉膛的活动平台上。大家集体默哀半分钟，然后一位职员启动了整个装置。使平台移动的齿轮发出轻微的嘎吱声。通过耐热玻璃小窗可以观察里面焚烧的情况。当火焰喷出巨大的火舌时，米歇尔掉开了头。大约二十秒钟，他的视野范围内一直升腾着一片红焰。而后一切结束了。一位职员把骨灰收集起来，放进小匣子，一个白沙木六面体小匣子，交给安娜贝尔的哥哥。

他们慢慢开着车返回克雷西。阳光在市府路旁栗树的枝叶间闪烁。二十五年前，安娜贝尔和米歇尔放学后在这条路上遛达过。十四五个人聚集在安娜贝尔母亲的小楼前的花园里。二哥特意从美国赶回来，他瘦削，神经质，明显显得紧张，穿着有点过分漂亮。

安娜贝尔要求把她的骨灰撒在她父母的花园里。这一点也照做了。阳光的热力已开始减弱。那是一种粉末，一种几乎白色的粉末，犹如一袭轻纱，轻轻地落在玫瑰间的泥土上。这时远处传来平交道口的铃声。米歇尔记起他十五岁的时候，安娜贝尔下午常去火车站等他，扑进他的怀抱里。他看看土地、阳光和玫瑰，看看柔软的草地。真不可思议。在场的人都默默无语。安娜贝尔的母亲斟酒致谢，递给他一杯，注视着他的双眼说道："你可以待几天，米歇尔，如果你愿意的话。"不，他要走，他要去工作。别的他什么也不会做。他觉得天空横亘着一道道的光，这才发现自己正在落泪。

5

当飞机接近高不可测的苍穹,无际无涯的云幕高度,他觉得他的整个一生仿佛就是要达到这一时刻。紧接着的几秒钟,仍只看见辽阔的穹隆,随后是平展的云波,浩瀚无垠,交替着耀眼的白色和沉浊的白色。不久飞机进入一个中间地带,云涛汹涌,一派灰蒙,视野模糊不清。下面是人类世界,那里有草原、牲畜、树木;一切都碧绿,潮湿,历历在目。

瓦柯特在香农机场等待他。此人胖墩墩的,活泼好动,圆圆的秃顶,只剩四周一圈棕黄色头发。他驾驶着丰田斯塔莱特,奔驰在雾蒙蒙的牧场和丘陵间。研究中心建在高威略偏北的罗斯卡希尔乡境内。瓦柯特带他参观设施,向他介绍技术人员。这些人都供他支配,帮助他进行试验,为计算分子形状进行编程。所有设备都非常现代化,所有实验室都一尘不染。整个这一切都是由欧洲经济共同体的预算拨款的。在一个有冷气的房间里,米歇尔看了一眼两台克雷牌大功率计算机,那是两台塔式机器，控制板在幽暗中闪闪发光。它们的数百万个处理程序，随时准备纳入拉格朗日点、波函数、频谱分析、埃尔米特函数。今后他的生活就将在这个天地里展开。尽管他双臂抱在胸前，紧紧搂抱住自己，都无法驱散忧伤和内心发冷的感觉。瓦柯特在自动售卖饮料机前取一杯咖啡递给他。透过玻璃幕墙，看得见翠绿的山坡一路往下直插进科里布黝黯的湖水里。

他们沿着通往罗斯卡希尔的公路往下行驶，公路边的缓坡草地上，一群奶牛在吃草。它们都是浅褐色，挺好看，都比中等个头还小。"这些牛你认得出来吗？"瓦柯特微笑着问道，"是的……这是十年前你们培育成功的那批奶牛的后代。那时我们是一个很小的研究中心，设备相当简陋，你们帮了我们大忙。它们都很强壮，繁殖没有困难，产的是优质奶。愿意看看吗？"瓦柯特将车停在一条洼路上。米歇尔走近草地上石垒的围墙。奶牛静静地吃着青草，在同伴们的胁部蹭着头；有两三头躺在地上。支配这些牛的细胞复制的遗传密码是他创造的，至少是他改良的。对这些牛来讲，他就像造物主。然而对他的到来，它们似乎无动于衷。一片雾从山顶上飘下来，渐渐遮住牛群，他看不见它们了。于是回到汽车里。

瓦柯特坐在方向盘前抽着黑猫牌香烟。雨水盖住了挡风玻璃。他温和而谨慎地（这种谨慎似乎丝毫不意味着漠不关心）问米歇尔："你刚服过丧？"米歇尔便对他讲了安娜贝尔的经历和结局。瓦柯特倾听着，不时摇摇头或发出一声叹息。听完米歇尔的讲述，他沉默片刻，又掏出一支烟点燃又摁灭，说道："我的籍贯不是爱尔兰。我出生于剑桥。我似乎很具英国人气质。人们常说，英国人发扬了冷静、谨慎的优点，能够以幽默的方式看待生活中的各种变故，包括最悲惨的变故。这种说法相当确切，然而也愚不可及。幽默于事无补；归根到底幽默几乎毫无用处。人们可以在几年间，甚至在许多年间幽默地看待生活中的各种变故，在某些情况下人们实际上到最后都采取幽默的态度。可是，生活最终碾碎了你的心。无论你整个一生怎样发扬勇敢、冷静、幽默的优点，到头来你总免不了心碎。于是你就再也笑不出来了。归根结底只有孤独、冷淡和寂寞。归根结底只有死亡。"

他开动雨刮器，重新启动发动机。"这里许多人是天主教徒。"他又说道，"不过终于在改变了。爱尔兰正在现代化。成立了几家高科技企业，它们享有税收减免政策，本地区就有罗氏和礼来[1]。当然还有微软。这个国家的所有年轻人都梦想为微软工作。人们去做弥撒少了，性自由比几年前大了，有越来越多的迪斯科舞厅，越来越多的抗抑郁药。总之经典剧本……"

他们再次沿湖岸行驶。太阳从一片浓雾中露出来，在水面

---

[1] 这两家都是制药企业。

映出道道闪烁的虹彩。"不过,"瓦柯特继续说,"在这里天主教的势力依然很强大。例如本研究中心的大部分技术员都是天主教徒。这不利于我与他们的关系。他们正派,懂礼貌,可是有点把我当外人,一个不能真正交谈的人。"

太阳完全露出来了,形成一个圆圆的白圈;整个湖面呈现出来了,沐浴着阳光。地平线上,层峦叠嶂的十二峰山脉呈层层递减的灰色,犹如梦中的影片。快要进入高威前,瓦柯特又说道:"我是无神论者,但对这里的人信奉天主教能理解。这个国家有很特别的地方。一切都在不停地颤动,草原的草和水面一样颤动,一切都仿佛显示着某种存在。日光变幻而柔和,像是一种变化不定的物质。你会看到,天空也变化莫测。"

6

他在克利夫登附近租了一套房子,是在天堂路过去属于海岸警卫队的一座楼里;这座楼后来改为供旅游者住宿的出租屋。各个房间里的装饰物有纺车、煤油灯等,总之都是一些估计能使旅游者感到愉快的古旧物品。这倒没使他产生不适的感觉。在这套房子里像在整个生活里一样,从今以后他都感到自己像是住在旅馆了。

他丝毫没有再回法国的意愿,但最初几个星期不得不几次去巴黎,办理卖他那套房子的事宜和迁移账户的手续。每次都从香农乘十一点五十分的航班。飞机飞越大海,阳光仿佛把水面烤晒成了白热状态,波浪像一条条长虫,在宽阔的海面纠缠扭动。他知道在这层布满长虫的辽阔水面之下,软体动物在繁殖着自己的肉体;带细齿的鱼吞噬着软体动物,尔后又被更大的鱼吞噬。他常常睡着,做噩梦,醒来时,飞机已在原野上空飞行。在半睡半醒状态,他对原野单调的颜色感到吃惊。原野呈褐色,有时呈绿色,但总是暗淡无光。巴黎郊区也是一片灰色。飞机在下降,在这种生命——几百万跃动的生命的引力下,缓慢地、不可阻挡地下降。

从10月中旬开始,径直来自大西洋的浓雾就笼罩了克利夫登半岛。最后的游客都走了。天气并不冷,但一切都浸泡在温暖的深灰色之中。米歇尔很少外出。他带了三张有四十多G资料的DVD碟片,他不时打开笔记本电脑,观察一个分子的形状,然后往宽大的床上一躺,一包香烟放在伸手可及的地方。幕墙外面,浓重的雾在缓慢移动。

11月20日前后,天空变得清朗了,气候变得更干冷。他习惯于沿着海边的公路作长距离散步,超过戈特伦纳格和克诺卡瓦里,往往一直走到克拉达格杜夫,甚至走到奥格鲁角。这时他就处于欧洲最西端,亦即西方世界的顶端了。大西洋伸展在他面前,他隔着四千公里的洋面与美洲遥遥相望。

照乌布泽雅克的说法,在这两三个月孤独的思考期间,米歇尔什么也没做,没进行任何实验,没制定任何运算程序。但这两三个月应该视为一个关键时期,在这期间确立了他后来的思想的主要原则。1999年最后几个月,对所有西方人来讲,无论如何都是一个不寻常的时期,其标志是一种特别的期待和一种暗暗的反思。

1999年12月31日正逢星期五。在布吕诺应度过余生的维利埃-勒布伊松诊所,举行了一次小型联欢晚会,病人与医务人员相聚一堂。大家喝香槟酒,吃撒了辣椒粉的炸土豆片。餐后晚会上,布吕诺与一位女护士跳了舞。他并不感到不幸,药物是有效的,一切欲念都从他身上消失了。他喜欢下午吃点心,喜欢在晚餐前集体看电视里的游戏。对于未来的日子他已不抱任何期望。对他来讲,第二个千年的这最后一个晚上过得很好。

在世界各地的坟墓,新近死去的人继续在墓中腐烂,慢慢变成骷髅。

米歇尔是在自己家里度过这个夜晚的。他离得太远,听不见村子里举行晚会的回声。他的记忆里好几次闪过安娜贝尔温和而平静的形象,也好几次闪过他祖母的形象。

他记起自己十三四岁时买过手电筒,还有机械的小玩意儿,他喜欢不断拆了又安装。他还记起祖母送给他的一架带发动机的飞机,但他始终没能使它飞起来。那是一架漂亮的飞机,涂着土黄的伪装色,但最终呆在盒子里。意识的流动使他的存在还是带有某些个人特征。有一些人,有一些思想。思想不占有空间。人占有部分空间,我们能看得见。他们的形象映在晶状体上,通过透明膜,作用于视网膜。米歇尔一个人待在冷清的家里,过往的事件在他眼前一一掠过。整个晚上,惟一的一个信念渐渐充满了他的思想:不久他可以重新工作了。

在地球的表面，厌倦的、疲惫的、对自己和自己的历史抱着怀疑的人类，好歹在准备跨进新千年。

7

某些人说:
"我们建立的文明仍然脆弱,
我们几乎还没有走出黑暗。
对那些不幸的世纪
我们还带有敌视的印象;
让这一切埋葬岂不更好?"

叙述者起立,鼓足勇气,平静而坚定地
提醒道,他站起来提醒道:
"一场形而上的革命已经发生。"

正如基督徒能想象出古代文明,
能塑造出古代文明完整的形象,
而丝毫不受否定和怀疑的损伤,
因为他们跨越了一个阶段,

一个水平
他们越过了一个断裂点；

正如唯物主义时代的人们
能够参加重复基督教的礼仪，
虽然并不理解甚至没有真正见过；
他们读不懂出自古代基督教文化的作品，
又无法舍弃几乎是人类学[1]的前景，
他们的祖先因原罪和赦罪而摇摆不定，
群情激昂地展开的辩论，
他们不能理解；

今天我们能够听唯物主义时代的这个故事，
将之视为人类的一个古老的故事。
这是一个悲伤的故事，然而
我们并不真正悲伤，
因为我们不再像这些人。
生于他们的血肉和欲望，
我们抛弃了他们的种类和成分；
我们不知道他们的快乐，

---

[1] 此处指基督教《圣经》中关于人之始原、本性、命运等的人类学。

也不知道他们的痛苦，
我们无动于衷地
毫不费力地
摆脱了他们死亡的天地。

那些痛苦的世纪是我们继承的遗产，
今天我们可以将之从遗忘中拉出；
发生了犹如第二次造化的事情，
我们有权过我们的生活。

1905年—1915年期间，阿尔伯特·爱因斯坦几乎是单枪匹马工作，他所掌握的数学知识有限，却从最初的直觉即狭义相对论的原理出发，提出了一种广义的万有引力、空间和时间的理论。这种理论对后来的发展产生了决定性的影响。这种大胆的、单枪匹马的、照希尔伯特[1]的说法"为人类思想的荣誉"而做的努力，这种在没有明显用途的情况下、在研究者群体无法理解的时代所做的努力，可以与提出无限集合的康托尔[2]成果相提并论。乌布泽雅克在《克利夫登笔记》的序言

---

[1] 希尔伯特（1862—1943），德国数学家，长期任哥廷根大学教授，发展了有关不变量的数学。
[2] 康托尔（1845—1918），德国数学家，创立了集合论，19世纪数学史上最伟大的成就之一。

中强调指出，也可将之与2000年至2009年杰任斯基在克利夫登的智力活动相提并论，因为杰任斯基并不比当年的爱因斯坦掌握更充分的数学运算技术，使他可以在真正精确的基础上阐述他的直觉。

《成熟分裂拓扑学》是他的第一本出版物，发表于2002年，引起了巨大反响。这本书头一次以不可辩驳的热动力学论据为基础，证实了减数分裂产生了单倍体配子，结构性不稳定的根源正是在此，换句话说，任何有性生殖品种都必然会死亡。

《希尔伯特空间拓扑学的三种猜想》出版于2004年，是一部惊世之作。根据人们的分析，它是对持续性动力学作出了驳斥，是在重新定义图形代数——竟然和久远的柏拉图学派形成了奇特的呼应。专业数学家一方面承认所提出的情形颇有意思，另一方面强调指出这些命题并不严谨，其方法有点过时。乌布泽雅克也同意他们的说法。杰任斯基当时无法得到最新出版的数学著作，人们甚至有一种印象，他对此已经不是很感兴趣。关于他在2004年至2007年期间的活动，实际上人们掌握的材料很少。他经常去高威研究中心，但他与实验人员的关系始终是纯技术性、业务性的。他掌握了克雷计算机汇编程序的一些基础知识，此后他通常无需求助程序员了。只有瓦柯特似乎与他保持了有点个人性质的关系。瓦柯特本人住在离克利夫登不远的地方，有时下午来看看杰任斯基。根据他的说法，杰任斯基经常提起奥古斯特·孔德，尤其是致克洛蒂尔德·德·沃的信和这位哲学家未完成的最后一部著作《主观综合》。包括科学方面的论述，孔德可被视为实证主义的真正创始人。任何形而上学、任何他那个时代可以想象的本体论，在他眼里都没有得到宽恕。杰任斯基强调指出，孔德如果处在尼尔斯·玻尔1924年至1927年所处的知识环境之下，肯定会保持不妥协的实证主义态度，转而赞同哥本哈根解释。然而，相较于个人生存之虚拟，这位法国哲学家更坚持社会地位之现实，他对历史进程和意识潮流不断更新的兴趣，特别是他极端的伤感主义，使人们以为他也许并不敌视新近的一项本体论改造计划；这一计划立足于祖莱克、泽赫和哈德卡斯尔的研究成果：用状态本体论取代客体本体论。事实上，只有状态本体论才能修复人际关系实际的可能性。在状态本体论里，粒子是难以觉察的，必须通过可观察到的数量为它们定性。在这样的本体论中可重新辨别和命名的惟一实体，是波，以及通过波的作用得到的状态矢量，以此类推，或许可能重新赋予友爱、同情和爱情某种意义。

他们在巴利科内里公路上漫步；大洋在他们脚下闪烁。远处地平线上，夕阳在大西洋上沉落。瓦柯特越来越经常觉得，杰任斯基的思想迷失在一些模糊甚至神秘的路径上。他本人一直是激进工具主义的拥护者。他是盎格鲁-撒克逊重实效的传统熏陶出来的，同时受到维也纳学派成果的影响，他对孔德的著作有一点点怀疑，认为它们过分浪漫。他指出，实证主义与它所取代的唯物主义相反，有可能成为一种新的人道主义的奠基者，而这实际上是破天荒头一回（因为唯物主义与人道主义实际上是不相容的，最终会摧毁人道主义）。尽管如此，唯物主义在历史上还是有它的重要地位：必须跨越第一道障碍即上帝；一些人跨越了这道障碍，却陷入了苦恼和怀疑之中。今天第二道障碍被跨过，而这发生在哥本哈根。他们不再需要上帝，也不再需要一种潜在的现实的概念。瓦柯特说："有人的感觉，人的见证，人的经验；有把这些感觉联系起来的理性，使这些感觉存在下去的情感。这一切是在没有任何形而上学，没有任何本体论的情况下自行发展的。我们不再需要上帝、自然或现实的概念。在实验成果的基础上，观察者群体可以通过理性的沟通达成一致。经验是由理论联系起来的，这些理论应该尽可能地满足经济的原则，必然是可以驳倒的。存在着感知的世界，感觉的世界，人道的世界。"

他的立场无懈可击，这一点杰任斯基明白。本体论的需要难道是人类思想上的一种幼稚病？2005年将近年底，他在都柏林旅行时发现了《凯尔经》[1]。乌布泽雅克坚信，遇到这部饰

---

[1] 饰本《福音书》，华美的爱尔兰-萨克森风格手抄本饰画杰作，约7世纪后期在爱尔兰艾纳隐修院开始绘制，8世纪早期在凯尔修道院完成，现藏于都柏林三一学院图书馆。

画手抄本——这本书形式空前复杂，可能是公元 7 世纪爱尔兰的一些修道士绘制的——应是对他的思想发展具有决定意义的时刻；可能正是长期出神地凝视这部作品，使他能够通过一系列直觉（回过头来看我们觉得这些直觉简直是奇迹），克服了生物学上遇到的难题——如何计算大分子内部能量稳定性。我们不一定要赞同乌布泽雅克的全部论断，但应当承认，一个又一个世纪以来，《凯尔经》一直引发评论家几乎是心醉神迷的赞叹。作为例证，我们可以引用威尔士的杰拉德[1]1185 年对这本书的描述：

据圣杰罗姆的文章，这部书包涵了四种福音书，几乎每一页都有图画，色彩妙不可言。这里可以瞻仰天主的容颜，真是画得出神入化；那里可以欣赏福音传道者的形象，有的有六个翅膀，有的有四个翅膀，有的有两个翅膀。这里可以看到雄鹰，那里可看到斗牛；这里看到一个人的面孔，那里看到一头狮子的面孔，还有几乎不可胜数的其他画。你如果只是漫不经心地随便看看，会觉得这些画是乱涂乱抹的，而不是精心构思的。你看不到什么精妙之作，但一切全是精妙之作。如果非常认真地欣赏，窥透艺术的奥秘，你会发现这些画是那样复杂，那样细致，那样精妙，那样紧密关联，相互交错，浑然一体，而且颜色那样鲜艳，那样亮丽，那么你会情不自

---

[1] 威尔士的杰拉德（1146—1223），历史学家，担任大主教。

禁地赞叹，所有这些画不是出自人之手笔，而是出自天神的手笔。

我们可以继续看看乌布泽雅克的说法。他断言，任何一种新的哲学，即使它选择了一种表面上完全合乎逻辑的公理系统的形式来阐释自己，实际上也是与一种新的直觉宇宙观相联系的。杰任斯基给人类带来了肉体不死的可能性，显然深刻改变了我们的时间观，但是据乌布泽雅克的说法，他最大的功绩是提出了一种新的空间哲学的因素。正如藏传佛教认为的世界形象和曼荼罗[1]密不可分，在长时间的观察下，曼荼罗分解成了无限的圆，正如人们在8月份某一个下午在某个希腊海岛上观察太阳照在白色石头上的反光，就可以获得何谓民主思想的忠实形象，全神贯注地观看《凯尔经》中的饰画背景，即由十字形和螺旋形所组成的无始无终的结构，或者重读那部精彩的《关于交错缠绕的思考》（这本书是在《克利夫登笔记》之外独立发表的，并且是受《克利夫登笔记》启发而写的），人们就能够更容易接近杰任斯基的思想。

"自然界的各种形状，"杰任斯基写道，"是通人性的形状。三角形、交错缠绕和分枝形状都呈现在我们的大脑里，我们认

---

[1] 为印度教密宗和佛教密宗所用的象征性图形，是宇宙的表象，是诸神聚会的圣地和宇宙力量的聚集点。

出了它们，感觉到它们，生活在它们中间。我们在自己的创造物中间，人的创造物、能与人沟通的创造物中间成长，死亡。我们在空间，人的空间进行测量；我们通过测量，创造了空间，我们工具之间的空间。"

"人类孤陋寡闻，"杰任斯基继续写道，"被空间的概念吓坏了，想象空间浩瀚无边，一团漆黑，黑洞洞的。人类把个体想象成混沌的球形，孤零零地在空间中，蜷缩在空间中，承受着永恒存在的三维的挤压。人们被空间的概念吓坏了，蜷缩着，他们感到寒冷，感到恐惧。在最好的情况下，他们穿越空间，在空间中忧心忡忡地相互致意。然而，这空间就在他们心里，这只不过是他们自己思想的创造物。"

"在人们感到恐惧的空间之中，"杰任斯基又写道，"他们正学会生活和死亡；在他们思想的空间之中，正在产生隔阂、疏远和痛苦。这点，无可指摘：爱人听见他所爱之人在大洋和大山的那边呼喊；母亲听见她的孩子在大洋和大山的那边呼喊。爱是联系的纽带，永远是联系的纽带。善行是一种联系，恶行则破坏联系。隔阂是恶的别名，也是谎言的别名。事实上只存在一种美好的、广博的、相互的交错缠绕。"

乌布泽雅克精确指出，杰任斯基最大的功劳不在于他善于超越个人自由的概念（因为在他那个时代，这个概念已经大大贬值，至少每个人都默认这个概念不能作为人类任何进步的基础），而是通过对量子力学公设稍许大胆的阐释，恢复了爱之可能的条件。在这方面应该再次提及安娜贝尔的形象：杰任斯基本对爱情没有体验，但是通过安娜贝尔，爱在他心目中有了形象，他懂得了爱是可以通过某种方式、通过还不知晓的形态产生的。在他最后几个月构思理论的过程中，这个概念很可能一直引导着他，而他最后几个月构思理论的细节，我们知之甚少。

杰任斯基在爱尔兰的最后几个星期，遇见他的人寥寥无几。据这些人说，他心里似乎卸下了某种承诺。他那张忧虑不安、表情多变的脸似乎平静下来了。他常常在天堂路上漫无目的地行走，长时间地一边漫步一边沉思；他漫步在天底下。西方公路蜿蜒于丘陵之间，时而陡峭，时而平缓。波光粼粼的大海把变幻不定的光反射到最后几座岩石小岛上。迅速在地平线上扩散的云，形成发亮而又模糊的一片，恍若一种奇特物质的存在。他久久地行走，不费力气，脸上凝结着一层薄薄的水雾。他知道他的工作结束了。在窗户朝向埃里斯拉南岬头、被他改造为办公室的那个房间里，他把笔记摆放得整整齐齐。那些笔记有好几百页，触及的问题丰富多彩。严格意义上的科研成果有八十页打字稿——他认为没有必要仔细计算。

2009年3月27日下午快结束时，杰任斯基去高威邮局总部，将他的研究成果寄了一份给巴黎科学院，另一份寄给了英国的《自然》杂志。至于这之后发生的事情，就谁也说不清了。他的汽车是在紧挨奥格鲁崖顶的地方找到的，这就自然使人想到自杀，尤其因为无论瓦柯特还是研究中心的技术人员，都对这种说法没有表现得吃惊。"他心里藏着某种非常忧伤的事情，"瓦柯特说，"我想他是我一生中遇到的最忧伤的人，而且我觉得忧伤这个词分量不够，更确切点应该说，他心里隐藏着某种破灭的、彻底毁灭的东西。我一直有一种印象：生命对他来讲已是一种负担，他觉得自己与任何生命体都不再有任何关系。我觉得他坚持的时间刚好足以完成他的研究工作，至于他为完成这些研究工作所做出的努力，我们之中任何人都无法想象。"

尽管如此，围绕杰任斯基失踪的谜团仍然没有解开。他的尸体根本没有找到，这就产生了一种难以平息的传说：他可能去了亚洲，尤其可能去了西藏，去把他的研究与佛教传统的某些教诲进行比较。这种假设现在被一致否定了。一方面人们没有发现任何线索说明他从爱尔兰乘飞机离开；另一方面他的笔记本里最后几页所画的图案，有人曾一度认为是曼荼罗，但最终确认是凯尔特人的象征符号，与《凯尔经》里所使用的象征符号近似。

现在我们认为米歇尔·杰任斯基死于爱尔兰，即他选择度过最后几年的地方。我们还认为，他的研究工作一结束，他感到自己对人类再无任何眷恋，便选择了死。许多证据证明他被这个西方世界的极点所吸引；这个极点经常沐浴在变幻莫测、温煦柔和的光线中。他喜欢在这里散步；他在最后一篇笔记中写道：在这里，"天空、阳光和海水融于一起。"现在我们认为：米歇尔·杰任斯基进入了大海。

尾声

关于经历了这个故事的人物的生活、体貌、性格，我们知道许多细节。然而，这本书多半应视为一个虚构故事，视为以部分回忆为出发点的一种可信的再现，而不是某个单一的、可以证明的事实的体现。虽然《克利夫登笔记》的出版（这本书是 2000 年至 2009 年期间杰任斯基在研究他那伟大的理论的同时，随便记在纸上的回忆、个人印象和理论思考等头绪纷繁的混合），使我们具体了解了他生活中的变故、歧路、冲突和悲剧，正是这些因素决定了他特殊的人生观，但是他的自传亦如他的个性，还是有不少模糊不清的地方。相反，之后发生的事属于历史，杰任斯基的研究成果发表后所引起的种种事件，人们已反复描述、评论和分析，在此我们只需做一个简要的概述。

2009 年 6 月份，《自然》杂志出了一个单行本，题目为《完全复制绪论》，共八十页，综合了杰任斯基最后一段时间的研究成果。这件事立刻在科学界造成巨大的冲击波。世界各地有几十位分子生物研究者试图重做其所提出的实验,核实运算的细节。几个月之后初步结果出来,尔后一个礼拜又一个礼拜,这些结果不断积累,全部都非常精确地证明最初提出的假设的有效性。到2009年底,再也不存在任何疑问:杰任斯基的试验结果是有效的,可以认为是经过科学论证的。实际的结果令人震惊:任何遗传密码,无论多么复杂,都可以按标准形式复制出来,结构上是稳定的,不会发生混乱和变化。因此任何细胞都可能具有连续复制的无限能力。任何种类的动物,不管多么进化,都可改变为无性繁殖、永生不灭的相似种类。

弗雷德里克·乌布泽雅克与地球表面数百位研究者同时发现了杰任斯基的研究成果。当时他二十七岁,正在剑桥大学完成生物化学博士论文。他思想浮躁、混乱而活跃,几年来走遍了欧洲,布拉格大学、哥廷根大学、蒙彼利埃大学和维也纳大学都发现有他相继填写的登记表,用他自己的话说,他是在寻求"一种新的范例以及别的东西:不仅是探索预测世界的另一种方式,也是探索确定自己在世界上的位置的另一种方式"。不管怎样,他是头一个,而且在多年之间是惟一的一个为杰任斯基的研究成果所提出的根本观点进行辩护的人,这个根本观点就是:人类可能消失;人类在超越个性、区别和变异之后,可能产生一个无性、不死的新种类。无需指出,这样一种主张必然激起宗教——犹太教、基督教和伊斯兰教的信奉者———一致敌视,因为它"严重损害了基于人类与造物主的特殊关系而形成的人类尊严";只有佛教徒指出,佛陀的思考毕竟起初是以对老、病、死这三大障碍的彻悟为基础的;救世主如果更多地专心致志沉思默想,也不一定会先验地拒绝技术方面的解决办法。无论如何,乌布泽雅克显然不能指望从法定宗教方面获得多少支持。相反,更令人吃惊的是,人道主义的传统拥护者的反应是彻底拒绝。即使今天我们仍觉得这些概念难以理解,但应该还记得对唯物论年代(即从中世纪基督教消失至杰任斯基的研究成果发表的几个世纪)的人们来讲,个人自由、人类尊严和进步这些概念占据了中心位置。这些概念的模糊性和随意性,自然妨碍了它们取得任何实际的社会效果。正因为如此,从公元15世纪到20世纪的人类历史,其特点基本上就像一种渐进的解体和瓦解。尽管如此,对这些概念的提出好歹作出过贡献的知识阶层或半知识阶层,特别强烈地留恋这些概念。因此弗雷德里克·乌布泽雅克遇到重重困难,无法使人们听信他的说法,就不难理解了。

这几年的历史,使得乌布泽雅克一项起初遭到一致谴责和厌恶的计划,被世界上越来越广泛的公众舆论所接受,甚至最终使联合国教科文组织同意为这项计划提供资金。这几年的历史也使我们回想起一个非常出色、非常好斗、思想既实际又活跃的人物形象,总之一位杰出的思想鼓动者的形象。就他本人而言，的确不具备伟大研究者的才能，但他善于利用国际科学界对米歇尔·杰任斯基这个名字及其研究成果一致的尊重。他更不具备独具一格、思想深刻的哲学家气质，但他通过为《关于交错缠绕的思考》和《克利夫登笔记》两本书作序并加以评论，善于以准确、耸动、能为广大公众接受的方式，介绍杰任斯基的思考。乌布泽雅克的第一篇文章《米歇尔·杰任斯基与哥本哈根解释》，就其结构而言，仿佛是离开题目而围绕巴门尼德[1]"思想行为和思想目标混淆不清"这句话，进行的一次漫长的思考。在随后的著作《论具体限制》以及标题更简洁的著作《现实》中，他试图对维也纳学派的逻辑实证主义和孔德的宗教实证主义进行奇特的综合，时而掺杂抒情段落，下面这段被经常引用的话就是证明："不存在无限空间的永恒寂静，因为既不存在寂静和空间，也不存在空际。我们所认识的世界，我们所创造的世界——人类世界，像女人的乳房一样滚圆、滑润、温暖。"他懂得无论如何都要在越来越多的公众中树立这样一种思想，即人类在其已达到的阶段，能够而且必须控制世界的整个演变，尤其能够而且必须控制其自身生物学方面的演变。在这场斗争中，他得到一定数量的新康德学派成员的宝贵支持，他们借助尼采启示思想的卷土重来，掌握了知识界、

---

[1] 巴门尼德，又译帕门尼德（约公元前 515—?），希腊哲学家，创立了前苏格拉底希腊主要思想流派之一的爱利亚学派。

教育界和出版界的大权。

然而普遍的看法认为，乌布泽雅克才华的真正特点，是善于利用20世纪末出现的被称为"新时代"的折衷而模糊的意识形态学，反过来为自己的论点服务。在他那个时代，他是头一个洞悉，乍一看"新时代"是过时、矛盾、可笑的迷信群众创立的，然而"新时代"回应了心理学、本体论和社会的解体所产生的真正痛苦。"新时代"不仅仅是令人作呕的大杂烩——融合了绿色环保理念、对传统思想和"圣物"趋之若鹜，后两者继承自嬉皮士和伊莎兰，它还表现出了决心，要告别20世纪及其非道德主义、个人主义、自由主义和反社会的一面；它表现出一种焦虑不安的意识：任何社会没有随便一种什么宗教作为主心骨，是不可能存在下去的。实际上它是在大声疾呼变换模式。

乌布泽雅克比其他任何人都要清楚必然存在折衷办法，所以在自己于2011年成立的"人类潜力运动"内部，毫不犹豫地把某些公开属于"新时代"的主旨纳入自己的纲领，比如，"盖亚皮层的结构"，"地球表面100亿人——人的大脑里100亿神经元"这个著名的类比，以及呼吁在"新联合"的基础上建立一个世界政府，提出的口号朗朗上口，如："明天肯定是女性的。"这件事情他做得很机灵，获得了评论家的普遍赞赏，同时又小心翼翼地避免被非理性团体或宗派误导，相反又能在科学界争取到强有力的支持。

在人类历史的研究中，传统的犬儒主义一般倾向于把"机灵"说成是成功的基本因素，而实际上在没有强烈自信的情况下，机灵本身并不可能产生决定性的突变。凡是有机会见过乌布泽雅克的人，或者有机会在辩论中与他交过锋的人，都一致强调指出，他那自信的力量，他的魅力，他那神赐的非凡能力，都源于一种深刻的纯真，一种真正的个人信念。在任何情况下，他所说的差不多完全是他所想的。而他的反对者们，由于受到过时的意识形态的束缚和限制，如此纯真必然给他们带来毁灭性的打击。对他的计划首先提出的指责之一，是针对取消性别的，而取消性别对构建人类的同一性具有十分重要的意义。面对这种指责，乌布泽雅克回答说，这并不是要消除人类的任何特性，而是要创造一个理智的新人类，而且性作为繁殖方式的终结，丝毫不意味着性乐趣的终结，而是恰恰相反。在胚胎形成时诱发形成克劳泽终球的编码序列，新近已被识别。在人类目前的状态下，这类细胞散布在阴蒂和龟头表面的数目少得可怜。而在将来，这类细胞在整个皮肤表面可以大量增加，从而在享乐经济领域提供崭新的、几乎前所未有的色情体验。

另外一些批评——可能是最深刻的——都集中于这样一点，以杰任斯基的研究成果为起点创造的新人类之中，所有个人都携带同样的遗传密码，这样作为基本要素之一的人的个性就将消失。对于这种批评，乌布泽雅克情绪激昂地回答说，这种遗传的个性，我们由于可悲的怀旧情绪而可笑地为之自豪，恰恰正是我们大部分不幸的根源。对于人的个性消失会产生风险这种论点，乌布泽雅克以双胞胎这个具体而可观察的例子予以反驳：这些双胞胎虽然拥有完全相同的遗传编码，但通过他们个人的经历，事实上发展出各自的个性，而又始终被神秘的手足之情联系在一起。这种手足之情，照乌布泽雅克的说法，正是重建人类和谐最必不可少的因素。

乌布泽雅克把自己说成是杰任斯基一个普通的后继者，是杰任斯基思想的实施者，他惟一的雄心壮志就是把这位大师的思想付诸实践。他这样说无疑是真诚的。证明这一点的事例，莫过于他忠实于《克利夫登笔记》第三百四十二页提出的这样一个奇特的观点：新人类的人数应该始终保持与最初的人数相等；因此应该先创造出一个人，然后两个、三个、五个……总之小心谨慎地遵循最初的人数分配。其目的显而易见，是通过保持质数数量的人口，象征性地引起人们注意到任何社会内部形成了局部集中就会引发风险。但是乌布泽雅克似乎只是把这个条件列进了计划书，而根本没有细想其意义何在。进一步讲，他对杰任斯基的研究成果采用严格实证主义的解读方式，可能导致他总是低估形而上倾覆的广度，而这种倾覆必然伴随生物学方面同样深刻的突变——人类历史上实际上没有任何先例的突变。

对这项计划哲学层面的无知，甚而广泛地讲，对哲学概念的无知，不可能阻止，甚至不可能推迟这项计划的实现。这说明在整个西方社会，像在"新时代"运动波及最深的区域，有一种思想广为传播：为了使社会能够永远存在下去，一场根本性突变已变得必不可少，这场突变将以可信的方式恢复集体、永恒和神圣的意义。这也说明在何种程度上，哲学问题在公众思想中失去了明确的参考意义。在几十年间失去理智地高估福柯、拉康、德里达和德勒兹的成果之后，突然整个儿陷入了荒谬之中。这并不意味着立刻向任何新的哲学思想提供自由的天地，相反意味着以研究"人文科学"自居的所有知识分子声誉扫地。在思想的各个领域，科学家的影响力势不可挡。"新时代"运动的支持者，不时假装对源于"古代精神传统"的这种或那种信仰产生偶然的、矛盾的、变化不定的兴趣，但就连这种兴趣，在他们身上也表现为接近精神分裂症的极端苦恼状态。像其他社会成员一样，他们实际上只相信科学，也许比其他社会成员更相信科学；对他们来讲，科学是惟一的、不可辩驳的真理标准。像其他社会成员一样，他们打心底里认为，一切问题，包括心理学、社会学方面的问题，或者更广泛地讲包括人类的一切问题的解决办法，只能是技术范畴的解决办法。因此，乌布泽雅克实际上在不会遭到反对、不会冒大的风险的情况下，于2013年提出了他的著名口号，一个真正在全球范围内引发舆论运动的口号："突变将不是精神方面的，而是遗传方面的。"

2021年，头一批贷款在联合国教科文组织表决通过；一个研究团队在乌布泽雅克领导下立刻开始工作。说实话，在科学方面乌布泽雅克发挥不了多少领导作用，但是在可称为"公共关系"的领导作用方面，他显示出雷厉风行的效率。很快有了第一批成果，其速度之快，令人称奇。只是在许久以后人们才了解到，"人类潜力运动"的许多参加者或支持者，实际上早就在他们设在澳大利亚、巴西、加拿大或日本的实验室里开始工作了，并没有等着联合国教科文组织开放绿灯。

第一个生物，人按照"自己的形象和外貌"创造的全新的智慧物种，于2029年3月27日问世，刚好是20年前米歇尔·杰任斯基失踪的同一天。同样是为了向杰任斯基表示敬意，合成是在帕莱佐分子生物学研究所的实验室里进行的，尽管研究团队里没有一个法国人。电视转播这一事件自然引起了巨大的震动，这次震动甚至远远超过了人类在月球上迈出第一步的实况转播，那是在将近60年前1968年7月的一天夜里。转播开头，乌布泽雅克发表了简短的讲话，以他惯常的非常坦率的态度宣布："人类是已知的宇宙间头一种动物，能够创造条件实现自我更替，它应该为此感到自豪。"

今天，在将近五十年之后，现实充分证明了乌布泽雅克的预见性，甚至恐怕连他自己也不曾想到过。现在还存在一些旧种类的人，特别是在长期受传统宗教教义影响的地区。然而他们的繁殖率逐年下降，他们的消亡现在看来已在所难免。与所有悲观的预见相反，这种消亡是平静地实现的，尽管有一些孤立的暴力行动，但频次越来越低。我们甚至吃惊地看到，人类是多么温和、多么顺从、内心多么宽慰地同意自己消失。

在断绝了与人类的亲子关系之后，我们生活着。以人类的标准来衡量，我们的生活是幸福的。是的，我们不再受自私、残忍和愤怒支配，而在他们来讲，这是无法超脱的。无论如何，我们过着不同的生活。在我们的社会里科学和艺术依然存在，但是对真和美的追求不再那么受个人虚荣心的刺激，事实上已不再那么紧迫。在旧种类的人们看来，我们的世界就像天堂。再说，我们有时也把自己称为"神"——语调嘛，说实话稍微有点幽默——而这个称呼曾经使他们产生那么多梦想。

历史仍然存在。它强制人们接受，它起着支配作用，它的统治不可抗拒。但跳脱出严格的历史框架，这部作品的抱负就是致敬创造出我们的那个不幸和勇敢的种类。那个痛苦的、卑贱的、仅与猴子略有不同的种类，心里却怀着那么多高尚的憧憬。那个种类受尽折磨，自相矛盾，奉行个人主义，喜欢争吵，极端自私自利，有时会诉诸极端暴力行为，然而始终相信善和爱。也是那个种类，在世界历史上头一回考虑自我超越的可能性，并且在几年之后把这种超越付诸实践。在它最后的一批代表行将消亡之际，我们认为应该合情合理地向人类表示最后的敬意；这种敬意本身也将消失、湮灭在时间沙砾之中；然而，这种敬意是必须表达的，至少要表达出一次。谨以此书献给人类。

Michel Houellebecq
LES PARTICULES ÉLÉMENTAIRES
© Michel Houellebecq and Editions Flammarion, Paris, 1998
2024 SHANGHAI TRANSLATION PUBLISHING HOUSE (STPH)
All rights reserved.

图字:09-2020-381号

图书在版编目(CIP)数据

基本粒子/(法)米歇尔·维勒贝克著;罗国林译
.—上海:上海译文出版社,2024.6
ISBN 978-7-5327-9492-8

Ⅰ.①基… Ⅱ.①米…②罗… Ⅲ.①长篇小说-法国-现代 Ⅳ.①I565.45

中国国家版本馆 CIP 数据核字(2024)第 084819 号

基本粒子

[法]米歇尔·维勒贝克 著 罗国林 译
责任编辑/黄雅琴 装帧设计/山川制本 workshop 封面插图/raintree1969

上海译文出版社有限公司出版、发行
网址: www.yiwen.com.cn
201101 上海市闵行区号景路159弄B座
苏州市越洋印刷有限公司印刷

开本 850×1168 1/32 印张 11.375 插页 5 字数 160,000
2024年6月第1版 2024年6月第1次印刷
印数:0,001—8,000册

ISBN 978-7-5327-9492-8/I·5938
定价:69.00元

本书中文简体字专有出版权归本社独家所有,非经本社同意不得转载、摘编或复制
如有质量问题,请与承印厂质量科联系。T:0512-68180528